陈梦家
作品精选集

陈梦家 ◎ 著

回眸经典 · 名家必读

山西出版传媒集团　山西人民出版社

图书在版编目（CIP）数据

陈梦家作品精选集／陈梦家著.—太原：山西人民出版社，2020.9
（回眸经典·名家必读／杜晓北主编）
ISBN 978-7-203-11521-2

Ⅰ.①陈… Ⅱ.①陈… Ⅲ.①诗集—中国—当代②散文集—中国—当代 Ⅳ.①I217.2

中国版本图书馆 CIP 数据核字（2020）第 129886 号

陈梦家作品精选集

著　　者：陈梦家
责任编辑：秦继华
复　　审：赵虹霞
终　　审：姚　军
装帧设计：老　刀
出 版 者：山西出版传媒集团·山西人民出版社
地　　址：太原市建设南路 21 号
邮　　编：030012
发行营销：0351-4922220　4955996　4956039　4922127（传真）
天猫官网：https://sxrmcbs.tmall.com　电　话：0351-4922159
E - mail：sxskcb@163.com　发行部
　　　　　sxskcb@126.com　总编室
网　　址：www.sxskcb.com
经 销 者：山西出版传媒集团·山西人民出版社
承 印 厂：天津画中画印刷有限公司
开　　本：650mm×960mm　1/16
印　　张：21
字　　数：250 千字
印　　数：1—5000 册
版　　次：2020 年 9 月　第 1 版
印　　次：2020 年 9 月　第 1 次印刷
书　　号：ISBN 978-7-203-11521-2
定　　价：58.00 元

如有印装质量问题请与本社联系调换

目 录
contents

第一部分　诗集

梦家诗集…………………………………………… 003

在前线……………………………………………… 048

铁马集……………………………………………… 057

梦家存诗…………………………………………… 089

长诗及译诗………………………………………… 097

第二部分　文集

论朋友……………………………………………… 135

论简朴……………………………………………… 141

论间空……………………………………………… 144

论人情……………………………………………… 148

论老根与开花……………………………………… 152

诗的装饰和灵魂…………………………………… 155

文艺与演艺……………………………………………… 159

文学上的中庸论………………………………………… 161

艺术家的闻一多先生…………………………………… 165

纪念志摩………………………………………………… 172

谈谈徐志摩的诗………………………………………… 179

谈后追记………………………………………………… 187

《歌中之歌》译序……………………………………… 192

《白雷客诗选译》序…………………………………… 197

评剧《秦香莲》………………………………………… 199

关于电影《花木兰》…………………………………… 205

要去看一次曲剧………………………………………… 208

看豫剧"樊戏"………………………………………… 210

不开花的春天…………………………………………… 212

你披了文黛的衣裳还能同彼得飞……………………… 244

狱………………………………………………………… 260

某女人的梦……………………………………………… 264

一夜之梦………………………………………………… 277

某　夕…………………………………………………… 287

七重封印的梦…………………………………………… 295

五　月…………………………………………………… 300

青的一段………………………………………………… 305

第一部分　诗集

梦家诗集

第一卷　自己的歌

一朵野花

一朵野花在荒原里开了又落了,
不想到这小生命,向着太阳发笑,
上帝给他的聪明他自己知道,
他的欢喜,他的诗,在风前轻摇。

一朵野花在荒原里开了又落了,
他看见青天,看不见自己的渺小,
听惯风的温柔,听惯风的怒号,
就连他自己的梦也容易忘掉。

十八年一月大悲楼阁

自己的歌

我挝碎了我的心胸掏出一串歌——

血红的酒里渗着深毒的花朵。
除掉我自己,我从来不曾埋怨过
那苍天——苍天——也有它不赦的错。

要说人根本就没有一条好的心,
从他会掉泪,便学着藏起真情;
这原是苍天的错,捏成了人的罪,
一万遍的谎话挂着十万行的泪。

我赞扬过苍天,苍天反要讥笑我,
生命原是点燃了不永明的火,
还要套上那铜钱的枷,肉的迷阵,
我摔起两条腿盲从那豆火的灯。

挤在命运的磨盘里再不敢作声,
有谁挺出身子挡住掌磨的人?
黑层层的烟灰下无数双的粗手,
榨出自己的血甘心酿别人的酒。

年轻人早已忘记了自己的聪明,
在爱的戏台上不拣角色调情;
那儿有个司幕的人看得最清楚,
世上哪会有一场演不完的糊涂?

我们牵了自己的船在沙石上走,

永远的搁浅,一天重一天——肩头,
等起了狂风逆吹着船,支不住腿,
终是用尽了力,感谢天,受完了罪。

在世界的谜里做了上帝的玩偶,
最痛恨自己知道是一条刍狗;
我们生,我们死,我们全不曾想到,
一回青春,一回笑,也不值得骄傲。

我是侥幸还留存着这一丝灵魂,
吊我自己的丧,哭出一腔哀声;
那忘了自己的人都要不幸迷住
在跟别人的哭笑里再不会清苏。

我像在梦里还死抓着一把空想:
有人会听见我歌的半分声响。
但这终究是像骆驼往针眼里钻,
只有让这歌在自己的心上回转。

我挃碎了我的心胸掏出一串歌——
血红的酒里渗着深毒的花朵。
一遍两遍把这歌在我心上穿过。
是我自己的歌,从来不曾离开我。

有一天

有一天,或许有那一天,
你说,教我再莫要流连;
好,我走,到天涯去漂流,
我晓得,爱原不会长久。

有一天,或许有那一天,
你我携着手同到海边;
不是?海里面更要清闲,
永静的生,在我俩中间。

迟疑

在黑暗中,你牵住了我的手,
迟疑着,你停住我也不走;
说不出的话哽在我的咽喉,
轻轻风,吹得我微微的抖。

有一阵气轻轻透过你的口,
飘过我的身子,我的心头;
我心想留住这刹那的时候,
但这终于过去,不曾停留。

你尽管

你尽管怨恨:

怨恨我癫狂的放任。
我没有美丽，没有天分，
只剩了这穷困的一身。
我抛下幸福去寻忧闷，
自己关上了快乐的门。

我只是容忍：
容忍你无邪的怨恨。
我存着妄想：当我生命，
走尽时，我闭上了眼睛——
那时候你才说你爱我，
这一生也不曾虚度过。

为了你

为了你，我再没有眼泪可流，
天真也唤不回自己的心头。
最难想秋风里无依的飘零，
那时候：你是流云，我是孤星。

那一晚

那一晚天上有云彩没有星，
你揽了我的手牵动我的心。
天晓得我不敢说我爱你，
为了我是那样年轻。

那一晚你同我在黑巷里走，
肩靠肩，你的手牵住我的手
天晓得我不敢说我爱你，
把这句话压在心头。

那一晚天那样暗人那样静，
只有我和你身偎身那样近。
天晓得我不敢说我爱你，
平不了这乱跳的心。

那一晚是一生难忘的错恨，
上帝偷取了年轻人的灵魂。
如今我一万声说我爱你，
却难再挨近你的身。

叛誓

我真又是走上更坏的恶运，
为什么碰见了你这般多情；
只是我曾经爱过她，在从前，
我发誓说爱她像天样久远。

如今这件事教我要怎样办，
横竖一颗心也分不开两半，
要爱了你，那还有什么忠信，
不爱你，瞧，狂火的一团热情。

但这分明爱她的事在昨天,
今朝她忘了我像隔别多年;
算了,剩下的心纵不曾坏透,
看着自己的影子也够发抖。

我这样怯懦地走在你跟前,
谁知道我的心,只有那青天;
这过错不在我,我爱过的人
她的谎话重新说出第二声。

给薇

没有一回你不是
低着头打我的身边
静默的,无顾及的
走远了,渐渐的走远——
我望着你。

我是大洋的礁石,
每一次你青色的船
辽远的驶过,翻开
浪头撞扰我的回转——
我记得你。

二十年五月二十三日南京

夜

我顶爱没有星那时的黑暗，
没有月亮的影子爬上栏杆；
姑娘，这时候快蹑进这门槛，
悄悄地挨近我可不要慌张，
让黑暗拥抱着只露出心坎。

挂着你流的眼泪不许揩干，
透过那一层小青天朝我看；
姑娘，你胆小，这时候你该敢
说出那一句话，从你的心坎——
没有人听见，也没有人偷看。

乘着太阳还徘徊在山背后，
门前瞌睡着那条偷懒的狗；
姑娘，你快走，丢下你的心走，
不要记得，这件事像不曾有，
好比一场梦，——你多喝了酒。

露之晨

我悄悄地绕过那条小路，
不敢碰落一颗光亮的露；
是一阵温柔的风吹过，
不是我，不是我！

我暗暗地藏起那串心跳，
不敢放出一只希望的鸟；
是一阵温柔的风吹过，
不是我，不是我！

我不该独自在这里徘徊，
花藤上昨夜是谁扎了彩；
这该是为别人安排。

我穿过冬青树轻轻走开，
让杨柳丝把我身子遮盖；
这该是为别人安排。

歌

我不能想起这从哪一天起，
只说着了迷，我情愿为你死；
我想你，白天晚上我望着你，
一朵枯花总得望着太阳笑，
谁知道就要变泥。

就是要我变成影子也情愿，
只要我常贴紧在你的身边，
猖獗的妄想要我永跟着你，
直等到天光摸不着一线路
爬进你深的墓底。

那些日子我们埋怨过太阳,
全十分心焦地等夜的降临,
悄悄蹑着躲进黑密的树林,
严肃的空漠中点着两炷火——
你我睇视的眼睛。

那一次我们不曾惊跳了心
看见黑处的人影,飞的流萤?
要求昏暗露不出一点身影,
只有你听见我听见心的跳,
"乖!"快来贴偎得紧。

让一点昏迷麻醉两条舌尖,
闭紧着眼睛给雾气蒙着脸;
灵魂撕成一片片飞腾上天。
你听树后面有低声的响动,
"别怕,我在你跟前。"

有一次我们叩过魔鬼的门,
吹灭了自己点明的两盏灯;
黑暗惊透我的心窍,那一瞬
我们跳过一渡桥两边逃开,
——默念着天上的神。

"短促"像阵风吹落幸福的彩,

揉清迷眼背后早扬起尘埃；
燕子尾掠过水面你能招怪
一圈细波流散不再有止境？
这说谁算是轻快。

不用赌咒好听说怎么"永久"，
一刹那的昏迷就够我消受。
倘使我落在井里我不呼救，
你不用放下一根绳索打捞，
（尽管撒一把石头。）

孩子的梦只是玩戏的水泡，
两个小仙张开白翅膀赛跑；
在云端里一个遥远的拥抱，
依然是温柔曾不料到永别——
晴天来一阵雷雹。

我不能再说一句销魂：我要！
比自己是一枝萎弱的小草，
露珠一眨眼给我最后的笑，
我凭什么道理和太阳翻脸，
让她去，我是渺小！

第二卷 三月

三月

最温柔那三月的风,
扯响了催眠的金钟,
一杯浓郁的酒,你喝——
这睡不醒三月的梦。

最温柔那三月的梦,
挂住了懒人的天弓,
一天神怪的箭,你瞧——
飞满小星点的碧空。

星

夜夜你只瞅看我,
像是有一句话要讲——
你不说,怕人听错,
只容人自己去想。

果然日子快过马,
一生该只学一个乖:
不用去提,那句话
该给他自己去猜。

十九年八月上海

一句话

从小到眼花,
你得常想一句话:
起初是爱它比海还深,
过后就变恨。

一句话你听,
分明有两个声音;
两样的季候在心头变——
阳春和冬天。

无题

细数转过的十二个月亮,
在幸运的轮上变了模样。

时光紧凑的飞像一只鸟,
从翅膀下透出一串冷笑。

我把心坎里的火压住灰,
奔驰的妄想堵一道堡垒。

也许下一回月亮的底下,
野草盖黄土做了我的家。

寄万里洞的亲人

那一天吴淞江的潮水带了你走,
在凄凉的海风里隐没了你的手;
大海的伤悲要撞碎了我的胸口,
我的心,我的泪,一齐跟了海水流。

你的影子飘落在热风的碧里墩,
白日和黑夜飞迸着狂乱的涛声;
望不见云海的深处渺茫的远东,
你徘徊在荒漠的孤岛,海与碧空!

碧空和海不能告诉你祖国的话,
东印度的小岛上认不识一朵花;
你记得罢!每夜望一望东方的星,
千万里外星子下也有一双眼睛!

古先耶稣告诉人

古先耶稣告诉人:你们要忍耐,
存着希望的心,只静静的等待;
漫漫的长夜原接着一片曙光,
世界到末日,坏极了也有泰来。

古先耶稣告诉人:你们要等待,
白天黑夜,说不定我将要重来;

在人间受些苦难，都不必悲伤，
天上为你们造了美奂的楼台。

信心

风在苍灰的稀发上吹，
水里印着一个好月亮，
靠近柳树摇曳的影子，
一位扶手杖的老婆娘。

在小河边一座石碑楼，
年代和名称早记不清；
土堆上一对烛一炷香，
烧着两串雪白的银锭。

她双手并合着，静默的
举起虔诚的眼仰望天，
那空白的黄表——在心里，
写着一件一件的诉愿。

水上还流着一对烛影，
一缕青烟在晚风里晃；
亮月下一支细息在说
一个虔诚人深的愿望。

秦淮河的鬼哭

这里人也没有,灯也没有,
只有一团鬼火,一串骷髅——
在天河的弦子上,有鬼歌
飞过一条荒街,一湾小河。

这里喜也没有,笑也没有,
只是一股凄凉,一束隐忧——
在天河的弦子上,有鬼声
撼着一片繁星,一个夜深。

葬歌

我贪图的是永静的国度,
在那里人再也没有嫉妒;
我坦然将末一口气倾吐,
静悄悄睡进荒野的泥土。

让野草蔓长不留一条路,
无须遮蔽,我爱的是雨露;
莫要有碑石在坟边刻留,
不生一枝花在我的墓头。

不要有杨柳向着我招手,
鸟不须唱,清溪停了莫流,

野虫不许笑出声；我爱静，
还有天上的云，云里的星。

我从此永久聒静的安睡，
不用得纸灰乱在墓上飞；
再没有人迹到我的孤坟，
在泥土里化成一堆骨粉。

丧歌

昨天你还能在稀薄的麻布里动，
寂寞的人间伴你的是一股冷风。
但夜来的雪斩断了你穷鬼的梦，
听银辉的天空里嘹亮的一声钟！

你走完穷困的世界里每一条路，
尝遍只留剩一口气的各样痛苦——
你的一生，你永远不变更的容忍
在穷困里，穷困里，做了一世穷人。

  大石桥下的小土地庙里，躺着一个乞丐，一只破麻袋蒙不周全露出骨的肉，污垢的脸，苍白的；还盖了一层破旧的积纸，风吹来，就掀起声音。南京难得有这样的大冷天，一夜来鹅毛的雪，把这河山飘得太美丽了。但是这乞丐呢？他死了。

十九年春，阿梦

马号

这黑茫茫的夜,有谁
在旷野里向天空吹?
铁蹄踩过战死的仇敌,
鞍子上悬挂着热的血。
这一声声的马号我听见;
睁开了我睡不着的困眼。

这灰惨惨的夜,你听
嘶声里人马的火并。
这是英雄,英雄的事业,
杀的是弟兄,不是仇敌。
这一阵阵的混战,我看见
野鬼的惨笑里苍白的脸。

炮车

十三尊炮车在街上走过,
人瞪了眼,惊叹这许多;
但更多的是杀不完的人,
每个人几千回的隐忍。

一个炮手坐在炮车上想:
这正开向自己的家乡,
炮弹没有眼睛,胡乱的飞,

碰巧，会落在他的家里。

古战场的夜

你不用稀奇草莽里爬出人来，
血的金蛇带着光芒穿过海；
那一天你会茫然摔破你的梦，
也猜不透你做了哪一家英雄。

你不用拣一块山或是一块土，
随处都是你的家，你的归处；
你憩下来睡着，我告诉你：完了，
什么都齐全，有蝴蝶，还有野草。

琵琶

我像听见一路琵琶，
从梦的边沿上走过；
一星跳熄了的灯花，
像一支歌，挂在天河。

黄昏天秋风吹着响，
我开眼看见那晚霞；
那部曲我细细端详，
像是真切，又像是假。

露天的舞踊

这一片曾经杀过人的刑场,
平坦的黄土,也有美丽的天:
蓝云里的星光,煊红的太阳。

三月的南风吹起杨柳的青,
鼓舞那晒在一条绳的边沿
鲜艳的青春的忧愁的衣裙。

也掀开那清水上细的皱纹,
阳光在波上跳出一层金箭
应和疯狂的舞踊者的脚跟。

第一颗星召回青蛙的亡魂,
挑拨那些隐蔽的影子开演
幽默的舞,唱出黑夜的阴沉。

天光才亮军营的马号吹掉
生与死的曲子,凄艳的舞蹈。

三月二十晨前小营三〇四

只是轻烟

像十一月的秋深,

荒村，只一缕烟
又轻又柔，朝天升，
淡——淡到不见。

昨晚看一颗流星
沉下，我祈祷天——
轻风荡过我的心，
亮——又化成烟。

第三卷 雁子的歌

"像一团磷火"

像一团磷火在旷野里，
我只顾赶着；我看见
你飞，睁着一只媚眼，
就在我面前一点距离。

像一团磷火在旷野里，
我只顾赶着；我望见
你飞，眯着一只媚眼——
忽然一团黑，不见了你！

西行歌

我们举起脚步朝西方走，

太阳光在各人的脸上
抚摩；我的心底，像是温柔——
"黑色的窗"透一点红光。

我们走过城市走过山野，
黄昏展开苍灰的翅膀，
遮住了西天的眼睛；黑夜
落下来，我们走在路上。

生命

昨天早晨我采了你
一朵小小的红花，
插在我的金鱼缸里；
今天你好像晚霞
在水面飘零。

三条小金鱼只梦想
自己的世界，欢喜——
可是那也不能久长，
告诉你不要忘记
天冷，就冻冰。

十月之夜

十月的夜晚，天像一只眼睛，
孤雁，是她的眉毛；

从天掉下一颗眼泪,是流星
沉在大海里———一息翻花的泡。

那一瞬间的消失,我只觉得
一闪,还给了深蓝;
生命给我的赞美受着惊骇,
像有着声息摸索我的窗槛。

你爱

你爱百合花的柔美,
你爱玫瑰;你爱黄河的狂波,
你爱清流的小河;你爱天上的星,
你爱飞萤;你爱春三月的迷雾,
你爱朝露。

你爱浮云
一瞬间的相亲;你爱燕子尾
掠过了水面不再掉回;你爱流星
陨落时一闪的光明;你爱一点磷火
照亮你的骆驼。

你爱白热的心
结成冰;酒窝上的笑
都成技巧;一千个夜晚
一千个梦幻;天真

不许作声!

观音

你不曾忘掉你的笑容,
大慈悲的眼睛发出金光;
伸出你引渡的手,施舍
给虔人无量求讨的希望。

你不曾忘掉你的缄默,
香火不能熏热你的寒冷;
就在黑夜里也是光明,
你不熄灭的心——长明的灯。

雁子

我爱秋天的雁子
终夜不知疲倦;
(像是嘱咐,像是答应,)
一边叫,一边飞远。

从来不问他的歌
留在哪片云上?
只管唱过,只管飞扬,
黑的天,轻的翅膀。

我情愿是只雁子,

一切都使忘记——
当我提起,当我想到:
不是恨,不是欢喜。

红果

我看见一个红果
结在这棵树上;许多夜
我和我的爱在这里站过。
我叹一口气,说:
"你长着,还想什么,——
还想什么?"

我听见他回答我:
"我没有别的奢望,我只
让自己长起,到时候成熟;"
他指着西风,说:
"我等着,等着吹落,——
等着吹落。"

第四卷　长歌

都市的颂歌

你有那不死的精力在地壳上爬,
日长夜长不曾换一口气,你走

走厌了一个年头，又是一个年头，
一切的事情你都爱做，你不怕
要这海填成了陆，陆地往海里沉，
尽管是十八层石屋要你承担，
你全不曾有一点犹豫什么为难？
大步的踏，不分昼夜，不分阴晴
那圆的圆的转动，一声吼，一股烟，
终日粗暴的咆哮着那些人手
太慢，为什么还要有思想在心头？
不许你憩下气找取一点安闲，
这真是荒唐不经的妄想；这儿有
赛过雷雨风暴奇伟的大乐响，
指挥的不叫它有一刻寂寞；海洋
也有风浪平的时候，这儿永久
永久是一个疯子不曾碰到瞌睡
赤火火的眼睛，烧着，一双凶爪
只是飞走找各样好玩的把戏耍；
不用问那一刻他才觉到要累——
要累？除非是走没了光，天掉下来，
什么都没有；只剩下一个糊涂，
一个昏暗，一个渺茫，永远的迷雾。
但毕竟这日子还远着，你睁开
眼睛，看见纵不是青天，也是烟灰
积成厚绒，铺开一张博大的幕，
不许透进一丝一毫真纯的光波，

关住了这一座大都市的魔鬼。
你还能见到落下地的一天繁星，
不论是飞雪，是刮风，还是落雨，
正好是太阳给赶走了；——（一群黑鱼
游上了一缸清水上面）在尖顶，
在鱼鳞中间，长蛇的背脊上发亮。
这里少一个月亮，这里并不要，
这里有着时针指着时候，报昏晓，
一根水银告诉人季候的炎凉。
可是那秋春的凉爽永年吹不到
一大队昏湿的地窖里，没有风，
没有阳光也没有一个幸福的梦
扰乱他们的节奏，不变的急躁。
上帝造下这一群耐苦善良的人，
是生来为这灿烂的世界效劳，
受着安排好的"权威"大力的开导，
完成一个幸福的花园的工程。
尽管你是受着苦难，你没有一刻
好叹一口气，只赶你烧起汽锅
开唱那部插入云霄进行的高歌，
带走那流水一般"创造"的皮革。
尽管是另外一些人他们只做声，
叫你做下这工程的一段，别怨
不公平，是不同的种，原也是上天
安排好，只用心计，创始的功臣。

但天是无偏你们同在一个世界，
不分人我，看着日子一步一步
走近你们，又让日子一层层弥补
这人类的历史不紧要的存在。
一根水银告诉人季候的炎凉。
可是那秋春的凉爽永年吹不到
却不是一盏灯点亮人的脑袋；
有的是机器油灌满了一盘心磨
流利的，不会有一天走到迟钝，
都在一杯酒一场笑里静静的等
计划中的天堂那落成的开幕。
这儿才是新的世界，建筑的天堂，
不停的嘈杂，一切圆轴的飞转，
一回一回旋进了那文明的大圈，
你听啊，那高声颂扬着的歌唱！

八月三十一日，上海。

秋旅

江阴，纵使你衙前的铁锚曾经
刘基安下用长练锁住不教你沉，
可是你却不能，不能钩住我的心
不教它朝着西边远远地引伸；
刘伶巷的怡园留住我，还有
你朋友要我再度再个黄昏；

你说：杜康墓对门有好喝的酒，
多么清新这里的夜静得顶深
像死。在清晨秋风吹过白杨
太凄凉，我感到孤独对我埋怨，
庙殿四角上的幽铃清脆的响，
教心熬着难受；荒芜的适园
尽管好，蔓草古树，浓密的迷雾，
但是我的心要着新鲜，要着亮，
要像定波桥下的江潮分开两路
向石堤上咆哮，飞腾，那好像
一万匹银蹄奔流，对着生命
那热烈，那雄壮；我比是一只小羊
迷了路，星子下惊惶，等着天明
我想见牧羊人四处不分方向
寻他的羊子，比不曾失掉的更爱
更宝贝——我要回去，等不到鸡鸣，
我的眼睛镇夜里望着天睁开，
"快回家啊，乖！"我想着你的叮咛。
九溪十三湾的水流，我不爱看，
还有两岸的绿树；在我心里
不是天，不是江上的水，不是山，
我的主宰，我的乖，是你！
为你，今天早晨我得离开江阴：
江阴，多美一个死寂的古城，
长日长夜只是安详，只是静，

没有尘沙飞,没有烦嚣的市声;
那里斜立着三国时的钢笔塔,
给火烧,给炮毁,依旧把尖顶
朝着太阳(不,朝天心)不回答
我对它的疑问;像是安宁,
像是尊严,听着江声,听着风
在白云上写出三千年古国的文明,
启示我向上,崇伟,引我尊重
古老,它的磐石初创时的坚定。
你看童子巷的浅沟流过血,
有过年稚的小儿凭一口气的英勇,
和鞑子拼死,那终天不灭的忠节。
我告你这死城里埋着英雄,
埋着江南的柔美;埋着孔丘
手写的十字碑,大舜走过的井;
埋着忠义,神话;留情的杨柳
在风前遥送他的秋波轻盈。
我登过君山眺望长江的细腰,
在朝山去的路上,我记起南京
北极阁山脚下临河的小路,我心跳
爬上这山巅,望见天空一样的青;
我不能爱着江阴,我要回家!
在此使我想到同泰寺的清钟,
紫金山的云,台城上的晚霞;
还有你,乖,你夜夜只教我的梦

骇怕，在夜半唤起你的名字；——
来，你的白手臂抱紧我的灵魂，
你锁紧的清眉，等焦的瞳子
看着我，我来了，这迷人的黄昏！

十九年十一月十二晨，江阴

再看见你

再看见你。十一月的流星
掉下来，有人指着天叹息；
但那星自己只等着命运；
不想到下一刻的安排
这不可捉摸轻快的根由。
尽光明在最后一闪里带着
骄傲飞奔，不去问消逝
在哪一个灭亡，不可再现的
时候。有着信心梦想
那一刻解脱的放纵，光荣
只在心上发亮，不去知道
自己变了沙石，这死亡
启示生命变异的开端，——
谁说一刹那不就是永久？
我看了流星，我再看你，
像又是一闪飞光掠过我的心，
瞧见我自己那些不再的日子：

那些日子从我看见了你，
不论是雨天，是黑夜
我念着你的名字，有着生，
有着春光一道的暖流
淌过我的心。那些日子
我看见你，我只看着
看着你在我面前，我不做声。
我有过许多夜徘徊在那条街上
望着你住的门墙，一线光，
我想那里一定有你我；太息
透不进你的窗棂。只有门前
那盏脆弱的灯好像等着企望
那不能出现的光明；更惨的
那一声低的雁子叫过
黑的天顶，只剩下我
站立在桥下。那些日子
我又踯躅在人海的边岸，
直流泪，上帝知道我；
海水对我骄傲，那雄壮
我没有，我没有；我只不敢
再看见青天，横流的海，
影子跟着我走回我的家。
这些我全不忘记，我记得
清楚，像就在眼前的一刻——
那时候我愿望

是一支小草，露珠是我的天堂；
但你只留下一个恍惚，
踟蹰的踪迹，我要追寻，
我不能埋怨天，我等着
等着你再来，再来一次
就算是你的眼泪，你的恨。
可是到了秋天，我才看见
一个光明再跳上我的枯梢
雪亮，你的纯洁没有变更。
我听到落叶和你一阵
走近我的身边，敲我的门，
你再要一次的投生。
我本来等着冬来冻死，
贪爱一个永远的沉默；
这一回我不能再想，
我听到春天的芽
拨开坚实的泥，摸索着
细小细小的声音，低低地
"再看见你——再看见你！"

十一月二十五夜半

悔与回
——献给玮德

今夜哦你才看透了我的丑恶
你尽管用蛇一般的狠毒来咒诅
我的罪恶我的无可挽救的堕落
用不赦的刻薄痛骂我的卑鄙
我全都不怕我只怕你
一千回的诅咒里一次小小的怜惜
不要不要我忠诚的朋友你再不要
用一切怜悯的好心收拾我的,残缺的
烧尽的灰:没有一点火星再能点得着
我的光明。我低低的告诉你:完了!
感谢上帝给你残忍,你都能
用来咒诅我不纯良的放肆。
我只望你拿着麻醉的烟,顶凶烈的酒,
就在这一刻教我昏死不再醒来。
你大慈悲的宽量不必饶恕我
在这人世间自己找寻的罪恶。
你的诅咒,你的毒骂,正是我
日夜渴望的。我感谢,我赞扬
你忠心的责备好比一把尖刀
割断我临死的一口气,教我舒快的
睡在我的坟墓里,不再睁开眼睛
看到这太阳晒到的世界里

永远黑暗的戏，完不了的买卖。

但你是错了！你把我看成一个神明，

一个纯洁无瑕的偶像，你膜拜

一个魔鬼用着虔诚的颂辞；

到今天，你看清楚我的真身，

我的蒙混中蛇蝎一样的花纹

曾经在你可怜的心中妄想过

一个可敬的朋友当你揭开

我的面幕你的惊骇绝望的哀叫

不是不是你喊着你却不能

掉下一滴眼泪哀悼你丧失的臆象

这才是人的真相世界的究竟

欺骗的线勾通了黑暗交给你

一个金光的谎教你枉然欢喜着

人间剩下来的贞洁神圣的高超

但终究我是人我是上帝造下来

受着试探无穷的诱惑把自己

一颗宝贵的纯正的心不小心的

让色淫的火烧坏我还蒙蔽着在胸间

给你久长的相信相信我一点天真

常常为你私心的欢喜我再不能交代

我所该你这一笔无法偿还的债

多少人在不可计算的次数中

叮嘱我告诉我收好我的心收好我的心

我也曾经一千回的醒觉要自己

不辜负这般善良的企望把自己
在这人世间站在另一个位子上
全不为一点小小的试探降服
做一个例外打破这人世的定律
但是我太软弱我终抵不过
那些惑人的甜蜜紧身的拥抱
鲜红的嘴唇舐进我的舌尖只教我
一刻间推翻我的信念我的坚强
都只为一个温柔溶成了水谁知道
那又是假在这人的市场中
我逃不出这项交易我把灵魂
撕碎了交付在罪恶的秤上取回
这一把不能忏悔的污浊
就使你有长河一道的泪流也不能
洗干净这一身的丑恶但如今
你只在远处看我跌进了污沟
你指着我的身上嘶声的咒骂
这应该你要不吝啬你的狠心
为着世界的光明尽量地发泄
你心中对我的厌恨对我的失望
这也抵不过我在你心中一次纯洁的
天神一般敬仰的信心都一齐
给我自己现出真形我本来是
一个好好的孩子有着我的天堂
一路上我遇到豺狼一般的强盗

抢走我的心我只溺在欺骗里
拿到不常的梦虚伪的爱情
哦你听着这才是世界的真实
不变的律没有例外总是
找到顶准的证明罪恶不离开
每一个人不给你想到那里
再有一个朋友不把自己杀死
在女人的怀里你才始知道
孤单永远跟着你没有一天
你能看见你的幻想那些影子
欺了你多少回的喜快只不过
这一把不能忏悔的污浊
就使你有长河一道的泪流也不能
我的丧失我是死了
我用一身的罪恶裹着这尸体
睡进黑暗的坟墓里不声响
不再看你一双发光的眼睛
曾经热烈的盼望我的人格
好比金刚烧不化永远的坚强
你当我是一个幻想在你灵魂中
得到了又失掉找不回来
我去了我去了我远远地
远远地离开你只交付你
最短一句嘱咐我的好人我的天
只把我忘记直到你死去的一天

用一口鲜血喷吐出这终天的咒诅

十九年十一月二十一夜南京小营三〇四

第五卷　留给文黛

白马湖

白马湖告诉我：
老人星的忧伤，
飞过的水活鸽，
月亮的圆光。

我悄悄的走了，
沿着湖边的路，
留下一个心愿：
再来，白马湖！

二十年一月上虞百官故里

城上的星

你指着西天蓝云底
一点小小的光明；
你喊，带着轻的惊异
"一颗星，一颗小星！"

我们跑上旧的城垛，
"看，一盏淡淡的灯！"
清朗的从心上沉落
一个灭亡的回声。

供

我望着你，从这粉白的壁上
映出黄昏时西天的浮云，
我看见春天回到我的心里：
白鸽子的笑，翠鸟的碧青！
你，我供养着的灵草，吸收了
六月天阳光的热，（那殷红
三瓣小小的叶子灿烂的光）
阳春的杜鹃深夜的悲痛；
我吩咐晨光沐浴你一夜来
细碎的烦恼，落日的沉默
我对你的忠心有着一样的
静穆，却分明天地的黑白；
让温柔的风拂拭你的尘埃，
雾气的萦绕添美了新鲜，
我不忘记关上了窗门，不许
晚气来和你私自的寒暄；
一支烛光照耀你不变的红，
我低低念着小小的情诗，
香烟吐出的圈围着了你，像

阴天的云,那是我的心思;
你,我供养着的灵草,每一天
告诉我春天的信息,殷红
好比我的私愿;我凝视着你
白璧上一株小小的秋枫。

二月三日小营

太湖之夜

老天怎样会苍白成这样的光景!
凭什么要忍心撒下这些铅白的灰,
不教浪头驮了闪光在堤岸上撞碎,
留着焦黄的岩石显露它的饥馑?
这气色够使我想起自己的伤心,
可是黯淡里谁能说阴晦不就是美?
无限的意义写满太湖万顷的青水,
尽是单纯:白的雪,灰天,心的透明!
　　看不见落日,黑夜带来死的寂寞,
尖锐的旋风卷走了最后的声响;
　　灯火也不能安慰我无边际的惊惧,
我担心着孤岛真就会顷刻间沉没——
要不是清晨看见你,雪天的太阳,
万顷的灿烂,你一双乌光的眼珠!

二月八日无锡太湖别墅

摇船夜歌

今夜风静不掀起微波，
小星点亮我的桅杆，
我要撑进银流的天河，
新月张开一片风帆。

让我合上了我的眼睛，
听，我摇起两支轻桨——
那水声，分明是我的心，
在黑暗里轻轻的响。

盼咐你天亮飞的乌鸦，
别打我的船头掠过；
蓝的星，腾起了又落下，
等我唱摇船的夜歌。

二月底小营

铁路上

你，我，一样的方向
沿了两条铁轨走；
朝着紫金色的山，
吸收晚风的温柔。

经过山冈,绿的树,
新月描上了蓝云。
停了步,我凝望你:
"永不碰着的相近!"

沙漠的歌

那时候我原是好好的,
我说,不要来,我爱寂寞;
可是你来了,那样快的
一阵大风吹狂了沙漠。

我也得感谢你,你总是
我的沙漠里最后一声
强蛮的疯狂;你又抛下
这死的平静,啊,我的神!

现在你说,你得是一支
顶小的风抚摩一朵花;
你是这样去了,轻轻的
安下我每粒苍黄的沙。

我只得歌颂你,我的风,
大能的力,强蛮的美丽;
你的降临,纵使我骇怕,
你去了,我却又爱了你。

五月

五月的天气静得像一只铜牛,
天上看不见一片走乱了的云,
河边油绿的小麦,艳极的玫瑰,
睡眠的波浪里沉着困倦的心!

纵使太阳忘不掉每一个五月,
可是人,你不许有清醒的永久;
收住你的喉咙不要唱得太高,
美丽的日子静得像一只铜牛。

初夏某夜

你要一个黑色的恐怖的夜,
一条沿河冷僻无人的小路;
我全然明白你,澂澂子,不是
这田塍上只少棵挡路的树?

你挨紧我,亲亲的,为的骇怕
水塘里跳出鬼在你的面前——
不要紧,就是我也不生坏心,
叶子早该绿透了,不是春天!

嘤嘤两节

可不是,一样的亮光?

荷叶上两颗露珠，你和我：
一阵风的绿会圆成天堂，
一阵风的绿会吹破。

可怜的，不许再妄想，
风里面停不住永远的梦；
听，落在水上清脆的一响，
你我自己都失了踪。

告诉文黛

告诉文黛，飞，只管飞！
可总不许提到"明天"；
潘彼得从来不知道
有一个"明天"在面前。

也不许说：彼得，我爱你！
彼得的心只是一张
补不好的破网，没有话
能够沾上他的翅膀。

飞，只管飞吧，好文黛！
你还是年青的孩子；
等到别的时候你再
想起，彼得已经忘记。

六月十九日雨夜，小营。

潘彼得的梦

彼得做了一场梦，
在昨天的晚上，
他看见一片落叶
发出一点声浪：
彼得，我是文黛！
　彼得的心里
跳出一个奇怪。

但是早晨的钟响
掀亮他的眼睛，
他才醒悟这一夜
在一座古塔顶
挂住他的瞌睡。
　彼得笑一声，
依旧往天上飞。

六月二十日是端午，写给真妮孩子。

在前线

在蕴藻滨的战场上

在蕴藻滨的战场上，血花一行行
间着新鬼的坟墓开，开在雪泥上：
　　那儿歇着我们的英雄——静悄悄
　　伸展着参差的队伍——纸幡儿飘，
苍鹰，红点的翅尾，在半天上吊丧。

现在躺下了，他们曾经挺起胸膛
向前冲锋，他们喊，杀喊，他们中伤；
　　杀了人给人杀了，现在都睡倒
　　在蕴藻滨的战场上。

"交给你，像火把接着火，我们盼望，
盼望你收回来我们生命的死亡！"
　　拳曲的手握紧炸弹向我们叫：
"那儿去！那儿去！听我们的警号！"
拳曲的手煊亮着一把一把火光

在蕴藻滨的战场上。

二十一年三月十日夜青岛

一个兵的墓铭

也许他淹在河里，
也许死在床上；
现在他倒在这儿，
僵着，没有人葬。

也许他就要腐烂，
也许被人忘掉；——
但是他曾经站起，
为着别人，死了！

三月十六日青岛

老　人

季家桥一个老头儿
跟着他的拐杖走，
背上一个包袱，
牵着他的孙子，
在黄昏里，一步一步

跟着他的拐杖走。
天还是下雪，轻轻的
飘，飘，飘，没有声息，
在四野，前村，后村，
雪还是下，没有声息：
盖住了昨天泛滥起的
平地的潮水；蝗虫
在雪地上跳，细嚼着
染血的烂泥。——都没了。
我记得昨天的薄暮，
两个兵扶着一个
污泥里爬起的老人
痉挛着，奇惨的尖叫。
现在却依旧是白雪
盖满这一片天地；
一朵一朵雪花落在
竹枝上，树尖上，屋上，
那些倒坍的屋上。
从前村，灰灰的两个
抬着一个在雪地上
滴下一瓣一瓣梅花
缓缓的走来，向他说：
"老头子，不要去啊！
也许，今晚上，也许……
日本兵是一群贼，

一群鬼，没有脑袋的！"
老头儿没有听见，
迎着雪地上的梅花，
跟着他的拐杖走，
他要回去，他要回去。

夜，落在雪眼里。
他们走过田塍，走过桥，
转弯，他认识村上的路，
认识每一条河，每一块
石头和它多少的掌故：
多少人坐过的，死了。
可是这桥下，他知道
有一块平坦的稻场，
是谁给掘了一个大坑，
黑黝黝爬着什么似的。
鬼？这儿可总没有
一个横死的。他不信。
总有什么人打这里过，
丢下些破烂的大氅，
绊着他的脚，没有跌倒，
他还绊着一些硬硬的
裹着棉花的东西。
他该走近那棵杨树了。
为什么他没有看见？啊，

这儿上年纪的人全都
一个一个死完了，只剩下
这一棵古老的杨树，
（看着他生，长大，一直到老）
一圈一圈重叠的年轮
记载着一家人的谱牒，
亮月天他们围坐在
树荫下望天上的北斗，
老人指出星象的吉凶，
他们说那一年扫帚星
出来了，"长毛"广东造反……
现在这些故事，跟着
说故事听故事的老小
一齐像门前那棵杨树
拔根儿刮去了哪里？
真的，那棵大树放到哪儿去了？
没有走错路，他看见
那个大井栏还好好的
坐在篱笆边，朝着天。
"为什么人要变野兽？"
他想着。他的熟悉的门槛
招呼他进去，仿佛一只
受伤的黑眼睛，门歪了！
黑的，他擦着一根火柴，
他才明白那棵杨树根

是什么时候从屋顶

窜进来，挤着一大堆瓦片

碎木头睡满他的床上。

"我是主人！"他心里叽咕：

"你们听了谁的命令？"

可是这般造反的家伙，

不，这些从祖上传下

用旧了的东西，它们自己

本不甘愿毁的。他饶恕

这群忠爱的朋友；

从小到老他轻轻抚摩它们，

不敢叫它们受伤；他爱

每一块修补的墙壁，和一只

修补过的茶壶，他熟悉它们

就像熟悉他身上的疤

或是脱落的那一个牙齿。

现在它们都这样不幸，

那都是主人自己的罪过。

"为什么要逃开？"他埋怨自己。

"再不走了，就是死！"

他默誓，对着祖宗的灵位：

（那平安挂在墙上的神龛）

"我要看守好自己的园林！"

这村庄载他过了一生，

那些翠青的竹树，每一枝

他都摸熟了，看它们长大，
看它们春天生出新笋，
繁衍着像他们繁衍的子孙。
他想到多少先人的脚步，
在这地上踩过，踩进泥土去；
就便有一天他要睡下，
在土里变泥；他也和他们，
（那些流着一条血流的祖先）
一同睡在他们从小踩到老
与他生命相依的土里，
用他们从地土取来的血肉
供养给地土上的树木禾谷：
这是他们的报偿，报偿本土
并本土上，遗留的子孙。
他在屋子里转转无数的圈，
老花的眼睛在暗光里寻找
那些亲昵的小东西，在哪儿？
"变动"移乱了他记忆的棋局：
东头那间屋，断梁压了
他的老牛，他喊不醒它；
磨盘下伸出一只生手；
他看见饭锅里盛满泥灰，
地上散下一些生人的灰毯，
水壶雨鞋，和那打剩的弹壳，
还有那墙根下睡倒着

打剩了的灰色的一个……
唉！一阵阴风从旷野里来，
吹冻了绕村的小河，
他的血流打一个寒噤；
那些竹枝沙沙的摇，
陡然竖起他的汗毛，
是什么支撑着这间破屋？
那边西墙立起一道黑光，
从那坍倒的墙空里，他望见
长蛇穿草似的声息。

漆黑的河水上滑过
一对对盾牌和长矛，
悄悄"摸"到更黑处去，
一对对盾牌和长矛。
老头子提着一个灯笼，
交给孩子，他摇一摇胡须：
"你去，好孩子，我不走了，
让你活着，你再能来！……"

二十一年三月十七日青岛

哀 息

三十里长密集的一条黑线，

远远像一条河在黑夜里流,
(笨重的韵节踩落在铁路上)
流响着他们中心的忧患:
"走啊!走啊!谁教我们这样的?"

三昼夜这一条密集的黑线,
像一条河(平地泛滥的春潮)
不问昏晓不问阴晴,尽管流
流响着他们中心的忧患:
"走啊!走啊!谁教我们这样的?"

这哀息渐渐流进我的血管,
我凝固着像岸边一块石头。
在南翔的站上我向上海望:
密集的一条黑线像河水
驮着他们的哀息黑夜里流。

"走啊!走啊!"你们幸福的哀息!
我想着在号角中排上天去
另一条密集的黑线,在云空
蜿蜒着他们灵魂的哀息:
"去了!去了!谁教我们这样的?"

三月二十夜青岛

铁马集

序　诗

我的思想不是一缸炉红，
它来得快，又来得显明：
像闪电不凭借什么风，
在不提防的时候降临。

有时候幽暗不曾参破，
你看见乌云遮没青天；
我的思想像一面黑锅，
它经过多少火焰的熬炼。

夏夜的闪电不告诉你，
明天是暴热还是大雨；
留心我的阴险，在思想里
不让你猜透我的计虑。

廿一年十二月十九夜北京

桥

桥,我常常睁开伤心的眼睛
向你望,你真是一只骷髅上
雕出的伤心的白眼,没有光
没有神采,一道严肃的沉静。
就给满天煤烟迷了你的眼,
大声的震荡麻醉你的神经,
电火在黑的网上布满飞磷。
钢铁的摩擦总不许你睡眠。
日夜你流,流不完苍老的泪,
你潜默的意识许是一团火
将要烧起,宣告那宗大灾祸,
在旦夕间降临到这群人类!
你的眼色尽是愤怒是失望,
不消说你还是想望流一回
欢喜的清泪,但河水再不会
有一天变干净,永远的沙黄!
你的泪,滚流着这个大都会
剩余的文化的遗产,数不尽
那些被弃的肮脏,和一大群
从罪恶上洗抹下来的污秽。
如今你老张着骷髅的白眼,
在迷雾中启示那一句骇怕

惊人的信息：你可怖的眼白
起始游织一层红丝的火焰。……

二十年七月上海天通庵

雨

自从那个早晨，
你的眼睛下雨；
我开始就记认
你明眸的言语。

如今却是黄昏，
我站在街头望——
轻风卷来一层
雨，遮没了天光。

沥沥的小雨声，
那是你的言语；
还有那只眼睛：
街灯濛着细雨。

可是这回湿了
我自己的眼圈，
你该已经忘掉

我心里的雨天。

七月十九夜天通庵

我是谁

　　我是谁？好的，倘使你想
知道，我一定，一定告诉你
　　一个完全。我要把心象
描在诗句上，像云在水里
　　映现的影子；不用说谎，
天在上面。人不能骗上帝。
　　上帝！哦，他启示我天堂
哪儿有真实的美，是透明
　　在我自己心里的灵光，
最是纯洁，她却不是眼睛
　　看得着的神圣；这奇丽
可用不着装饰，她要信心
　　建造她的宫殿。我自己
不明白，信着这样一个梦：
　　梦见一个洞，深到无底，
灰色的燕子成群飞，掀风，
　　有蜘蛛织的网满天穿。——
我爱黑暗里光明的闪动，
　　像秘密的关紧在一团

真金中心里的一小点水,
　　太阳收不起也晒不暖
她的心,容她自己去赞美
　　永恒的亮。我就最甘愿
长远在不透风的梦里睡。
　　睡呀!?这话可说得太远,
不是,你想要听我的身世?
　　我寒伧,讲来真要红脸:
我轻轻掀过二十张白纸,
　　有时我想要写一行字:
我是一个牧师的好儿子。

八月七日天通庵

我望着你来

我望着你来!
趁着一阵芙蓉香的轻风。
吹动你的秀发飘飘的飞,
西边的云彩露一色透红。
不要迟!我为你安排翡翠
联成的小桥,点亮千万盏
珍珠似的明灯:你要轻轻
撩起衣裙,踮着你的脚尖
从一盘盘绿荷叶的上顶,

悄悄的来,不许惊散一颗
晶圆的水珠。我欢喜看见
你从那里来:红红的灯火
隐在白杨林中的小星点。
我望着你来!

我望着你来!
你来,来得却是这样神奇;
成圈的蓝云托着一盘星,
红红的光,月亮刚刚升起;
你飘飘的像飞,但是分明
你有脚尖点着一片一片
蔚蓝的云。我便是一个人
静坐在一角青天的底边,
悄悄数着你云际的步声。
我望着你来!

八月十日夜天通庵

焦 山

我爱一圈圈漩涡
吐出晚霞的红笑,
白帆悄悄的飘过,
小灰鸟婉转的叫。

我愿是一支小草,

攀上孤岛的石岩,

有一天我会枯掉,

江潮载了我过海。

八月廿九日枕江园

蓝庄十号

静是这黑夜的声音,但是

可怖的是这黑夜的颜色,

深沉又深沉,停止在竹窗外

那几张新织的蜘蛛网上,

淡黄的灯照亮这一角小楼,

只是这方丈内转角的墙壁

反射出暗淡的轮廓。——静得

唯听见古旧的表滴沥的

指示分秒的进行,与这夜

踏步的深入转变后异常

清凉的季候中,使我在静中

度量我自己:我恨,我悔恨!

光阴的转移是如此可惨的

教一切都改变:骇人的毁坏!

我眼看云烟的消散,轻快的

不留一点可寻的遗迹,

又是这般强蛮教记忆
铭刻着我的伤心:每到夜
我说记起这颠倒的命运,
上帝给我安排下多少晨昏
在你可爱的眼泪中并流
我感恩的眼泪,听你低声说
你和我秘密中的爱情,
还有那永远的信誓都一齐
成就了我哀痛的记忆,
我的羞惭,和你幸福的反面。
上帝只将幸福给幸运的,
厄难永远交给可怜人承担。
我苦守在这孤僻的村庄,
喝一杯浓香的苦茶,袅袅
给烟卷腾出了几十千条
灰色的小龙回绕我的梁头,
我凝视案前几尊泥塑的人像:
英武的拿破仑露一只
锐利又凶猛的鹰隼,他的雄心
正是我的羞耻:那位深乱
长发的贝多芬在他皱纹上
描出我的忧愁的线路;
这尊瓷石的骷髅头放出
一副狰狞的骨骼,深凹的眼
和一排冷笑的白齿,可怪

那鼻梁上停着一只红头
绿腰的小蜂,它的脑袋一个
窟窿里装满了我的烟灰,
那疏朗的老发是我安的
二十七枝火柴的黑尖。——我认识
这一切静物的相貌和它们
眉目间的傲岸,中心的冷淡。——
忽然遥远里号角幽幽的
涂抹这秋夜难堪的清凉。

九月七日夜南京

相　信

那一夜我走过她的墓园,
一株冬青下我仿佛听见
她的叹息:"我不曾忘掉你,
相信我永远爱你在心里。"

我推开那座坟墓的石,
向那黑黝与阴寒中我问:
"爱,请你再向我说一句话,"——
一条鸡冠蛇在骷髅里爬。

九月十一夜蓝庄

天没有亮

打过了三更,
一下,两下,三下,
木梆这样沉;
轻的是四五家
睡熟的乡村。
我向窗子外看,
天还没有亮。

鸡叫了几声,
一个,两个,三个
星子往下沉,
世界是条黑河,
风吹的怪冷。
我向窗子外看,
天还没有亮。

九月十四夜蓝庄

夜　渔

我在床上听得见
板网落网的声音,

仿佛是这个黑夜
沉默里跳跃的心。

缓长的一起一落,
黑夜呼吸的恬静,
天上的星辰也会
缓缓闭上了眼睛。

天就如像一张网,
没了万千的网眼,
东方吐了一线鱼白,
红眼游进了晓天。

鲜丽的云彩逗笑,
白亮亮的小水浪,
几只晨鸟飞绕过
水边悬空的渔网。

二十年九月十六日蓝庄

燕　子

我懂得燕子留恋旧巢。
你的眼睛像一只燕子,
今夜筵席上,你在寻找

我无神的眼睛,你迟疑。

去年的新泥已经变旧。
你的眼泪也曾经揉碎
在我眼睛里冷冷的流,
今夜单是流我的眼泪。

忧郁是你留下的羽毛,
风轻轻的吹,它就扬起。
但是燕子只留恋旧巢,
一迟疑,她又往远处飞。

十月十一日蓝庄

太平门外

太阳的影子向平原
　　流下时的雍容,
在紫金色的山坡下,
　　翁仲望着翁仲。

湖上的风朝山野吹,
　　群草轻轻的涌;
一样是秋天的下午,
　　翁仲望着翁仲。

二十年十月二十一日南京

铁马的歌

天晴,天阴,
轻的像浮云,
隐逸在山林:
丁宁丁宁!

不祈祷风,
不祈祷山灵,
风吹时我动,
风停我停。

没有忧愁,
也没有欢欣;
我总是古旧,
总是清新。

我是古庙
一个小风铃,
太阳向我笑,
锈上了金。

也许有天
上帝教我静,

我飞上云边
变一颗星。

十一月十八日大悲楼阁

致一伤感者

当初上帝创造天地,有光有暗,
太阳照见山顶,也照见小草。
——世界不全是坏的。

伤感在穷人是一件奢侈的事,
快乐在人手上,也在人心上。
——世界不全是坏的。

二十年十一月二十三日蓝庄

圣诞歌

天上的老翁,你下来吧!
我们摇响了圣诞的金钟,
祈祷天风替你驾起飞马,
你下来吧,天上的老翁!

窗外的白雪沙沙的下,

火炉飞旺着透红的浪焰，
彩蜡在柏树边开出嫩芽，
屋上招展着一袅青烟。

我们欢喜的唱起圣歌，
阖上眼睛做感恩的祈祷；
瞩望你快从云端里降落，
烟囱是你安暖的甬道。

让你的白发在灯下飘，
卸下你肩上重荷的包袱：
那里装着我们一袋欢笑，
装着我们祈求的幸福。

给你带回我们的许愿，
安分的灵魂献一炷虔诚：
愿天堂的云梯接着地面，
我们好登上帝的金城。

天上的老翁，你下来吧！
我们摇响了圣诞的金钟，
祈祷天风替你驾起飞马，
你下来吧，天上的老翁！

一九三一年上海虹口

海天小歌

上

像浪花抱着浪花,
告诉青天和白沙:
我们原是大海的泡沫,
耐不住静耐不住沉默;
请向西风去讨还
吹来吹去的喜欢。

下

我愿是一朵青云,
你是云里的百灵;
飞到天门你脱下翎毛,
我们逃出世界的小泡。——
你不是说过,真妮:
"爱情容不下沙粒。"

二十一年一月蓝庄　五月青岛续作

鸡鸣寺的野路

这是一条往天上的路,
夹道两行撑天的古树;

烟样的乌鸦在高天飞,
钟声幽幽向着北风追;
我要去,到那白云层里,
那儿是苍空,不是平地。

大海,我望见你的边岸,
山,我登在你峰头呼喊:
劫风吹没千载的城郭,
何处再有凤毛与麟角?
我要去,到那白云层里,
那儿是苍空,不是平地。

二十一年一月十七日大悲楼阁

别蓝庄

我看见乌鸦落在田里,
看他们飞,看他们回去;
我看见灰云在天上转,
看他们散,看他们降雨。

夜半我站在桥上望山,
坝上的流水在桥上嘘;
但听见池里细脆的响,
我瞧见水瞧不见小鱼。

从来你们就使我欢喜,
　教诉我寂寞,给我安谧;
　如今我要从这里去了,
　你们沉默着,也不惋惜。

一月二十一日

叮当歌

叮当!
从教堂的圆顶,
　一群金色的鸽子,
穿过午夜的云;
叮当!
在山和山的中间,
　教山谷回应
她们神奇的志愿:
"叮当!
从天上降到地下,
　儆醒凡人的沉眠,
从泥尘升上云霞。"
叮当!
一群金鸽落在心里——
　我的心是一片海沙——
轻轻的她们又飞起。

叮当!
告诉无数的桅杆,
　吩咐风和风旗,
为她们指示方向。
叮当!
叮当在海上,
　乘了无边的风帆,
向天上飞航。

　　青岛的午夜有时传来德国教堂的钟声,使我回想十五年前在江南一个神道院中,父亲抱着我倚了栏杆唱叮当歌。我祝福父亲康健,如这德国教堂不变的钟声一样。五月二十七晨,记于青岛。

白俄老人

也有过荣华,也曾豪壮,
衰了,他身受多少风霜?
他咳嗽,喘气,但又沉着
仿佛西伯利亚的大漠——
飓风卷走了他的篷帐,
他的人群、牛羊和星宿,
吹他来这海上的异乡。

但他壮严依旧像秋天

一柱静穆苍老的山尖。
有时候肺腑间的块结,
引起他咳嗽或是叹息——
那一阵痉挛轻轻摇下
他黄须上气凝的水滴,
只频频摇头,他不说话。

总是沉默,他衔着烟斗,
眼光在报纸上来回走;
有什么打搅他的心思,
他停下来,把眼睛举起——
轻的一瞥,落在尼古拉
神武的遗像上。也许是
寒冷使他呛,他喊:"陀娜!"

二十一年六月二日青岛咖啡

海

当我掩上一半眼,
从睫毛上偷看:
　一点绿,一抹青,
　淡黄和天蓝,
并一片大海。

我听见：小鸟的叫，
　　沙路上的脚步，
　　八只马蹄蹴踏
在林间，和终日
开山打石的粗声。

但是当颜色和声音
沉灭的夜间，
我的思想中还是
　　一片天蓝的大海，
　　白帆向天边
无穷止的飞！

六月十三晨，青岛。

小　诗

我欢喜听见风
在黑夜里吹；
穿过一滩长松，
听见你在飞。

吹我去到那边
不远的海港，
那边有条小船

等在港口上。

六月青岛

西　山

多少白皮松的萧萧，
　　多少云纱挂住松梢？
多少山泉流的幽悄，
　　山下的驼铃，有多少？

谁信云纱还送羊群
　　踩着松梢下山？谁信
今夜远远的骆驼铃
　　在十七的月下，像星？

中秋后，香山朗风亭。

西山夜游片断

这一条荫松下的山路，静
静得像一条长蛇的入定；
又像是苏醒了它在苏醒，
你不听见山岩上的小铃；
许是泉水从绿藤上丁丁
淋下来那样绻绵，那样清！

九月二十五夜香山客店

追念志摩

同大纲作

一

谁在和你谈心？
　"是我！
跟着我来吧，
　准没错。
秋天的太阳，
　冬夜的炉火，
那亲切的温劲儿，
　是我！"

二

谁在和你说话？
　"你猜！"
"我吹熄了灯，
　等你来！"
"冬夜的炉火，
　寒空的星彩，
那温温的金焰里，
　我在！"

三

"抽支烟再走吧,
　　别忙!"
"我得回去了,
　　路还长!"
一天的繁星,
　一缸的炉红,
月亮洒白了小院,
　"是梦!"

十一月十四日,海甸冰窖。志摩死已一年。

影

是一棵树的影子,
一步一步它在移,
也许它有点心思,
也许它不大愿意。——
　月亮自东往西。

最初它睡在泥地,
随后像是要站起,
慢慢它抱着树枝,
到了又倒在树底。——
　月亮已经偏西。

十二月廿六夜,海甸,记青岛海滨夜步。

九龙壁

我问第一条龙你要什么？
要庄严，我给你辉煌的英容；
第二条龙，你若是要骄傲，
给你挺拔的身腰像一条虹；
也许你，第三条龙，要神奇，
我能创造一切人造的神工；
要是你爱云彩，第四条龙，
我雕十道彤云做你的扈从；
我晓得第五条龙爱膂力，
赋予你雄姿，强蛮，再有威风；
第六条第七条龙，给你们
神秘的灵眼洞照一切吉凶；
第八条紫龙，第九条苍龙，
在我手腕下赐给你们神通。

九条龙一齐喊：我们要生命！

　　玮德先有此题。十二月二十七日北京海甸冰窖。

塞上杂诗

一　古北口道中

过一片平阳的怀柔,
过密云,密云似的山峦;
虎纵,龙飞,又像三峡间
无数支湍流的奔窜;
白日是浑浑的死黄,
大月下万重山的冷淡,
山涧,溪流,停住了呜咽,
倒挂着丝巾一千丈;
山坳间两三株古树,
叫来茅店中一声鸡唱,
有时远处隔多少山峰,
飘起骆驼铃的叮当。

二　承德道中

过一线巉岩的鸟道,
青石梁,红石梁的嵯峨,
雄伟险峭,就好似李白
与李贺的长歌短歌;
上,下,三千仞的悬崖,

过滦平，晚照中的滦河，
短笛山谣，送牛羊下山，
平林后有几家炊火；
暮色披下山，看峦头
又似昂首奔腾的瘦马，
跨着山脚下一带云气，
踢开了满天的黄沙。

二十二年三月十二日夜　北京途间

唐朝的微笑

在古老的尘封里，
　　死绿的，斑落的；
　　一叶青石上，
刻着那古装的神像：
我从侧面窥探，
　　她在庄严下
　　冷淡的，沉默着
一抹笑角的希微。
你是青石上的神像，
野地的含羞草也像你。

秋雨偶然作

若不是这夜雨的淅沥,
也许我睡着了,也许不。
若不是雨,那绵绵的静寂
也会落下来更轻更稀薄
你那细细像雨的叮嘱,——
睡眠在哪里呢?(我但闭紧
眼睛寻)你的声音也在说:
睡眠吧,我的小亲亲!

九月二十二夜狮子山

秋　江

有无数张缓缓西行的帆片,
薄刀似的顺着江流在分割
两岸的平芜,浅山,山后的天,
也切碎了江上向晚的淡泊。

也有片小小秋江上的帆篷,
载满暮色的邈远,风的无言,
它割裂了又轻轻给它弥缝,
那云堆,重山,平芜似的思念。

九月二十四日江干

雨中过二十里铺

水车上停着的乌鸦,
什么事不飞呀？飞呀！
葫芦爬上茅顶不走了,
雨落在葫芦背上流。
静静的老牛不回家,
在田塍上听雨下。

草屯后走来了一群
白鹅在菱塘里下碇。
小村姑荷叶做蓑衣,
采采红菱吧,云在飞呢！
雨,洗净了红菱,洗净
那一双藕白的雪胫。

二十二年十月十日夜狮子山

秋风歌

风啊,领我去北极,冰雪的北极,
　或是去赤道上永远看不见冰雪;
我就怕度这温凉循回的变更,
　北风吹不去我的余温,春天我冷。

风啊，快告诉我是不是热望，
　　升绝顶就有绝命的危冈？
是不是热情的长河流到海，
　　它的怀抱就是冰凉，掩埋？
风啊，你可敢说万物的劫数
　　都像那枝成熟的骄傲：那野树
在葱郁后要凋谢不许踌躇！
风啊，你敢说洗劫后的天地，
　　从此不再现春天——岂不也是你
传示这消息说春天再要起！

风啊，吹吧，吹吧，吹去一切败叶，
　　吹去你自己在落叶上的叹息，
吹去一切，给世界完全的清洁。
风啊，吹吧，吹吧，也吹去我四边
　　可怜的挂牵，吹它们向空乱旋，
吹去它们离开我记忆的恩缘。
风啊，借给我你行飞的翅膀，
　　无色希微的羽翼，容我开张
在万里的穹苍，静静与寂寥
　　呼吸——还是你这刻间就断掉
我呼吸的自由，即使是你
　　风，我也想不起你在哪里？
但是风啊，凭什么你能吹动
　　我灵魂间的无理，它也是风！

中秋前一天就下雨,整整五昼夜不停。今早开晴,风又起了。在山上住有一个多月,听惯了藏在叶间的秋风。(我的北窗临着山坡,三四株杨柳和榆荚)飕飕的疑心是雨,又疑心陨星落下的细屑。杂在这细屑又缠绵的风叶声中的,更有山下夜半的更鼓,和前后两小山女修道院和圣母院的夜祷的钟。常常有些无告的落叶,依附在我的北窗上,像有羞羞不敢说说不清的忧思,我的灯光也瞅着它们难受。这旬日间,小楼的住客自己也在这挂单的生涯上小苦,此地陌生得无可告诉的,不是寂寥就是风。风是长长的,还是告诉了它吧。也许带我的告诉到远处去,也许托付远远一片叶子,落在远远的一扇看山云的小窗上,它会诉说我的诉说的,我如此盼望。

十月十日并记于狮子山青阳楼。

黄河谣

浩浩的黄河不是从天上来的,
它是我们父亲的田渠,母亲的浣溪;
从噶达齐苏老峰奔流到大海,
它是我们父亲的田渠,母亲的浣溪。
在它两岸,我们祖先的二十四个朝代,
它听到我们父亲的呼劳,母亲的悲哀。

浩浩的黄河永远不会止歇的,
它有我们父亲的英勇,母亲的仁慈;
奔泛时像火焰,静流时像睡息,
它有我们父亲的威严,母亲的温宜。
五千年来它这古代的声音总在提问:
可忘了你们父亲的雄心,母亲的容忍?

二十二年十月十五日狮子山

一半红一半黄的叶子

冬天快来了呢?
"在山那边喘一口气。"
凤尾草还红红怪鲜丽的,
"她是秋天最后一个脚印,——
穿着黄色褴褛的睡衣。"

老鸦飞过山了,
"我们同它一齐飞。"
山背后走上个头白发的,
"她踩过凤尾草上哪边去?"
——我不知道鹧鸪为什么啼。

十一月十六日晨狮子山

梦家存诗

过当涂河

我想象十四的月光，
如何挂在古渡的危塔上。——
你看吧，樯尾的"五两"①，
垂下了落湿的翅膀，
"哪里飞，哪里飞？"它不敢喊，
从东岸张望到西岸。

小小的"五两"在我们头上：
我们看走去的一把伞，
我们看走去的一条岸，
我们看米襄阳的烟山——
雨落在当涂河上。

廿三年九月二十六夜海淀

---

① "五两"：以鸡毛为之系于樯尾候风之物也。

小庙春景

要太阳光照到
我瓦上的三寸草,
要一年四季
雨顺风调。

让那根旗杆
倒在败墙上睡觉,
让爬山虎爬在
它背上,一条,一条……

我想在百衲衣上
捉虱子,晒太阳;
我是菩萨的前身,
这辈子当了和尚。

廿四年二月四日,岁首,燕东园。

登 山

从那里我又沿溪水间的银杏,
跨过云飞的桥,穿过绝壁危崖,
我登泰山的绝顶呼喊长风,

要它带回来古代人曾经的足响:
七十余王的登封,谁更数得清?
何处是秦始皇雄视九州的驻石?
还有为天下木铎的孔丘,他来登
岱顶遥望九点烟的齐鲁,天下
变小了,谁再能有他浩博的胸襟?
哪儿是孟轲的家乡,在一丝银线
挂着的汶河星棋的田陌中间?
还有此邦的稷下先生,谈天雕龙
或狂笑或垢行的古人,他们在哪里?
我要他们回来,在这山风当中,
听他们走回来的足响,走回来!
啊,万方的风云在我上下摩荡,
我唯见青天上孤鹰的徘徊,
那无数支梁父山起伏如蛟龙,
为何你雄伟有如此安稳的沉默?
为何不再唱出声来,你巉岩间
老杜悲亢的坎坷,你绵绵无尽的嵯峨,
像山东李白的长歌,并那山阴下、
古长城的荒凉,如岑参歌中的朔漠?
我指望你们再来,如在灵岩山
峭壁如城中的一株古松,向西方
指望玄奘的归来,忠心的盼望!
我怕,黑夜中是何等恐怖的风
击响绝顶的铜瓦铁马儿惊慌,

又是何等神手在何等砧上
捣洗世界第二天的云裳？（我听，
我听在天明前是什么黑云
张没了大黑，预备明天的光明。）
向峰头我独自去等，鸟也在等
朝阳在万顷的东海银波上荡漾
像香炉，像灯笼，像老人的喜笑，
升上来，升上来，告示白天的开场！

二十二年十月廿六日夜半

出　塞

热情吞没了以外的悲喜，贪心给我
追往日的光荣，但谁又敢拦阻我，谁
不听见这古城的哀哭，每一块石
全在惊惶着行人的悠闲，每一片
玻璃瓦在阳光下炎炎的火苗，
吐出可怕的预言：再有多久，多久？
"我有七百年长寿，在异族中长成，
复兴，又为异族而沦亡，再光复；
创业时的艰辛，忠心和它的热望，
全在我古老的骨骼间存在，如今
你们忍心眼看我的崩坏，我伤心
你们对我生命光荣的信仰，有过

多长的岁月,你们竟毁之于一朝?"
古城北京这样说:"老鸦儿笑我吧,
我的宫殿的基石也正在讪笑;
铜狮子说他耐不住寂寞,要去寻
新的主人,铜鹤想飞出这等冷漠;
还有闷不住声的古鼓全都叽咕,
说它们不再愿意做陈列的俘虏。
景山上我在望呢,望望前门外
那三盏白灯几时再亮起,几时挂?
你们向哪一方去,人,向南,还向北?
这样匆匆的忘了我也罢,我不能;
玉泉山下我的呜咽,在冰河下还是
潺潺的流,冷冷的流我的眼泪,
要到几时呢?"——唉,这流水间日长
夜长的哀泣,流进我思玄的静园,
我在读以色列人的流亡史,我遥见
长城外黄云黑云间的烽火如心乱;
天桥买老羊裘,东市买毡靴皮帽,
我要去,去看朔漠间柳条的红芽;
十二月寒风如麻鞭,沙粒像针飞,
婉娈似月的日下,有声没有人迹;
去,去,一去万里外绝塞的寒沙,
不信其间无寸绿的昏黄,天与地!
那一片平阳的怀柔,坦坦的无际,
那密云,密云似的山峦,起伏飞纵

那不可勒制的奔窜，像三峡间
无数支夺路的湍流，在平地高耸
那屹然入定的雄姿；更有那千万匹
风洗净的山涧溪流，是什么神工
在日光下暴晒的丝绸，像怨妇
半夜里的远思，停杼不敢有言语；
那数重山以外丁丁成串的骆驼铃，
飘忽在有无之间，使人疑心在此
何处来的飞鸿，或如一鹤翘望
云山，有独立的矜持，沉重，有那
神圣无华的眼睛，多少颗潜思，
你沙漠中，酸风下，流泪的骆驼！
啊，无边的酸风用什么冷淡，死灰
黳黑的颜色，涂抹这瑰伟的山峰，
用什么大力止住了高山湍流的
雪水一齐站住？让你在长空间呼啸！
我经过此间恍惚温理古人诗篇
悲壮的荒漠，不但有陇头水的幽鸣。
我望见古万里长城跨骑过千山
万山它绵绵的伸长，望见年岁战迹
留在它淡黄浅红的颜色上，那衰老
与倔强的存在，是我们的万里长城！
万里长城，告诉我你龙钟的腰身里
收藏多少锋镝；告诉我那些射箭的
英雄，他们英雄的故事；告诉我巍然

无恙的碉楼如今更望得见多远，
有我汉家的大旗在苍茫间飞扬？
我望长城，长城望我出古北口险关，
过青石梁红石梁巉岩的驴道，
压人的峭壁在左边欲倾，右边是
千丈无底的深渊，数鸟的盘旋，
石卵沙砾流成河，流去铺满了
冰冻的滦河；无主的黄山黑岭上
牧羊儿领群羊，徐徐如水的归去；
我望见黄昏中几点炊烟，在晚风里
袅袅指点峰背后承德的行宫；
望见行宫殿角上的铁马儿，四近
几点晚照中寒鸦啼破了的寂寞。——
壮伟的河山，我想起曾经仰望
惊讶你被遗忘的雄丽，如今是什么
马蹄践踏你叠浪的白龙堆？
我记起春风三月中的峭寒里，
小月下度过残缺的冷口，皑皑
高耸的数峰，背负了一道长城，
那山坳洞穴中那数点灯火的哨声；
那峪中穿沙去的流水，我听见
单匹战马昂然立在独木桥上
垂鬃饮水时那静悄悄的水声；
我记得那悲壮与冷淡风晕的
关山月照过的关山，如今在江南

望见九月初的小月,它正在冷彻

冷口外听流水无家归的白骨!

二十二年十月三十日

长诗及译诗

鸿 蒙
——《往日》之一

当初那混沌不分的乳白色,
在没有颜色的当中,它是美。
从大地的无垠,与海,与穹苍,
是这白雪一片的雾气,在天地间
升起,弥漫,它没有方向的圆妙,
它是单纯,又是所有一切的完全:
我母亲温柔的呼吸,是其中
微微的风,吹不来四季的消息;
那亮光是我父亲在祈祷里
闭着的眼睛,他与主的神光相遇,
那习习有声无色神奇的飞动,
啊,她是天使的翅膀,也是我的——
我是微小的一粒,在混沌间
没有我自己的颜色,没有分界;
那乳白色的一片,多么深远,

但我米小的在其中，也无有边缘，
我就是那渺渺乳白色间的一点，
他通到无穷去的周围，是乳白色，
他自己占到米小的一点，也是。
我有呼吸的从容，因为无一丝
阻碍我自由的伸舒，我从容的
在没遮拦的渺茫间浮沉，我又
借取了天使的翅膀，向空周旋；
我看不见美丽，也无处去寻，
他们说美丽也有它的对敌；
光明不在我的眼前闪亮，那儿
没有夜，更无用早晨的来去，
四季花的开谢，即使喜欢的
一种笑，也沉淀在无声的静处。
我不用辨识那完全清楚的一色，
天地与海的名称，也不能妄称，
不能妄称神的世界间的神名，
不能喊出我自己的名，我原没有。
那儿无有升在云上的哀祷，
我听见但只天地间自然的呼吸，
我的和我母亲的相合的呼吸，
它们全无分别的呼吸在一气，
融融如乳水的天籁。（我说我的，
也无非慈爱的母亲，在寿命中
移给我天赋的一口气的延续；）

我在那中间，吹开一口气的泡沫，
无上无下的飞动，流动，我是
那不受劝服的波浪，既然要，
我听便自己无思想的飞射。
啊，要是生命中真有智慧，
我敢说在无知中生长，不死亡
就因为得不着什么，也不失落
它原始的无根无底的浑实；
那没有失望的永始永存的天，
并且地和海在它无终的位上；
那儿我流眼泪全为了欢喜，
一种无名的欢喜，只有流泪。
我有缺乏即刻就被填补，
母亲是仓库，她不但给我乳，
并且在我呼吸时的不伸，她也
吐给我一口，那温馨的香蜜。
不教我醒，我睡在温柔怀里，
上帝的平安，也永远在那里。
天使等候在窗外，她听见了
父亲蹑足时的静，和他眼中
不敢惊醒我的一瞥，她就来
领我去；不，我早就在那儿；
就是我啼哭时的清醒，也会
从我流泪的小眼珠中发现
那乳白色的世界，那个天堂。

即使有真正的清醒,(决没有),
那头上的天花板,摇篮的白
和陈旧的白窗帘,也使我混乱
究竟那和刚才梦里有什么分别。
我没有智慧去分别,梦和醒
在我是一样;母亲乳白的胸脯,
我埋在她的温柔里,我吞进
那一点紫红的星:是爱,是温,
是我生命的泉源,更是我
在乳白色间想到的太阳。
啊,母亲淡淡黄的白胸脯,她是
我醒来时唯一的颜色,醒的颜色;
我闻到那从紫星中流出来
生命的芬芳,啊,醒的芬芳;
都是淡而不浓的,它们原和
我梦里的光景一样,一样,一样,
它们就是怎样引诱我去
乳白色间的梦,和使我忘记
更有什么不香的香气;
啊,母亲,你笑,你笑,那又是小仙
在你睫毛下的翅膀,在你酒窝中,
她们寻着了最难得的深藏;
为什么我不会,我小小的婴儿,
为什么不会那样的一笑,母亲?
可是太小了,也许是痛苦还

不曾临到我，你替我抵挡了；
可是那一笑间原不是喜欢，
它是一切痛苦遗失下的反光？
我原是无有的，你给我生，给我
生命的第一声啼，给我摇篮
和你胸脯间的跳跃；你逗我
在你的怀抱中第一声的笑！
啊，第一声的笑！第一声的笑！
你还给了我你温柔的手臂，
围绕我，像一个小巢包藏我，
你唱，你轻轻的摇，轻轻的
摇来了你祈祷的平安与睡。
母亲，我原不知道你是辛劳，
在我看来，你乃是万能，你有
二座雪白的高山，二颗紫星
是世界的王，庄严的宝座。
我有这一点敬爱，我想要
申诉我的颂赞，但我不会说。
我说不出父亲的威仪，我
听见他的祈祷何其温柔
谦恭，不解的意义，但我认识
他神色间的虔诚和安详；
我看到他威严的眼光注视我，
在他眼火中注下力，信心，
注给我一个智慧以外的痴顽；

因他，我才有最愚尴的痴心，
忍受世界上对信仰的讥刺。
这虔诚，安详，并这痴信，
我认识，因为日夜在我梦里，
我那样无目的，无忧的流动，
正是灵魂的愚尴，他有多么
虔诚与安详，上帝所喜悦的！
上帝喜欢人沉默的祷告，喜欢
孩子们无希求的啼，无心的笑，
喜欢他自己不沾染的外衣
是乳白的，他的名从来不告人。
我们婴儿们在没有取名的日子，
他看见真正的上帝和上帝
真正的天国，我信是乳白，或者
不用乳白这名字的一个美地。
我去过，在现今我在别个孩子
爬在娘乳峰上的时间，那一种
睡眠的平安，那一息乳的香气，
都是这个天国最准的消息。
每一个人有他乳白色的经历，
怎样躲着在母亲的慈怀里，
一双看不见的羽翼，怎样飞，
怎么在现在的累赘中消迹。
但是父啊，母啊，可能让我
再有一回奔回这境界里去，

不单是回忆中的温习，好母亲，
告诉你儿子能有这痴望不？
我想望那单纯，无知，静的混沌，
那里有天真，有不必笑的欢声。
母亲，为什么给我第一声笑，
第一声笑，笑失了我笑的
那可爱的梦世界，那里你我
并上帝全不笑，不能笑的实在！
母亲，我不怨你，你本无心，只是
时间长大了我，毁了我，不是你！
起初我在你怀中承受你心上
跳跃的脉息，我认是天使们的飞；
过后你温柔的催眠歌里，摇出
摇篮小小的颠簸，我认是一条
去那梦世界，一定经过的路程；
现在是何等手在我摇篮边
默默摇出更大更不平的颠簸，
母亲，你的歌声哪里去了？告诉我
这命运的颠摇，带我上哪里去。

原载 1934 年《学文》第一卷第一期

昧　爽
——《往日》之二

从什么地方我得到了生气，

在碧绿的草原上,我赤脚奔驰,
上小小的山岗去骑石狮子,
援那翠竹杆去探雏鸟,梧树上
你数数看,今夜的星子多少颗?
他们说那数不清的星星是
我们孩子们喜笑变的光明,
哪颗是我的?哪颗是我们父亲
当初变亮了的,现在还亮?
他们说星星是天使们的珠珠,
是她们织的珠网,她们套在
孩子们的梦上教孩子们去住。
我想去,我认识美丽天使们,
她们的翅膀像白鹅一样的美,
美丽如像我们众姊妹当中
拼合的美丽的百倍,她们柔和
但也有斗气,生气,不乐的脾气。
我晓得天使们的偏心,她好待
我们孩子,好待在世好心的人,
接他们的灵魂上天,她有职分。
父亲告诉我,要做好孩子,
要正直,诚实,信靠我们父上帝,
告诉我们木匠的儿子耶稣,
他是白胡须老公差遣下世
来救罪人的独生子,他是救主;
告诉我们他在马槽里出生,

在天兵的荣辉，天使的歌中，
他降生如同天光降在世上；
他是贫贱人的儿子，并不尊贵，
并不骄傲，他是拿撒勒的木匠。
他的心是宝贵的；父亲说，耶稣
十二岁时怎样去听道，怎样
和魔鬼有过四十九天的战争；
他的朋友是渔人，罪人，和一些
激进的党徒，他爱不洁的庸人，
可怜病人，喜欢我们孩子们，
他说进天堂的都要像我们；
他说一粒芥子能长成大树，
婴孩一点好心是良善的基础，
他说上帝的荣幸赐惠于野草，
受伤的小羊是主所爱的圣羔；
他说过奇怪的比喻，行了人眼
认为稀奇的事迹，他说肉身外
我们更有应该得救的灵魂，
教病人，穷苦人，并我们孩子们，
要准备好清心，投奔上帝的城。
他是完全的好人，我们要学他，
听他，现在他还要听着我们一袅
像香炉顶上喷吐的祈祷，
他又接受我们每一个心中的恳求。
但是我奇怪为何这拿撒勒

再好没有的圣人,他要穿上
敌人嗤笑的紫袍,给他戴上
那流血的,荆棘的冠冕,钉死
在十字架上,我们救主的收场?
不,他是骑小驴的君王,在谦卑上
有他无上的尊贵,胜过亮光,
在胁迫苦难中,无价的流血,
他为一切羞耻与污浊洗洁;
他不是痛苦,悲哀,那灰尘里的超升,
在人世死后的第三天,安然升天;
现在他高高坐在天庭,他要再来,
接我们去他预备着的宫殿。
那儿是金子的栋梁,嵌着珍宝,
地下铺碧玉,星辰做窗口,
翡翠,红宝石,玛瑙,一切的珍宝,
在那儿多得像地上的沙土;
上帝锁住了死亡的仓库,上帝
不放开黑夜的幕帐,生命树
开着不老的鲜花,不散的奇香,
上帝心上的光是长照灯,照亮
金玉城的昼夜,那儿用羔羊为灯的,
在城上亮着不必再亮的光亮;
那儿众天使像鸽子一样飞,
绕在宝座的左右,我们的主
威严的望着孩子们进去,

像望着小绵羊进他的怀抱,
他长寿的眉须每一根亮,
他的声音就在白弦子里响;
我们全有一副雪白的翅膀,
在无境的花园里飞过山岗,
飞过天上的云霞,和我们
一起飞的,是比鸽子更灵的天使。
我们要去,要去,准备好孩子们
透明的良善,碧青的真诚,
我们在秋千上试试腾空的美,
暂且把树枝当天上的云垒。
早晚我们跟父亲祈祷歌唱,
小心中自有一个贪心的想望,
礼拜天我们坐在教堂的前排,
手中的画片上是十二岁的耶稣:
他是年青又美貌,头上放白光,
黄金的散发,和尚式的长袍,
他的眼睛会转,只要使劲望,
望见了他和善的笑,像说话,
像允许孩子们贪心的希望,
像招呼我们去,那里是天堂。
夜来我们长跪在母亲床前,
默默的祈祷,我要一切玩具,
要有一双白翅膀飞去天堂,
我合起小小的手掌祈求;

也听到从天堂那里有回应,
十二岁耶稣的回答,他答应。
喜笑和我的眼睛同时放开,
那支烛光射在白粉墙上动,
还留着耶稣回答时的笑容,
他头上的光,像光样温溶,
溶化着我的倦望,溶化着远远
礼拜堂夜祷的钟声,往天升。
这一夜我真就驾云飞上天,
我看见那宫殿的辉煌,有荣光
作晴空的云,雪白的羽毛
是天使和神人一色的衣裳;
在那儿,我瞧见十二岁的耶稣,
他戴的还是白光,不是荆棘,
他和他的小羊在一片青青
永不凋谢的草地上讲故事,
他喊我的小名,他说"来,来,
在这里我给你昨晚的要求,
只是这些玩具在天国里
不属谁有的,玩好不许带走。"
我先吹弄一只小银笛,
它唱出云上的歌,一群五彩凤
高低飞列,一阵歌唱的抑扬;
我敲小鼓,来了一大队小兵,
金胄甲,银枪,在军旗上写着

我的名号，威风何其凛凛；
在一方圆镜里，我看见美好
年青仙女的跳舞，她胸口袒亮
一盏小灯，闪着我含笑的面貌；
我又翻开棕黄色的一卷古册，
写着"凡谦卑热心与正直
乃是至上的智慧，最乐的恩赏
凡是爱心都是清洁的泉水，
它洗得净油污，全能的解放！"
这时间天宫的歌声又在唱
那忏悔下界早晨的开始，忏悔
凡俗人第二天罪恶的延长，
我听到其中温柔的责备——
是母亲在床上推醒我，她怪我
一夜来的乱动，含哭的梦呓。
但是小妹，她相信我不说谎，
她和我一样虔信这样一个梦，
我们只要真心祈祷就能去，
那地方就是天堂，天堂在梦里。
她说她也常常去，常常飘荡
在云堆里，有许多仙女们和她
一同升，一同唱，身上有亮光；
她得着的恩赏比我多，她说
耶稣说越小的孩子越好，
她还说，在世间我们不敢欺负

任何一个人，在天上有明眼
记载我们的错犯，受欺负的
在天上得着更丰满的恩典；
她好几回说，我们应该忍耐，
我们的福缘在天上，她说。
我忍耐的等待二十余年了，余妍，
可是你却早早的去了，太早的，
在你五岁的时候就舍弃我，
不顾我还有许多次的赔礼，
我比你大两岁，我时时欺负你，
在小事件上，余妍你总是谦让；
啊，上帝爱了你，他要你先去，
留在世界上的，全是不成全的
该多受罪的恶人，上帝的刍狗！
余妍，在天上有你的荣耀，地下
留着我，再寻不见那像你那样
聪明神通的人，和我一同说，
我们昨晚上的梦，一同约好
我同一个梦中的相会。啊，
我们一同飞过，一同唱在天上，
人不相信的天上，有我也有你，
在宫殿第七层上编理星星，
我们下来时星星也下来了。
我记得你比我更能飞的翅膀，
你说一句话中天真的神奇，

有谁及得上你,我惟痴痴信
那简单与神性的真理,你有!
在最后下雪的礼拜六,你说
你要回去了,在天上过圣日,
你知道自己的命数,你的福分
原在天上,地下五周年是寄身;
啊,你弥留时一个圆光的微笑,
你眼睛也笑了,透明的微笑,
那笑是一种神圣的消息,你说:
"天使的脚步在窗门外等你。"
我从小的眼泪只那一次,为你
流着最无理的伤心,你原是
升天去的,但我不能不伤心。
纵使你也托梦告诉我,你在
天堂中的愉快,你告诉我,不只
在梦里,真有天堂的存在;
我信,我信,因为你那样幼小,
上帝绝没有给你说谎的黠巧;
可是哪儿再有你同来承担
我们痴信中仙游的愉快?
年年圣诞树上银亮的烛光,
为你它温溶着昏暗,悲伤,
我们赞美诗唱得还是响亮,
没有你就没有真信的主张。
从此我们在祈祷里想念

一个全美无疵的影子，从
活泼有生气的骸骨中飞去，
留着不散的光，不灭的声音。
啊，这不幸的丧失，她给我
更大的信心，更真确的消息，
在我幼年愚顽的思想中，种下
一株毒害生人的树，约束我
不许太快离开孩子们的梦国
我还是死心想要飞，要飞，
不管时间的灰尘，如何严重
我要飞的翅膀，祈祷的神力
会给我们展飞在梦里梦外
无边际的飞，向天上去飞。
在神道院的古松树底下
我飞过无数次的梦飞，我去
寻过天上地下各样的奇丽，
那梦中的不朽，醒后的无有。
直等那十年同寿的葡萄树，
挂满不舍的红泪，看我们
悄悄离开虎贲仓的园门，
看我悄悄和我离奇的梦飞
分开了，不再回来的，不再回来！
啊，这飞去了的"飞"，只存在我
永不忘记的怅惘里，它不再给
梦的翅膀，梦的天空，那梦

已经许了别个更小的孩童。
残忍的"长成"更时时动摇
我对于梦不实的信依，它在
有见识的胡须下被讥为
无稽的神怪，他们说没有梦。
父亲告诉我外邦人的邪论，
告诉我如何才能更信任
你引我们相信要飞去的梦，
怎样我们才能一直飞不沉？
啊，愿我诚心之祈祷直献上
慈悲父的耳中，我再要飞，
再要飞，即使没有鸟的自由，
还给我飞的梦，梦的翅膀！

十月二十三日天明前

陆 离
—— 《往日》之三

啊，是何等光劈开天的亮窗，
在日落后午夜前是何等光？
它给黑夜多么惊奇，多么快，
一个忽然的奇光把天窗打开！
是热，是火那样不经意的来临，
是神的威怒，还是希望一溜现

又消逝了的，你，你是何等光明？
我不敢迫视，因为黑茫茫的
还是夜，你的消灭在我心里慌，
那，我知道是热，是希望恳切
并它遭殃的劫数，并一切哀伤；
在我的黑夜中它给过惊奇，
给过黑夜的假白日，给过谎：
陨星的妖象，你们退去，变冷，
变硬，不再属我痴心的指望，
我要真心等黑夜走完路，
等大黑，等第一声的雄鸡啼，
在没落的黑夜前，我要看见
更新鲜华丽，明日的太阳！
醒醒吧，我无数骇人的噩梦，
那全不是我的本意，是黑暗
跟坟墓里的恶鬼缔结了
一宗游戏，我是被选的傀儡。
我，原不认识真伪，我的心是
一张从没有染过的白纸，
深藏着乳白色间一点愚昧，
我腋下尚余仙飞的清风，
恍惚还有天堂在梦里亮，
还有你们，我隐下任何名姓。
起始你们以我为赌博的输赢，
你们贪曜曜的虚名，爱年青；

指点我轻盈的笑,轻盈的笑,
云花似的美妙,云花似的分消;
我受不了宠惊,你们说了又说
那不费心的夸张:如像说星星
是我的聪明。你们何尝有真心?
输,赢,你们心中骰子的转移,
一孤掷间的无意,曾顾到我生死?
伶俐的渔人,你们放下了钓钩
刺破我吐的圆泡,我再能吐,
我是小鱼就能更远的遨游,
到浪花上去滚,我去唱,去唱
那圆圆的小泡,圆成了,亮了,
它们全是我心爱的天堂;
我几曾知道你们钓竿的试探,
你们的爱心仍想在手上将我
玩弄,不听见我灵魂的呼喊?
我把眼泪告诉海洋,它拥抱着我
向前涌,向前吐,吐无数的泡:
不是美,巧,它的名是平庸,
是你,野地的野草没有艳容,
你也没有,唉,我不敢说,不敢
招怪上帝造人时或然的疏失。
我爱粗糙的布,平直的线路,
爱阴天,爱云,爱海上的大雾,
但我更爱伊甸园里偷来的

藏形的智慧，它是梦的灯：
小小的火，无尽的油，亮，亮，
它告诉我要去的方向，指给我看
在火焰中飞转的风车，转响
你的声音，聪明的声音，你唱
黑夜的静美，你唱温暖是
爱，它也是永远的阳春和光；
你唱来热情，唱来眼睛的诱惑，
唱迷了我，聪明的，我完全降伏；
我的热情也像在你火焰中间
那风车的吹转，在火星里响：
我拿我的胸膛给你，给你听，
我用眼色告诉你自己的亡失，
我的心是坟场，你为我写墓碑，
你是海市的佛楼，我崇拜
你为神，为王，亿万世代的光荣，
我是亿万世代的香客，皈依你。
聪明的，快告诉我你一笑间的
媚波就要去的，还是永远不流的？
不，你回答说，爱情有春有秋天，
你是自己情感的忠臣，对我叛变。
你说人该要轻快，燕子掠水似的，
无须死不放的粘着，那是自害
也是不道德的把持，我应该走开？
我走开，我有我的路，从小我就

收留忠信，永常，不要昙花的凋谢；
我要以永信为白玉的栋梁，
支撑着想望的宫殿，那儿是爱
和丑恶和苦难结亲的大堂；
我要唱这歌，我的三根丝弦，
是信，望，爱合一谐和的宫商，
我不计较人的讥笑，或是烦厌，
这老聃的虚渺，庄子无端的荒唐。
啊，温柔的倔强，黑猫，你真想
庄子就是梦里的蝴蝶，蝴蝶
就是庄子的化身，错误的想象！
你错了，我并非不经，我是沙泥，
细碎的它有每一粒的坚锐，
每一粒的粗糙，可怜无用的老实；
你是大风，吹去吧，我纵是小草
胆敢和大风对敌，你吹去我
渺小的自傲，我是贫穷困苦的，
你吹不折我卑微中的强大。
还有阿丽思，还有另外想我
为骑白马的英雄，我不敢承受
你们梦里的奇想；我既不是花，
即使是也有枯萎的日子，阿丽思，
正如你寄来的玫瑰，我已不再是
放香的花朵；我也不是英雄，
如你们在林间看到那骑白马

飘然来飘然去倏忽的游踪；
我不是；不是，现在我告诉你们；
反正你们从来不曾见过我。
还有你，贫穷的孩子，先知有话
说凡有的更有，没有的更没有，
我也听聪明人向我说，爱心
不可惊惧，你想它飞它就飞；
我本想在荆棘中看见不幸
被掩没的灵芝，可悲的灵芝
在荆棘中早成了荆棘，不是灵芝。
啊，这一切纷乱，无常，曲折的迷廊，
我急急要逃去，到深山间埋藏。
这五个春秋我有不开花的春天
有不醒的白昼，有梦连云似的，
忽然来忽然消逝；我疑问可是
错误就是天地间正确的安排？
啊，一种恐怖的颜色在我面前，
我自己也在那恐怖下惊惶，我见
以杀戮为耕作的沙场开始喧响，
仇恨霸占着人马旗鼓的扰攘；
我心里惊惶，眼光露杀气，瞧瞧这
万千人无声的流泪，无归的逃亡，
准许我佩彼得的腰刀，我要
放下慈悲，放下私心；让它们来：
种族的大悲哀，血性，和强蛮！

三十三天战场上，我但闻悲笳
吹长了江南雪地人种的桃花；
我看见眼中游红丝的弟兄们
在凄凄一号戍角里向前涌，仆；
他们上前去的去，倒下的埋了，
也参差有一行纸幡凄凉的队伍；
天空中飞的，嘘的，黑黑的，像蝗虫
一排一阵潮水似的来，嚼烂雪泥
嚼破无论哪一处的竹枝，"别"的
一声穿过壕沟上士兵的斗笠；
天空中飞的还有红点尾的苍鹰，
还有彗星，流星，还有天上落下的云，
还有看不见的，但一时一刻都在
升，飞腾，他们说是忠勇的精灵
无声的去了，去了！但我们眼中
游红丝的还是开拔向死的前方，
我们像不声响的长蛇，蜿蜒
在漆黑的田野间，屏气的夜行；
游过那无语的村庄，在半眼的
行途中给豆坊新浆的香气刺醒，
听无力的犬吠，雄鸡啼破的天明！
我也无意间迷入了敌阵，无意间
走回了，那没有准的生死的界限；
我骑马过嘉定城，在薄暮雪下
刺不进我的弩马，是什么村庄，

可爱的孩童羞羞的从篱笆里
伸给我一枝竹做的青青的马鞭;
我驰过空闲无人的郊野荒村,
那儿颓墙下老妇的哭子,壮丁的丧父,
那儿有白胡须的老公公袒胸向我说,
要他死他不离开家乡,这家乡有他
祖父栽长的树,有他父亲开的小路,
这家乡是他的园林,是他的坟场;
夜里我睡在破庙里听无终止的
岁暮的腊鼓,引我走回了梦境:
那是片荒野的坟场,无数的古人
(我认识)他们起来指我看墓碑:
"勤恳的生活,忠心的死,和气的爱心!"
我从梦里惊醒,这岁暮的腊鼓
不是我往常听惯的,我只觉得惊惶;
那一片雪地上岂不是一片坟场,
正有多少人在那儿掘,在那儿葬;
"忠勇的向前,悲壮的死,伟大的爱心!"
这些墓碑上,可怜有光荣的血痕。
像朝阳落在江流上,我们战场上
每一个弟兄有灿烂的凶心,如浪,
如浪上的金光,我们胜利的战争,
不是胜利,而是私心和仇恨的得胜;
私心和仇恨的得胜,(光荣的得胜)
它是人类可耻的无休的纠纷!

从那儿，上帝引我离开了战争，
我自己的战争也停止了；和平
与寂寞重新再来，在海岛上
我与远处的灯塔与海上的风
说话，我与古卷上的贤明诗人
在孤灯下听他们的诗歌：像我
所在的青岛一样，有时间长风
怒涛在山谷间奔腾，那是热情；
那是智慧明亮在海中的浮灯，
它们在海浪上吐出一口光，
是黑夜中最勇敢而寂寞的歌声。
我听见海潮在沙滩上起来落下，
在动中它们仍有无怨的平静，
它们在自然间尽说着一句话！
来了，去了，再会吧，小小的沙！
从那里我又沿溪水间的银杏，
跨过云飞的桥，穿过绝壁危崖，
我登泰山的绝顶呼喊长风，
要它带回来古代人曾经的足响；
七十余王的登封，谁更数得清？
何处是秦始皇雄视九州的驻石？
还有为天下木铎的孔丘，他来登
岱顶遥望九点烟的齐鲁，天下
变小了，谁再能有他浩博的胸襟？
哪儿是孟轲的家乡，在一丝银线

挂着的汶河星棋的田陌中间？
还有此邦的稷下先生，谈天雕龙
或狂笑或垢行的古人，他们在哪里？
我要他们回来，在这山风当中，
听他们走回来的足响，走回来！
啊，万方的风云在我上下摩荡，
我唯见青天上孤鹰的徘徊，
那无数支梁父山起伏如蛟龙，
为何你雄伟有如此安稳的沉默？
为何不再唱出声来，你巉岩间
老杜悲亢的坎坷，你绵绵无尽的嵯峨，
像山东李白的长歌，并那山阴下
古长城的荒凉，如岑参歌中的朔漠？
我指望你们再来，如在灵岩山
峭壁如城中的一株古松，向西方
指望玄奘的归来，忠心的盼望！
我怕，黑夜中是何等恐怖的风
击响绝顶的铜瓦铁马儿惊慌，
又是何等神手在何等砧上
捣洗世界第二天的云裳？（我听，
我听在天明前是什么黑云
张没了大黑，预备明天的光明。）
向峰头我独自去等，鸟也在等
朝阳在万顷的东海银波上荡漾
像香炉，像灯笼，像老人的喜笑，

升上来,升上来,告示白天的开场!
啊,我的早晨,你也醒来了,宁静
在沉思中舒坦的生长;我要回
一潭水的寂乐,要清明的理智
像普陀山的一株古松,无论海风
如何摧折,它仍挺然在风暴里
伸长,向上,他的枝叶承受光阳
向他的抚慰,说一切艰难就是荣耀!
但是海边的晨雾在我枝叶上
密密降下一层珍珠和踟蹰,
像是袒在烛光下一首唐人小诗:
为你,我又炫惑了一次,你用宁静
与尊贵的形象放在我幻想里,
你呼吸如睡息,有时你仅无声息
无可言喻的温存和智慧的猜忌;
你说爱米勒你爱先腊飞尔
诸人神往于罗马古典的庄严,
你爱画,你更爱画你自己画成
一幅不言语在日光下的矜持,
像刻在青石上,以贝叶为屏的,
古代人的雕刻,何其冷淡,静,
你一抹笑角的希微,唐代的微笑!
啊,让我记念你怯怯的静静的,
你一现又隐去的,给代废风
吹没了你,吹远了我,向黄河以北,

我投奔衰亡与光荣的古城。
在那儿我披上袈裟，并非悲哀
而是忏悔与向神的虔诚，与纯洁
与原始的想望；在神道院中，
我与古以色列纯朴的灵魂往返，
看他们如何斗争灵性的斗争；
古城外的荒园有我的客西马尼，
我在其中祈祷，不是绝望，也不想
逃遁，我要如何修炼自己在痛苦
绝望中，发现无牵与愉快，美
与性灵的自在，即不是不能，不是！
"信心"使人忘忧，也有他自己的欢乐，
即使在世间遭迫逼，如我们救主
他欢然承受为信应尝的痛苦，
那不是痛苦，不是；那是胜利！
离一切世利，现实，在不可信中
我相信"信心"仍然有磐石的奠基，
风，雨，潮浪的袭击，对真正的
信心，要是真信心，就不被动移。
我听见耶和华的愤词，责备众人，
说："为何我手造的蒸尼，你们胆敢
分析，解释，推论我的存在，实在？
你们解剖神圣肢体和他的心，
你们几曾能清楚，只是永远犯罪。
我是没有结论无终始中的微妙，

一旦你们真知道我就失去了
我的宝座,这宝座就是一切理智
攻不破的奇怪,我没有给你们能力。
在怀疑分析中你们早已自弃了
那可以认识我的智慧,我所给的;
你们错笑了原始人和现今愚人。
在一块奇怪石子上他们呼喊我,
我原是无所不在的,我在于一切,
我的家并不在华丽的圣殿中,
圣殿是你们建造的,但我可以从
可怜的茅舍中,或驴背上疲倦的
劳苦人的梦口中,谛听他们的祈祷,
我欢喜住在劳苦和真信人的心里。
在他们愚信中我真在,因他们
并不用智慧就承受我的恩赐。"
我们可怜的凡人在信与不信间
丧失了一点良知,我们不真认识
那玄妙中并且简单的消息,
在迂曲的自大中,放弃愚直。
我有我父亲流在我血液中的
你们所说的迷信,我自以为真理;
我信我父亲古铜色发光的面容,
深入的诚恳的眼(你说他严厉
不如说是顶深的宽容)并他牢固的,
像信仰,像高山的鼻准,也许是

古犹太人道貌的遗留，在那一代
我们血液中和灵魂间，承受了
顽固的热情，顽固的信，更有顽固
不可理解的痴心，以虚妄为真确。
我衣钵间有不认羞耻的卑微
也有热情招揽一切痛苦和外虑。
热情吞没了以外的悲喜，贪心给我
追往日的光荣，但谁又敢拦阻我，谁
不听见这古城的哀哭，每一块石
全在惊惶着行人的悠闲，每一片
琉璃瓦在阳光下炎炎的火苗
吐出可怕的预言：再有多久，多久？
"我有七百年长寿，在异族中长成，
复兴，又为异族而沦亡，再光复；
创业时的艰辛，忠心和它的热望，
全在我古老的骨骼间存在，如今
你们忍心眼看我的崩坏，我伤心
你们对我生命光荣的信仰，有过
多长的岁月，你们竟毁之于一朝？"
古城北京这样说："老鸦儿笑我吧，
我的宫殿的基石也正在讪笑；
铜狮子说他耐不住寂寞，要去寻
新的主人，铜鹤想飞出这等冷漠；
还有闷不住声的古鼓全都叽咕，
说他们不再愿意做陈列的俘虏。

景山上我在望呢，望望前门外
那一盏红灯几时再亮起，几时挂？
你们向哪一方去，人，向南，还向北？
这样匆匆的忘了我也罢，我不能；
玉泉山下我的呜咽，在冰河下还是
潺潺的流，冷冷的流我的眼泪，
要到几时呢？"——唉这流水间日长
夜长的哀泣，流进我思玄的静园，
我在读以色列人的流亡史，我遥见
长城外黄云黑云间的烽火如心乱；
天桥买老羊裘，东市买毡靴皮帽，
我要去，去看朔漠间柳条的红芽；
十二月寒风如麻鞭，沙粒像针飞，
婉娈似月的日下，有声没有人迹；
去，去，一去万里外绝塞的寒沙，
不信其间无寸绿的昏黄，天与地！
那一片平阳的怀柔，坦坦的无际，
那密云，密云似的山峦，起伏飞纵
那不可勒制的奔窜，像三峡间
无数支夺路的湍流，在平地高耸
那屹然入定的雄姿；更那千万匹
风洗净的山涧溪流，是什么神工
在日光下曝晒的丝绸，像怨妇
半夜里的远思，停杼不敢有言语；
那数重山以外丁丁成串的骆驼铃，

飘忽在有无之间,使人疑心在此
何处来的飞鸿;或如一鹤翘望
云山,有独立的矜持,沉重,有那
神圣无华的眼睛,多少颗潜思,
你沙漠中,酸风下,流泪的骆驼!
啊,无边的酸风用什么冷淡,死灰
黧黑的颜色,涂抹这瑰伟的山峰,
用什么大力止住了高山湍流的
雪水一齐站住?让你在长空间呼啸!
我经过此间恍惚温理古人诗篇
悲壮的荒沙,不但陇头水的幽鸣。
我望见古万里长城跨骑过千山
万山它绵绵的伸长,望见年岁战迹
留在它淡黄浅红的颜色上,那衰老
与倔强的存在,是我们的万里长城!
万里长城,告诉我你龙钟的腰身里
收藏多少锋镝;告诉我那些射箭的
英雄,他们英雄的故事;告诉我巍然
无恙的碉楼如今更望得见多远,
有我汉家的大旗在苍茫间飞扬?
我望长城,长城望我出古北口险关,
过青石梁红石梁巉岩的驴道,
压人的峭壁在左边欲倾,右边是
千丈无底的深渊,数鸟的盘旋,
石卵沙砾流成河,流去铺满了

冰冻的滦河；无主的黄山黑岭上
牧羊儿领群羊，徐徐如水的归去；
我望见黄昏中几点炊烟，在晚风里
袅袅指点峰背后承德的行宫；
望见行宫殿角上的铁马儿，四近
几点晚照中寒鸦啼破了的寂寞。——
壮伟的河山，我想起曾经仰望
惊讶你被遗忘的雄丽，如今是什么
马蹄践踏你叠浪的白龙堆？
我记起春风三月中的峭寒里，
小月下度过残缺的冷口，皑皑
高耸的数峰，背负了一道长城，
那山坳洞穴中数点灯火的哨声；
那峪中穿沙去的流水，我听见
单匹战马昂然立在独木桥上
垂鬃饮水时那静悄悄的水声；
我记得那悲壮与冷淡风晕的
关山月照过的关山，如今在江南
望见九月初的小月，它正在冷彻
冷口外听流水无家归的白骨！

二十二年十月二十三日见陨星，三十日脱稿。

芜湖狮子山青阳楼。

译白雷客诗一章

我的阴魂日夜在身边,
像个野兽在我路上盘旋;
我的灵性在深处投宿,
不停的为我的罪孽而哀哭。

不测的深,无边的渊源,
往哪儿我们走,我们叫怨;
在饥荒又渴望的风上,
我的阴魂在你背后张望。

它嗅着你雪上的脚步,
无论你走上哪一个去处;
经过了冬天的风和雨,
什么时候你再回来安居?

可不是你的轻视,骄傲,
将我的早晨灌满了风暴;
还有妒忌与小心翼翼,
教眼泪流湿了我的静夜。

我的七个情人,你用刀
掘走了他们生命的根苗。

我以眼泪,发冷又抖索,
为他们造大理石的坟墓。

(原载1934年《学文》第1卷第4期)

译哈代《一个杀死的人》

我与他曾经相遇
在一个古老的逆旅,
我们坐下来共饮,
湿透了那许多胸巾。

而今都投身队伍,
我们撕裂了眼相睹,
我杀他,像他一样
我死倒在他的地方。

我杀死他,只为的——
只有他是我的仇敌,
不错,他是我仇人,
这句话用不着再问。

也许他投身入伍,
和我一样不曾思虑,
没有工做,他起程——

这道理也一样莫问。

是啊！战争够奇怪！
你用力将那人杀坏
倘若在逆旅再见
同喝酒，再花一点钱。

十九年三月十二　南京

第二部分　文集

论朋友

很有人不承认在不同性的人们间,能有任何朋友这意义的存在,他们以为不同性间只有爱,显明或不显明的程度上差别而已。我们通常人却会立出"年岁,阶级,辈分"等身份关系,主张在相悬有别的关系上,人可以避免"爱"而有所谓朋友的情感,然而更有若干敏感过度的人,从心理学上立说,以为凡一切不同性的人不论有何"社会的或血统的悬隔",总只能发生爱而不是属于朋友的情感,不过时时被掩饰在一形式中罢了。这种耸人听闻的解说,简直把朋友这德性摒斥于任何不同性的人们之关系以外,而将朋友这意义更形狭小。

我们姑且就接受上说的狭义的朋友界说,以为在内涵上朋友限于同性的。但我们也有理由伸张朋友的外延范围,就是朋友不仅是同类的人,尽可以包延其他的事物。有许多不屑与人为伍的清高之士(如林和靖),他们和人类绝缘而代之以动物植物,将感情迁向于所爱好的物事上,我们很可承认他是以物事为朋友的。从许多遗留的诗文上,很可以见到人类对于"物"的拟人的描写,以及寄托情感于物上,这在清高之士以及习于清静寂寞不染世尘之人为更甚。我们试揣源于中国两大思想之影响所及,即可更了然它不是没根由的。道家(如庄周)推衍世间的无差别而归论于"万物为一",这是何等爽快的袪除了物我间的有别;另一流以性善为起点的儒家，推崇爱以至于物，故至有宋理学家如程明道者，则以"仁者浑然与物同体"了。

因此之故，道德上规定对于有生命物的保护，这种对物的悲愍之心进而为佛家极端的好生不杀。在儒家，孔门曾子特举"交朋友"为三省之一，此可见敬重友谊的自古已然。于是历史的故事又告诉我们许多肯为朋友牺牲的英雄气节，以及数不清厚待故人的高谊，成为伦理主要的德性之一。然而人类不是这简单的，"友谊"在人性中如他种欲念一样，若有一种近似"兽性的回返"的遗传性。《旧约圣经》的《创始记》记载第一代儿子该隐杀兄弟的故事，以及中国上古象谋杀舜的传说，皆明示骨肉情谊的不可持，更何况于常人。因此刎颈之交而外，朋友间的怀恶互毁以至相见以匕首，更是数见不鲜，这正是人性的"回复兽性"——也可说是野蛮的本色之重现。这两种情形至今犹然，故有江湖间义兄义弟的盟誓于天地神鬼之前，为朋友义气而流血的；也有踰于骨肉之亲的生死交，一旦反目成仇敌，不但以匕首相见，更连累了万千毫不相干的生命，大动干戈以扰乱天下。

尽管如此，但对于"要有朋友"这念头还是人人有，就是孩子也想有比武的对手，不论阶级身份会去和邻儿厮混的。古代战国时有四公子的好客下士，魏晋清谈之风滥觞为后来结社论学，此以下而文人学士相为唱，由唱和同游再变为思想结党，于是至今而无朋友不可以谋生。由此朋党而排斥，而攻击，而争杀，于是友道者复回复了原性兽性，故所谓"狐群""狗党"的互相攻讦，正是以代表这类兽性友道的特色。不但如此，即单个人与单个人的友道，也往往难乎有；为一小小利害至于构祸陷害，则成为所称为朋友的惯技，使人人不以为奇，同口一声说"朋友是靠不住的！"了。

通行于有闲士大夫，是以议论朋友为风尚，更务为刻薄尖利以自诩聪明。青年人则持一种最奇谈的谬见，以为思想的冲突和爱情的冲突使朋友关系中断，这简直使朋友这内涵意义自狭小变为无有。那末我们何用向人笑，向人敬烟泡茶号为知己的种种表示？若内心没会一点朋友之义，那末这些似乎像朋友样子的接待只是恶意，爽性免了罢。不能免而故作，这成为文明人的罪恶——称为"虚伪"的，也许就是"兽性的返真"。

我们一定不能容许这类恶性的长存，这对人类生活的增加痛苦不只在皮肉，更是入于心灵的残害，它阻止个人幸福，消毁了人性中唯一因生存而不可缺少的互助，并且否认了人类最高尚的组成完全人格的道义——成为"大我"的根基。我们在日常交往中经验太多这等的苦楚，而且因这失望于朋友信义更易引起对于人类世界种种理想的打击。从此文学的领域内也不见有兄弟，而友道被视为陈旧迂腐之谈。我们不能不提醒，人在本性上是要有朋友的，而朋友关系的成立必须要真诚，我们试问如何是朋友？

在此我先引《庄子·徐无鬼》篇一句话"逃空虚为闻人足音跫然而喜"，很可藉此想象人对于朋友的一种单纯心向。每个人在一个时候，往往自觉在空虚之境，无所倚靠，只闻空谷中有一声跫然的足声，也会欣然而喜；正如我们在陌生地方偶尔听到乡音忽然有所得似的喜快。但人之求于朋友者，有时仅仅足声就满足的，倒并不一定要人足。林和靖之于梅鹤，乃是足声而已。二年前有个久患肺病的孩子，时常写信给我，诉说若干苦痛和寂寞，他是住在一个极古老的小城里，孤独过日子的。后不久他又假托一个十一岁的小女孩，写信求与我交友，我在鼓中同他们写了半年的长信，这孩子一礼拜两封信来，其中一封是他煞费苦心的伪作。等我知道真情以后，我并不责怪他，一个无人相谈的常病人，他实在有理由去取得双份的友情。

人之有需于朋友，真是一种渴望，然而这渴望并不大，很小很易得的一点：就好像空谷闻人足声，他希望有所"依附"，希望被"接受"。依附与接受实可称为朋友间唯一的关系，而实际上依附什么接受什么又往往只是足声一类的东西。若一寂寞无伴深居在荒山间的人，或一天有劳苦的远行者来投宿，他一定欢然接纳，朋友之间的关系也是这样等待着的。一个人可为依附的渴望交友，亦可为接受的渴望交友；却不限于荒山遇人，凡一切类似这情景的邂逅都能成就为朋友。解说朋友间的授受仅止于足声，是因为我们对多年的故友往往只是无言，无言中感情的存在最纯洁最大。人看见自己的亲人常常是无话可说的，但面色间有亲切，言语反成累赘，至于因利害的协定成立为朋友的（如今的朋友大都如此），只是事业的或商业的伙伴关系，其间没有朋友精神。虽然在利益上互惠，那不是不要报偿的施与。

我们既已明了朋友关系只是依附与接受的谐和，这种谐和可说是微妙的，它既排斥利害之掺杂，更不是因身体或外物的授受间所引起的感情（如像说好感）。朋友的真意义，仅在彼此微妙的谐和，而且绝对摈除第三物成为所以成朋友的媒介，此除朋友关系的发生不要由第三物为媒介，也不以第三物为朋友的产品，也不以第三物阻碍友谊。慷慨恩惠或其他好心的给与，不能称为友谊的真意义，因它不是友谊独特的征性；同理以感激而成的朋友，不是朋友。再次，朋友之构成不在于共同对于某一事物之同意不同意，所以若是朋友间有因爱情或思想信仰而起冲突时，不可以影响神圣的友谊。友谊是超乎这等纠葛而独立的。

　　人人意见的不能同一，乃是人间当然的悲剧，无可逃遁的。然而在一点上（就是我所谓朋友的微妙关系），人可以忘掉这不同一的悲剧，朋友是促成这理想的。所以耶稣基督在二千年前说过一句意味最深的教训："要爱你们的仇敌。"人与人之成为仇敌，其间必定有彼此不同意的一个原因，就是成为冲突原因的第三物，如邻人互争一块地。最高人格的表现，乃是表现人格上最高一层接近于神性的一点光，朋友的真意义是属于那一点光。教人在最高层的契合，因而自然消除种种外物的冲突，我们得着了那点光就肯甘心放弃世间所争夺的了，我们依这样的心去接待仇敌，必定可得着真正的朋友，而使朋友不再会成仇敌。爱仇敌是朋友的真谛。

　　从以上四节，我们已将朋友的性质稍加以范围，根据朋友的微妙关系的存在，我们可以将最初性别及普通所称为阻碍友谊的原因完全删除，承认无论什么人都能与人成为朋友，即使是仇敌也好。因此我们引申以上所论的朋友之义，实足以相当精神上的"爱"，如耶稣所说"彼此相爱"的爱，是义理的爱，不是血肉的。我们更可以引用《哥林多前书》十二章末节的话来说，爱是朋友间的基础，是最大的，望是望依附，信是相信能被接受。我们还可以说，人之需要朋友的渴望，人之对朋友的接纳的满足，人之消除人间的不同一性而信可感应，这些正同于人之爱上帝，仰望上帝，信上帝，我们可以因为与神灵的交通而忘去了我们与神间所不同的——我们人是有罪的，残缺不完全的，我们因此提升自己，溶化自己的人格在近于神的地位。因此在人的祈祷中，表现求依附的盼望和能蒙接受的信心，在人生诸端痛苦之中，人可以如空谷闻音跫然而喜的，是人自己心中所闻见的足声。这就是得救的福音。

最后，此文的责任在辟除人性中"兽性的回返"一说。上列所说友谊的缔结以及反动的极端（相仇恨），我们只承认是善性的被抑制。先儒所争论的性善性恶，只是对于"性之先有善或先有恶"的争论，无论主张性善性恶，这两端总是同时并在的，争论之点惟何者先在而已。但是唯其有性恶，人才真认识善。在黑暗中求光，在痛苦中祈祷，在愆罪中求赦，人生是在悲剧中求圆满的。明儒罗洪先《龙场阳明祠记》中揭明王阳明觉悟良知于石棺之中乃是痛苦中的豁然自觉，有如天地在冬藏中受风霰的残败，枯槁极矣，及至春雷震惊，动荡宇宙者，实原于秋冬之风霰，故阳明困病于贵州西北万山丛棘中，乃能有良知的豁然自觉；人于认识宇宙之为一悲剧时，方始可了悟真切的人生大道，以此更可以证在仇敌中寻找朋友的真谛。

二十三年三月二十七夜大风雨，芜湖狮子山。
原载 1934 年 5 月 24 日《中央日报·文学周刊》第 3 期

论简朴

简朴是艺术实践中一条重要而基本的法则。我们所说的简朴，并不是简单而已，也不是朴素而已。简朴是单单纯纯、老老实实的，它既不是过分的复杂，也不是不当的花藻。和它相对立的，应该是丰谐。简朴和丰谐都是好的：我们听到牛背上牧童所吹的横笛是简朴而美的，听到贝多芬的《田园交响乐》是丰谐而美的。在我们古代精美的艺术作品中，这两种形式都存在的，另外还有介乎两者之间的"中庸式"。

古代的艺术作品，常常在简朴的形式下表现得很美很完整。一幅用墨色绘成的兰花，一张四条直腿、一块长平板的明代书桌，一个素净不刻饰的周代铜鼎：它们都是很简朴无华的，然而非常美。它们并不是采取简单的作法，而是用高度的艺术匠心创造出表面简朴而美的形象。用毛笔着墨来绘出兰花的神采，就不得不在一种颜色和有限的线条的条件下描绘出兰花的本来的神采；一张没有雕饰、不上油漆的书桌，就不得不在造型的设计上、木质表面的打磨和边缘凸线的精细处特别下功夫；一个没有花纹的铜器，就不得不在器形的轮廓上寻找最优美的度数。可以说，许多如此的艺术品并不能因为形式上简朴就以为它们容易创造。

世界上也有自然存在不经艺术加工的简朴，譬如野地里的一棵迎春花，溪水上的独木桥，林间的鸟鸣，等等。这些简朴的景物，还是令人神往的。

　　当然，天地之间之美并不限于上述的两种简朴形式，不过这两种简朴形式总是好的。不幸有些好事之徒不甘心于此，以为复杂一点总要好些，以为一切简朴的必需要加工改造。这些人有许多是东施，他们保持东施的本色也就好了，不幸他们偏爱效西施之颦，乃成为可笑的了。

　　有一个机关，嫌院子光秃秃的，于是要放花。买几盆花放放也就好了，而主其事者弄了几百盆花堆成山地排列起来，以为这样复杂才好，看的人笑了。地方戏本来是没有布景的，他们的动作程式是因没有景色而发展成形的，有人说这太简陋了，于是来了许多布景，而忙于布景，演戏的人苦了。一个出版社请了一位封面设计者，他嫌封面一张光纸不好看，来了许多奇奇怪怪的图案和不美的美术字，作者和读者都不答应了。一位唱民歌的好手，唱出了名到了北京，有人说你是土嗓子不够好，于是他练了洋嗓子，以后就唱不出从前那么好的民歌了。我们何必多此一举，上述的诸例中，对于封面的设计者我倒提了一议，劝他老老实实不要多"美术"，虽然不会顶美，也不会出丑。

　　避免直截了当、追求复杂化可以发展到一种惊人的程度。有一个人，他以为直白白说话不漂亮，不学者气，于是句子是长的，一个简单的意见用许多长而转弯抹角的句子构成，每一句子又是许多名词、形容词的堆积。他的发言，不但叫人不耐烦，而且耐心听到完了还不懂。久而久之，他不是思想一个问题，而是思想如何说出一大串句子。只有在激怒的时候，才会干脆地说出几个字的正面意见。这是一个例外的例子。当然，有些人词不达意并不是为了说话故意要花藻，而是由于思路不清，缺乏条理和逻辑性。有些词不达意是因为不愿意直率的表示意见，因此搪塞一番。我们今天的社会，大家忙得不亦乐乎，还是爽直地说话好。

在文学创作上，有些人以为文学作品要用一种极其特殊的语言，好像平常说的话不能成为文学作品的词汇。新闻的报道也如此，以为报道文章是文章，一定要写成文章的样子。无线电广播员以为广播是宣读文章，不能是直白白说话。于是，那些惊天动地、可歌可颂的事，在报章上，在无线电里成为许多文章，那真正打动人心的感情反倒没有了。久而久之，这些成为一定的格式，成为公式流行，一直影响到小学生的作文。

我想，每一个人生在这个时代里，对于新社会的许多新事物，一定会有很多的感情的。倘使简朴一点的吐露出来，一定非常动人。抗美援朝初期，有一个在前线的护士写了短短一首诗，希望用自己的血救活一个英雄，是那么简朴而动人。她并不想用特殊的文学语言做诗，但却是真正的好诗。一两年前报上有人民来信专页，许多老百姓口述而笔录下来的给毛主席的信，说的简单朴素，读了如见其人。在一些会议上，有些人经过事先的认真思考，抓着了问题的实质，虽然不曾作发言稿，上台后随口说话，然而说得很好的也不少。这些都不是"作品"，都是真正的感情，诚实而简朴的吐露出来，才是我们喜欢听到的声音

总之，为了真实，为了美，为了减少一些不必要的浪费，应该在我们的艺术实践上、文章的写作上、生活方式的安排上，甚至于我们的说话，都要简朴一些，才是好的。至于简朴以外的艺术加工，只要我们逐渐地掌握到一定的能力，也同样地可以达到既真实既美而又不多余的效果的。

原载 1956 年 11 月 17 日《人民日报》副刊

论间空

　　间空或空白，是中国艺术实践中一个很好的方法。它在我们艺术的传统中，占据了很重要的位置。古代艺术作品，介乎繁缛式与简朴式之间的，有一种我们称为中庸式的，就是有一部分文饰而留出多半的空白。这些空白也并非只是空白而已，它们本身是不装饰的装饰，一种无言之言。古人所谓弦外之音，所谓含蓄，就是这种意思。和间空相对的：好的是精美的繁缛、完满和充实等等，坏的是拥挤与堆砌等等。一件美的作品，充量的表现其美而又使人能在悠闲的气氛下去从容欣赏，就需要间空。

　　在中国的艺术作品中，有种种不同方法来运用间空的。轻描淡写的少数几笔墨色的写意画，留出很多的空白；一张简朴的明代琴桌全身是素的，只是几个略带文饰的"牙"；一个素的铜器只在盖上铸上小小三个伏兽。这是把大部分的间空打在整个美术设计以内。书本和书画的装裱，在所刻文字和所作书画本身以外，留出很大的"天地头"，这样即使一幅满满的山水或一篇繁琐的考证，看起来比较不紧张一点（天地头也有实用的意义，在书本上可以作批注校记，在书画上可以诗跋题记）。这种是用衬托的间空。我现在坐的是一张明代黄花梨椅子，其上部的背雕出了繁缛的许多图像，而下部的足全是素的，只有一小朵雕花。这种是用一部分的间空来调和或冲淡另一部分繁缛。苏州城内有名的汪氏义庄的假山，传说是明代的制作：山很小而屈折有奇趣，有大树小桥，而在数方丈之地仿佛别有天地。这种是用巧妙的布置使有限的空间人为的有扩大的感觉。

我们在野外远眺山景或在海中看孤岛，在此天然的图画之中，天和地或天和水做了很大的天地头，使我们胸襟为之开朗。人们的眼界是需要一些空阔的大框子的。在过去文人所作的写意画或花卉画，空白的背景不但使所画的更显著起来，并且给人以在空白上有自由想象的余地。这种措施和西洋油画是不同的，后者用颜色涂抹了整个画面而只镶了窄窄一个华丽的木框。

没有布景或只有简单陈设的地方戏，也是冲淡了背景而使观众的视线只注意到演员，而由演员的动作暗示出房屋、庭院、山野的存在。这也没有什么不好的地方。一个好演员，可以在他的演作上更自由地创造出背景来，比那些画好的更好。这本是我们传统艺术中很可宝贵的一点，而近来有些自作聪明的改革家一定要用愚笨的法子制造全幅的布景，似乎大可不必。

从《诗经》到唐人的绝句、宋人的词，总是短短的一组字，表现了情景和感兴，使我们在千载以后，诵吟之际觉其语简而意长，百读不厌。文学作品，尤其是诗，形式上的短正是它不短的地方。古人写诗并不分行，所以可以一行、二行便是一首诗词。我们现在分行了，看起来清楚明白，印起来却多占地位。我向来觉得情感意义可以长、深或曲折，但表现的方式还是精简一点好。我们若是把长的写短了，只会好不会坏的；把短的写长了，不免于可厌。现在分行的诗印在纸上，已经有了空白，我想写的人更多留一点空白，一定会更好的。

北京城最可爱之一，是它有许多公园，公园内有许多空地，空地上有许多茶座。可惜的是，我们只能星期日去。去的目的是找一空旷之地散行几步，坐下来并不渴而泡一壶茶。我们今天，工作和学习非常紧张，公园正是最好的可以松一口气的地方。

北京住家的四合院，好处就在四合之中有一块院子。院子本不一定是散步所在，但有了院子就觉得有一块小小空地，不怎么紧。四合院的坏处就是一层平房，占地大；然而高楼的公寓却缺少那一个院子，美中不足。现在人多而房挤，有些人又有家具又有书，房子不嫌大而嫌小。这本是无可奈何之事，但亦有补救之道。我想最有效的办法是把一切东西靠墙，无论如何留出房间当中一块（哪怕是很小一块）空地，那样即使你在小小斗室之中，还觉得有些余地。

我们当然不能要求今天的都市和住家像古画一样有许多空白，但是可以挤出一些余地的。我们今天工作的繁忙是不能避免的，这些繁忙与沉重是为了明天。以我个人的经历来说，在百忙之中还是可以做出东西来的，忙中逼出来的有时比闲中缓缓而来的还好。这原因，就是工作的加速度使我们短期中接触了许多"面"，可以加快地从中吸取一些精华。人类的脑子也需要锻炼，越磨越快利。但是，也有一定的限度，好像火车在长途之后也需要休息一样，脑子很需要休息。不容许大大的休息，我们还得忙中偷闲，这是有办法的。我个人的办法，是看戏，可以使脑子不动，欣赏艺术。作为一个这样的观众，我们希望戏比较不要太刻板。我想许多的观众是希望有几小时的空闲而去看戏的。

我们今天正在创造一个史无前例的新中国，必须加快我们生活和工作的速度，也必须利用和开发地利用学术文化的空白，充实他们。当然不允许许多人有许多的闲空，或者土地上有许多荒芜的空白。我想，这也绝不会有的。就因为如此，我们今天的生活一定是快速度的，一定是减少空间的空白的，我们才有必要在这样的情形之下考虑一下自己的工作和生活的安排：在时间上和空间上挤出一点空白。正如同在长距离的运动中一定要安排下短时间的休息，好像横渡长江的游泳当中要知道飘浮一阵的方法。

原载 1957 年 1 月 23 日《人民日报》副刊

论人情

　　一切好的文学艺术品总是顺乎人情合乎人情的。文学艺术既是表现人类的情感思想的，而人人具人情之所常，所以作品可以感动人心。那些诗歌、戏曲、小说可以表现几百年或上千年以前的人情，我们今日读之犹有同感，为之感慨落泪或同声称快；那些表现现代生活的诗歌、戏曲、小说倘使不能合乎人情的表现出来，可以使人啼笑皆非或漠然无动于衷。我们对于戏文的剧情往往是熟悉的，但是表演人情的透彻，可以使人明知其结束而一定不放松地要看到底。秦香莲一剧中的包公一定要铡了陈世美才合乎人情天理，否则不成其为包公。小白玉霜所演的秦香莲，观众明明知道她要得到最后的胜利的，但毫不放松地一定要看到她的成功才放心称快而去。那就靠表演的艺术了。

　　我们欣赏那些石刻的泥塑的铜铸的佛像，欣赏他们眉目间的神情、手指尖的意趣、衣折间的风度，并不因为他们是神道，并不仅仅着眼于金装和雕镂之精工或色彩的鲜丽和谐，而由于在线条以外表达了人情。那些庄严、微笑和苦难的忍受反映了作者对于人世间的希望。佛就是人，佛像无异是人像的化身而已。这些应该是过去的事，其取材取法是不可以再刻板模拟的了。我们今天的人，有他的庄严、微笑和对于未来的美境，就应该另外从真实的材料中表现新时代的人情。古代艺术，有许多地方值得我们今天依然欣赏和取用的，但必须发展这些久远的艺术传统而且使之有用于我们今天的现代艺术。

现代的文艺作品，一定不能刻板地模拟古人，因为人情也是随时而变的。现代的人，衡量古代的文艺作品，也不可以用今天的人情作尺度，而应该历史地去看古人的人情常理。文艺的批评工作，尤其是古典的文艺批评工作，最需要先作历史的研究。就是从事创作的人们，若是住惯了城市的，要写农村就首先要熟悉农民的感情，了解他们的人情。若是仅仅看到农村的景色，看到农民如何高兴地工作，还是不够的。如何从今天农民的心情中去追溯历史上农民的痛苦和勤劳，还是需要研究历史。但是，光是学究式地历史地去研究农民，而不真懂得农民的人情，不使自己和农民发生真正的感情，那还是不成的。为什么有些作者常常用知识分子的心情去分析农民的心理，就因为他不曾懂得他们的人情。

苏州评弹说旧书的精彩动人，在于以简练的言辞和有限的动作分析出刻绘出古代才子佳人和各色人等的人情世态。杨振雄在说《西厢记》时，常常用半小时工夫引出一句《西厢记》而对莺莺或张生作了全面的人情的暴露。何其细致美妙，虽详而不繁，虽细而中肯。这种个性的分析，值得玩味。他们最近说了一些新人新事（如王孝和和刘莲英），用的是传统的老办法，而其刻绘人情激动人心，其高明处是从事话剧电影和写小说的人应该观摩的。

我们最近看到了一些法国的和印度的电影，在表达人情一点上对我们的电影有启发的作用。这些人情，有时虽表现在小节目上，而实际上有着深刻的动人之处。我们若在比较枯燥的作品中加入一些生动有趣的小节目，那并不是正确的办法。我想我们大家应该学习鲁迅，在他的小说和杂文中十分明显地表现出他对于人情的深刻的体会。一切为鲁迅先生画像或作塑像的人们，最应该首先体会鲁迅先生如何了解他的同时代人们的人情的深刻，然后才能画好塑好鲁迅先生的像，而不是仅仅斤斤计较他的服饰和姿态。

我们研究历史的，常常企图从古代神话传说中去寻找"历史的影子"，不但不以神话传说为荒诞不经，而且认为是最可珍贵的。对于从事文艺的人，我想神话、童话和神怪故事的可贵，就在于其中的人情和丰富的想象，并不全是胡说或乱想出来的。古代的笑话和谣谚，也是同样的。《聊斋志异》一书，说的全是鬼怪，其实全是人情。若是它们真正是有深刻的意义的，那么即使以鬼怪的形式出现，并不足怪，也并不不好。从前还有人相信鬼怪，但当时读《聊斋》的人大多数是当做人间的故事读的。现在很少人相信鬼怪了，这些鬼怪小说或神话戏剧的出现，是不必因其以鬼神的形式出现而有所怀疑的。

古今伟大的文艺作品，往往表现人性的庄严：在黑暗中追求光明，在困难中找出路，在压迫下挣扎而斗争，在危亡中表现不屈的勇敢和急切中的智慧。但是，在有些作品中，也常常表现为滑稽、诙谐和轻松的愉快。这些也是人情之常：在疲劳中需要短时间的欢笑，在绝望中需要寄托的快乐，在紧张的工作后需要放松一下胸怀。在戏台上，我们需要丑角，好的丑角可以使庄严的戏更庄严，悲剧更悲，喜剧更乐。

我们常碰见一些不解风趣的人们，对于人家的笑话和诙谐以为是不严肃。这些人不知道笑，也不知道笑的好处，更不会欣赏打诨的智慧。古代有些道貌岸然的道学先生，并不一定是正经的；反之，太史公《滑稽列传》中的"倡优"人物，不乏严肃的内心和敏捷的口辩之才，"虽善为笑言，然合于大道"。我从前对于北京的相声有些怀疑。但到底有许多人爱听，其中必有道理。我偶尔也听了，确乎是有悠久的历史传统的。它能尖锐地反映现实。有些段子，是有意义的笑料，有些是有讽谏和教育作用的。即使有些纯属于可笑的，能引人发笑，也是一切勤劳的工作人员所需要的。

人与人相处，无论是做朋友也好，谈正经事也好，也不可没有一点人情。我们中国人，过去有些不必要的人情，流于虚伪、矫作和无是非之感。但是对于我们日常相处的人，一天到晚一本正经地谈话，对于进行工作也有妨害。了解对方的人情，谈话中有人情，处理人的事有人的情，我想事情会更好办的。我们不欢迎"无事不登三宝殿"和"临时抱佛脚"的人，人与人之间应该在平时间有些说说笑笑的接触。在一次有好些老人家参加的座谈会上，我听到一位八十岁老人说他所理解的社会主义是"生活过得更好、人处得更好"。这些老先生们都主张有个同行的茶馆，可以聚会聚会，谈谈天，或许在自由谈天之中可以解决一些问题。严肃的开会，自由的茶座，都是需要的。我相信社会主义的大家庭里的生活应该更丰富些。

原载 1957 年 5 月 8 日《人民日报》副刊

论老根与开花

培植花种的人，最知道珍惜那些好品种的老根；没有它，不能移植下一代的新花，也不能接生新的更好的新品种。戏曲（尤其是民间戏）是"艺"的一种，需要周到的爱惜的抚养。过去许多民间戏，实际上是在无数的热心观众的爱护下长成的。我们至今很容易分辨出：哪一些剧种的哪一些戏，是劳动大众所喜爱所培植出的；哪一种剧种的哪一些戏，是小市民与士大夫阶极所培植出的。用教条和公式所培植出来的戏，常常是没有根的纸花，或是人工绑扎出来的枝条，它们在形象上不美，是不为人民大众所喜爱的。

最近看了洛阳豫剧团的两出老戏，《穆桂英挂帅》与《姐妹告状》。用教条或公式来说，它们不能算是头等的；由其演出的效果来说，它们是非常好的老戏。原因很简单，它们是老根上长出来的美花。这些花若是美的，而又无伤害人的毒刺，那么就应该爱护之，培养之，使其老根成为接生新品种的基础。

我们访问了演此两戏的主角马金凤和阎立品，觉得她们说了一些似乎颇有感慨的话。从她们所说的，我的印象是她们到北京演了她们近年所不演的老戏，而得到意外的成功。为什么在北京受欢迎的戏不能在河南唱呢？在河南，经常要她们演出的是一些模仿越剧的新戏，内容、音乐、词和服装都向越剧学习，只不过用河南话唱出来给河南人听。为什么不多唱一些河南人最喜爱的河南梆子的戏呢？"百花齐放，推陈出新"的方针，发掘老戏的号召，为什么在北京显得特别热闹？早晓得如此，她们可以多准备一些传统节目，多用一些时间来温习她们已经忘掉的旧词。她们为什么到了北京才有此恍然大悟？

我知道河南梆子中有许多上年纪的老师傅，能背诵上百本的戏文，我问他们怎样了？她们指着一位四十上下的中年同志说："你要见见我们团里的老师傅，就算他年纪大些记得些戏本了！"别的老师傅，没有人问，回家了。

马金凤说了这样一句话："老根儿都刨了，怎么能放花？"

谈到许多剧种在演《十五贯》，阎立品说："其实我们豫剧中也有类似《十五贯》的一出戏（我忘记其名），不过复杂一些，我们何不发掘出来加以整理呢？"这话是很对的。有现实意义的老戏，不仅只有一个《十五贯》，不同剧种应该在他们自己的传统节目中去发现，又何必照本抄录。《十五贯》在北京的成功，说明了昆苏剧种的不应该枯萎，说明了老戏中有非常精彩至今常青的老根中放出的奇花，说明了老戏新编的重要意义。别的剧种，应该观摩与学习的是这些，而不要只限于到处都演《十五贯》。我们民间戏的遗产，不止"十五贯"而是几千万贯也算不清的。

这两位演员的几句话和她们若有感慨的神情，使我大为感动与佩服。她们比之搬教条、套公式、指手画脚的人要高明。她们在实践中体会到一些，她们真正爱她们的"艺"，她们是懂得大多数观众掌声的意向的。

最近北京演出香港电影《孽海花》《绝代佳人》《春》《秋》

和印度电影《流浪者》，竟有这许多人拥挤着去看而至客满，这说明了观众对于公式教条化的电影和话剧的态度，他们选择了自己的道路。我觉得这是一种讽刺。我因此希望关心地方戏的人，要关心一些地方上看戏的人的道路，慎重地体会马金凤所说的一句话。

有一位编辑先生来访，纵论及此，他以为应该记下来，并且应该发表之，因追记如上。

原载 1956 年 9 月 25 日《人民日报》副刊

诗的装饰和灵魂

关于论诗，是一件困难的事。现在的中国，新诗还不曾得有共同的解释。各人做各样的诗，漫无定律的。因此各人认自己的诗为诗，以自己对于诗的见解为诗的定义。从这主观的定论，使新诗在中国不能有一定的规律和确定的定义。而一般论诗的人，或者自己并不会做诗，不能深切的理解诗的意义，或者对于诗的要素有所偏颇。诗的要素，简要的可从其性质分为两种：一是外在的形式，就是韵律。因为诗是一种歌咏的美观的文学，是要合乐的整齐的。一是内在的精神，就是诗感。诗决不像平常做散文一样，是必须要从某种印象而激刺感情，自然地流露出来。往往论诗的人，偏持一方面的论据，或是侧重形式，或是侧重精神。但是人之为人，必须有人的灵魂和人的体形。一朵纸剪的花，虽然有花的香花的美而没有花的生气不是花。黄种人具有西洋流的一切风味，而不具西洋人的黄发碧睛，不是西洋人。所以诗也必须要有诗的形象和诗的灵魂。此方始是有生灵的诗，不仅是可以赏观，可以歌咏，并可以感动读者的心灵。这也可以说是与散文之分野。

现在一般自称所谓"革命文学"的人，要创造完全反于"旧"的所谓"新文学"。要其外形内义都是放任的，浪漫的，无规律的。于是构成一种不似文学的"所谓文学"。而这种负着

"文学革命"使命的"革命"的"所谓文学"的所谓一诗,乃形成非诗的"所谓诗"。这般"新"的创造家,解放了诗的拘束,破坏了诗的精神,从这种没有规律的自由放任底下所产生的"所谓革命的新诗"是变为无次序的无音韵的杂乱的烦嚣的呼声。只是呼声或是句子而已。倘若不注明这是一首诗,我们会误认这排列的句子是口号或是标语。还有一般没守格律的人,以为诗以诗的形式为要件,只要有诗的形象就成诗;因此往往将散文用诗形写成了"诗"。再有相反于此者,即是不看重诗的形象,而专以诗的精灵为主要,只要有诗意就是诗,因此往往把诗写成散文。故前者可称之为"诗形的散文",后者可称之为"散文的诗",皆为畸形的诗。

　　以上三派,可以说是近来新诗的残缺的现象。但是这种极反的"革命的诗",完全是必然的时代无用的反动,一切都脱离诗的疆域。诗形的散文与散文的诗,都是不能与散文的形式或是性格绝缘,成为诗与散文的"混杂模型"。我以为诗应当有他独具的精神,他的本身迥然和散文分开,那就是诗必须具有其独具之形象与灵魂。明了这就要使诗有其独具的要素,那便是诗形、诗韵、诗感。因为诗要在形式上、音调上、精神上,显示其特立的征象。所以诗应当是可以观赏的歌咏的思味的文学,而是以美术音乐和哲学表现出来的。

　　将诗写成整齐的美观的格式,是可以从这些整美的行列间,引发心理上的美感。自然的诗歌写入文字的圈围里,是必须要将感情拘束在一定的形式之下。而这些文字的里面,隐藏着这感情未曾完全显露足以思味的元素在。而且,诗的格律,尽可以放得很宽泛。是解放从前沿袭的一定不变的格式,而给与诗人一种自由创制美观的组织的权力，以适应他各种不同的需用。从这格律，经过许久的习练，生出自然的技巧。这因时间的累积的习练的技巧，可以很自然的表现诗的美骨，使感情不因此而稍受影响，并充分舒展诗人的天才。

将诗写成和谐的节奏的音韵，是可以从齐落的韵脚和调和的音声里，得到吟读上的爽感。因了这种音韵上的快感，间接的激发感情的影响。现在赏读的诗虽不一定配谱入唱，但也可以从其流畅的音浪和韵纽的配合中，寻取音乐上的趣味。然而古今来的音韵变迁得很多，我们所说的音韵，不是泥守向来一般沿袭的拘束，而是适应实在的自然节奏和韵纽。

诗是美的文学，我们要从行列间、声调上装饰美的色彩。但是诗的韵律，总求其自然。而这种自然的技巧，必须从继续的习练中，寻求惯熟的途经。因了经验，使感情不为韵律所困囚。诗的第一步成就，即此"随心所欲"的自然途径。要不如此，诗就容易失去了他活泼的生灵，而为一些雕刻琢磨的词句。所以格律只求美观的排列，韵纽只求自然的应合，声调只求节奏的调和。诗的韵律不但是形式上的美丽，还因此而帮助感情的击应。所以韵律就是"诗的装饰"，用美术和音乐的调配，便因美观的格式与和谐的音韵所生出的美感，衬托"诗的灵魂"。

韵律既是诗的装饰为做灵魂外现的形象，那末，诗的灵魂——就是诗的精神——应当较之外形的修饰更其切要。粗糙的灵魂而以精美的装饰所成的诗，与精美的灵魂而以粗糙的装饰所成的诗，是同一的为虚浮残缺的美。诗的灵魂乃是诗的生命，若然没有它，就如同金身的泥像。所以不朽的诗，不但具有完美的形象，更有其超乎一般的灵魂。这使诗变成有活气的生灵。所以诗感实是一首诗产生的酵素。没有诗兴，而用偷巧的散文的头脑所写出的"诗"，仅仅是做作的技巧的聪明。诗感的来临，是因于内心接受外物印象的击应，即时或是渐积的发生"感情"，这些感情在人的灵府里不止的跳跃，因时间的更延使他成熟。等到感情的外溢急迫的时候，就收拾在韵律的石磨里，写成文字。而这感情是直应的感情，并且是自然的流露出来。所以感情，经过了短的长的时间的挫折，或是遗落了，或是滋长了。因为是经过时间的网，就与别的相似的邻近的感情击应，也就从诗人的玄想中带来哲学的香气。所以诗要其有自然的格式、自然的音韵、自然的感情。但不仅是一些平凡的描摹与感慨，更其要有哲学意味溶化在诗里，使在美丽的装饰里藏着美丽的灵魂。

原载 1930 年 1 月 16 日
《国立中央大学半月刊》第 1 卷第 7 期

文艺与演艺

近代文艺,常现一种堕落的趋势。那是离开文艺创作上自然的"趣兴"和纯洁的"感情"而成为技巧的演习。一般人将文艺与技艺并为一谈,这技艺实是脱离了"感情"与"趣兴",为了另一种目的或是作用,而假文艺的形式来演作。这样本不了解艺术纯粹的无所为精神,无功利思想,而为向下的做作的一种"演艺"(这里所称的演艺,是借用一个日本名词,表示技艺,有别于真正的文艺)。有时候演艺也有其一部艺术的外表模仿,这模仿完全抛却艺术的核心,成为技巧。这些技巧脱离了文艺成立另一种东西,纵然间或和文艺发生一点关系,但这关系是仅仅模仿了文艺的外表形式而参加了许多另外的目的或作用。

在如今这时代,文艺的真正价值是不容易看见或评定。一般人的评定文艺价值只着眼于"普遍了解",就是把标准降为平庸粗浅,其实文艺本身具有最高价值,往往只有最少数人能以了解。普遍的文艺,只是普通,本身价值不一定就高。以普遍了解来决定文艺价值,是明显的来抹杀一个国家的艺术最高境界。由于以普遍了解为决定文艺价值的标准,则不惜抛却个人之心灵来迎合时代或社会之好尚。因此就将"欣赏"一变而为一般人的兴趣,就对于文艺有了玩戏态度。此种误解,不幸降低了文艺的最高境界,而为低趣作品。

文艺的欣赏变为一般人的兴趣，于是演艺就藉此短视蒙混一般人，假称为文艺。其危害将使文艺亡了真性，只存了外表的技巧。这是文艺的堕落。因为凡是文艺，经过了不自然的演习以后，致原来活泼的生命遭受桎梏，即失去了自然的性态，而不是感情的表现。

诗原是诗人感情的自然流露，他的感情存在诗的自然节奏里。倘若存了一种心思，做一首诗欺骗女人，诗里面就没有感情，而存形式。一家戏院为了迎合当时代一般观众的卑下心理，请人制作合于脾味的含了"性"的或是有趣味的剧本，则此剧本毫无感情，不过以种种形式来使观众生趣，好获取利益。为宣传某种主义，在小说里喊出口号和政策，这就变成政治作用。若然如此，皆为了另一种目的或作用，不是自然的感情流露，其产生在于利用。

从这存了另一目的或作用，不有感情非自然的所表现出来的演艺，实质上早已失去艺术精神。现代文艺很明显的有这一种向下堕落的趋势，文艺就成为一种技巧来实现其另一种目的或作用。以这种演艺来蒙混只能欣赏低趣作品的人，足以危害文艺向上之发展。真正的文艺，要其为感情的自然表现，不含有任何的目的或作用。从无关心中产生出来，不怀着功利观念，一种无所为的高尚精神。这纯粹的文艺自有其高尚的价值，而不必强要迎合一般人的兴趣。这才能达到文艺的至高境界。

原载 1930 年 1 月 16 日

《国立中央大学半月刊》第 1 卷第 7 期

文学上的中庸论

读《中庸》，其中有两句话可应用于文学理论。《中庸》第一章曰："喜怒哀乐之未发谓之中，发而皆中节谓之和。"中和就是中庸。朱熹说："中者，不偏不倚无过不及之名。庸，平常也。"我们以为朱说不如《中庸》上以上两句的中肯，中和就是中庸。喜怒哀乐未发时谓之中，发而皆中节谓之和，因此我们更要注意"发"和"节"。用现代名词说，存在心中的喜怒哀乐就是一切情感与思想，"发"即是表现，发而皆中节就是表现出来都有节度。文学上需要中和，这中和的意义适当于谐和（Harmony）与平衡（Balance）。一切的文学作品需要其本身的谐和与平衡，从未发时的印象到表现，其间必定有一番使之谐和与平衡的手续；缺少这手续，我们称这作品为不成熟。在作品的本身以外也须要与外界的谐和与平衡，这种关系通常称之为"适合于时境"。本身或外界的中和作用，据上所说的仅止于作品表现时的手续。在作品未发表以前，我们也少不了对于"中"（就是接受一切情感思想的中心）有一番预先的整顿，整顿的方法仍不外是使之谐和与平衡，这是通常所称为"作家的涵养工夫"。

我们试回头看中国向来对于文学的态度，自从孔子说诗三百的"思无邪"，至汉之尊儒，唐韩愈倡文以载道说，宋理学更以道学淹没了所有文章的性灵，这一脉相传的"轻文重质"实是把文学变成传道的工具。然而反对此者，有魏晋人的玄谈，唐诗的歌咏情性山水，以及明末三袁的主张性灵，一直到最近十数年新文学的解放束缚，却是完全一致的求"中"与"发"的解放。故有人划分中国文学为言志载道相互颉颃的流转，以为历代文质都是互为消长的，因此我们可以假定在这互相颉颃的逆流中，自然能产生一种中庸的文学。最近有人谈诗，以为"诗应该载道"，正好表示文学在极解放中需要一种平衡了。凡一种相背驰的方向，往往引入于中庸之一途，我们不敢说中庸是最好的，但至少在文学上也常易从两种对抗中成立调和。古来偏激的文学态度（其实现在的文学也在内）不是极端的个人主义就是空泛的载道主义，但是每一朝代都有中和的出现，如像杜甫，我们可说是最代表中和的一个诗人，他常常在丰富与约束间得到适当的谐和与平衡，而李白与李商隐则各自走了一种偏激。现在有人分新文学为海的与古城的两类，我觉得这分法偏重地上而忽略个人。我们毋宁将它分为放纵的与拘束的，两者对于表现都有过与不及的偏倚（这分法属于作者对于表现的维度）。我们更可以从作者对于外界的迎拒分为被抑制的与不甘被抑制的两种，文学不能完全与外界无涉，不能太个人的；但文学也不能甘于被抑制在命定的范围内，我们看到这现象近来逐渐使文学与文学者堕落了。因此我主张这个中庸的态度，明了个人在这个时代处境中，不容许伸张私己，也不能被制定在一个"没有自己的范围中"。我们要自由的觉醒作张本，要一种从中心发的情感思想求与外界谐和平衡——绝不是放弃自己可能与外界的谐和，而投身于被制定的桎梏中。文学本身是自由的谐和与平衡，文学作者有能力（或说本性上能）求与外界的调适，我们要利用作者与外界间可能的接近，而不是以强迫的间离个人于"自己"之外，那只能为一种被命所写的"制诰"，而不是文学了。

以上我们所采用"中庸"二字的意义，不复是常识间所认为的"平常"。《中庸》上说"中庸不可能也"，可见得中庸不是容易做到的。孔子所说"执其两端而用其中"，孟子所说"心勿忘，勿助长"，皆论关于德行之如何合于中庸。宋明理学家认真拿中庸的意思实行到正心养功夫，往往见其艰难，盖天地之间无论何物事都有两个不同方向的极端，两端之间有一条罅隙；人类就是在两端距离中求弥合这罅隙，也就是求一切事物的谐和与平衡。然而这罅隙的存在，可曾为人类的努力求弥合而至消失，这始终是可疑问的，也许人生的悲剧实由于此。罅隙也许永远是罅隙，求弥合也许永远造成人生的悲剧，然而人类决不肯放弃这种野心的企图，也许这就是所以为人类或所以生命的意义。说到文学或一切艺术一切精神上的构成，都不是绝对的可以建在"圆满完全谐和平衡"上，如人所想望的；然而文学的一切，其努力企图乃求不可能的"圆满完全谐和平衡"之近似，人生之悲剧反可以促成人生之伟大壮烈的精神。往古的遗迹斑斑可寻。自古以来，若干诗人哲士淡忘了世界的物趣，在黯淡的生活下枉费其精神，想提出"美的完全的永久的想象"，使之存在于石柱人像上。文字的连缀中或颜色声符的结构内，这类大工程我们现今所见的艺术陈迹均是。然而这些人的对于"想象"求成为"具体的表现"，其具体表现上（即作品上）可就是原来精神思想中的"想象"原形？没有人敢准确回答。我们岂不是徒劳无功，岂不无要求"生命的具体表现与不朽存在"而结果不朽具体的都是物质都是骸骨？——但，文学是顾成败不计较利害的，它是人性中与宗教一样的自然发生的，它唯一的企图就是努力求完成接近弥合"想象与具体表现近合一"，使想象与表现的可能的谐和平衡，文学尽是这样一种野心的企图，而我们求谐和平衡的全生命，也是如此在极大难以弥合的罅隙中，永远劳力求其合一。生命的意义及文学的使命乃是如此，在不中庸中求中庸。

二十三年四月七日午，芜湖狮子山。
原载 1934 年 5 月 10 日《中央日报·文学周刊》第 1 期

艺术家的闻一多先生

闻一多先生早年是热情的新诗人,中年是勤恳笃实的古典学者,晚年是爱国志士。这是大家所知道的。但是,他一生对于艺术的爱好,因为未有遗作流传,还没有人谈过。我们从他对于艺术的爱好这一点上,可以更容易了解他的性格和他的志趣所在。以下仅就我个人和他接触到的,从回忆中略记其数事。

大约是1928年的冬天,我在南京单牌楼他的寓所里第一次会到他,他的身材宽阔而不很高,穿着深色的长袍,扎了裤脚,穿着一双北京的黑缎老头乐棉鞋。那时他还不到三十岁,厚厚的口唇,衬着一副玳瑁边的眼镜。他给人的印象是浓重而又和蔼的。1932年春,我到了青岛,从此一直到1944年,我们常在一起。在饮食上,他喜欢的不是清淡而是辣与咸,他的茶总是浓的,烟是烈的。这些都和他喜穿深色的衣服一样。在颜色上,他最爱的是红与黑,更恰当的说,是黑与红。诗集《死水》初版的封面是黑色的,那是他自己设计的。抗战前他在清华园的住宅,书房和客室的书架沙发都是黑色的。在生活起居上,他不是最严整的,但是稿本上的蝇头小楷永远整整齐齐,用笔如用刀,刚劲有力,一笔不苟。他是爱谨严的格律的,但同时也爱粗野、不平凡与不受束缚的力量。1938年他经贵州步行到昆明,带回了许多奇形的粗糙的用藤竹之根所做的旱烟竿和手杖,是他所喜爱的。

在旅途中，他也带回了许多民间的歌谣。格律谨严的诗是他爱的，天真朴素而自由奔放的民谣，也是他所爱的。无力的没有活气的细巧，是他所不取的。

在生活上，他是洒脱豪放的人，不计较银钱。在我交往的朋友中，最使我不忘记的是他的健谈。我们很少沉默相对的时候，总是说不完，而且头绪万千。在青岛的半年，我们常常早晚去海边散步，青岛有很好的花园，使人流连忘返，而他最爱的是站在海岸看汹涌的大海。不知道为了什么，青岛大学闹风潮赶他。我们遂乘火车去作泰山之游，因雨留住灵岩寺三日，谈笑终日而不及学校之事。在泰安车站分手，我回南边，他手托在泰安庙前买到的一盆花回去青岛。他虽是健谈的人，又是比较洒脱的人，初见面的人总觉他和蔼可亲，又是热情的。但他的火气也很大，疾恶如仇，和朋友争论问题可以面红耳赤，决不妥协。对于大海和泰山的爱，可以见到他的胸怀；对于小小奇巧事物，他也有癖嗜。

我一生没有听到他唱歌，年轻时他是唱过歌的，他的嗓音很响亮。那一年从长沙步行到昆明，他和学生们在一起，一路上常常听到学生们唱歌，而他自己又一路上收集民谣。因此到昆明时，他告诉我唱歌的重要，说是在集体的运动中和集体的劳作中，唱歌可以团结，可以互相鼓励，振奋精神，齐一步伐。我仿佛记得他说，在旅途中他和同学们一同高唱，觉得高兴而年轻了，忘记了疲劳。我们知道，那时候的一多先生是关在书房里不与人往来的一个学者，他说这些话可以看出青年同学的朝气怎样在他血脉中又流通起来了。那时候他致力于《楚辞·九歌》的研究，他几次企图把《九歌》复原成最初歌舞的形式，他说要在舞台上出现古代的《九歌》。但是，他在昆明最初的几年中，虽然已经觉悟到群众歌声的伟大有力，而他自己孜孜不息的还是在书斋中作他字面上的关于古代诗歌的研究。一直到后来，他为田间写了《时代的鼓手》，他自己才正式地参加了革命的歌咏队伍中了。

在闻一多的诗里，我们可以看到三种东西：一个是整齐的谨严的形式，一个是奔放而抑制住的热情，一个是可以上口诵吟的。他的《罪过》，是最典型的一首诗。我记得在青岛的时候，晚间无事，我们两人手持一册，他常常吟诵古代诗人或外国诗人的诗篇。他所写的散文，有时间也特别地塑造成有停顿节奏的形式。不管怎样，我想诗歌之应该可以吟诵，是值得我们注意的；而诗歌也应该唱出来，似乎是他曾经有过的意见。

在昆明挂牌治印以前，他老早就会刻印章。刻的不多，而且不爱给人刻。到了清华教书以后，他因治《诗经》《易经》之故，兼治古文字学，因此也开始写摹甲骨文和金文。在昆明因生活困难才不得已而为人刻印章。这时候所刻的，很讲究笔画的正确，也讲究布局，因为他对美术设计曾有过研究。他所刻的印章，可以称为艺术品：笔画是合乎六书的，布局是有构义的，刀力是刚劲的，字体是严整的。他所刻的，代表他的个性，就像他的字一样：不很丰润，但是有力，太谨严而不俗。他的印章、书法和诗，有许多互相贯通的地方。但此地我们必须指出一点，他仿佛最爱格律、章法等形式的严整性，而由于他是热情而又有丰富想象力的人，常常想冲出这个形式的篱笆。

有一二十年的功夫，他完全沉默的埋首于古代经典中间，作最基础最机械的整理工作。不能想象这样的人会舍身革命。但是热情与理想，在他血脉中细水长流的存在着，所以在他晚年愤然的说出我们不要为"六经"所拘束，我们应该走到活生生现实的社会里去。在他参加革命以前，他的治学的精神中就有这么一点。譬如研究《诗经》，他是从根本上一个字一个字去考订的，但常常有一些"离经叛道"的新看法，是从他的想象中闪亮出来的。在我初期治学时期，也是热心于古代神话和礼俗的研究；和他对谈，常常扯得很远，越谈越有劲。后来我自己转入于古代实物和历史的研究，觉得神话太空，引起他很大的反对。他在治学上的大胆的想象的驰骋，正表现为一个艺术家的气质，也是后来使他忘我地投入民主革命的一个动力。要是他多活几年，一定能冲破形式的种种束缚，更自由的写出更好的诗和创造更多的艺术作品。

我们若知道他对于诗的精深研究、绘画的修养和对于戏剧的爱好，我们便可以理解他在课堂上精彩的讲授了。我没有听过，但我知道他晚年在昆明讲课是最叫座的。我也没有看他演过戏，但常常听他说对于戏的爱好。那一年凤子在昆明演《原野》，他非常热心地动手作布景。我们要记得，那时候他还是一个伏案的学者，绝对不愿意花时间作他不爱作的事。然而那一次他真高兴了。这已是十七八年前的事了，布景如何我已忘了，我只记得一看就是闻一多的布景。他常常谈到舞蹈的重要，当然那时候还着重于原始社会中的舞蹈的社会的意义。

绘画是他早年选择的行业，他去国外时的志愿是学画。很快的回国了，很短的一个时间在北京美专做事，后来不干了，开始教西洋诗。在青岛的时候，我看见他画过《诗经》的画，很工整的。后来在贵州步行中用铅笔作过写生画，这些画还保存着一部分。作过一些封面设计,画过话剧的布景,这些都是很有限的。但是绘画对于他是有着很大的影响,他所喜爱的颜色(黑与红)也象征着他思想情感中对立的两个倾向。

这里,我检出闻一多先生一篇论绘画的旧文,因未入全集,重刊于此。这是1934年他为了画家唐亮的西洋画展览而写的。这画展是在北京南河沿举行的。当时印了一个很小的目录,此文即载于前。他当时以为此文尚有未尽之意,打算以后重新续写,但一直没有写。我希望读者不要以此文来衡量闻一多先生的艺术观点,因为在后来他是确乎有很大的改变的。

原载 1956 年 11 月 17 日《文汇报·笔会》

附:闻一多《论形体——介绍唐仲明先生的画》

仲明先生在绘画上的成功是多方面的,内中最基本的一点,是形体的表现。要明白这一点的意义的重大,得远远的从头说来。

绘画,严格的讲来,是一种荒唐的企图,一个矛盾的理想。无论在中国,或西洋,绘画最初的目标是创造形体——有体积的形。然而它的工具却是绝对限于平面的。在平面上求立体,本是一条死路。浮雕的运用,在古代比近代来得多,那大概是画家在打不开难关时,用来餍足他对于形体的欲望的一种方法。在中国,"画"字的意义本是"刻画",而古代的画见于刻石者又那么多,这显然告诉我们,中国人当初在那抓不住形体的烦闷中,也是借浮雕来解嘲。这现象是与西方没有分别的。常常有人说中国画发源于书法，与西洋发源于雕刻的性质根本不同。其实何尝有那样一回事。画的目标，无分中西，最初都是追求立体的形，与雕刻同一动机。中国画与书法发生因缘，是较晚的一种畸形的发展。大概等到画家不甘心在浮雕中追偿他的缺欠，而非寻出他自家独立的工具不可的时候，绘画这才进入完全自觉的时期。在绘画上东方人与西方人分手，也正是这时的事。西方人认为目的既在创造有体积的形，画便不能、也不应摆脱它与雕刻的关系（他的理由很干脆），于是他用种种手段在画布上"塑"他的形。中国人说，不管你如何努力，你所得到的永远不过是形的幻觉。你既不能想象一个没有轮廓的形体，而轮廓的观念是必须寄于线条的，那么，你不如老老实实利用线条来影射形体的存在。他说，你那形的幻觉无论怎样奇妙，离着真实的形，毕竟远得很。但我这影射的形，不受拘攀，不受污损，不迁就，才是真实的形。他甚至于承认线条本不存在于形体中，而只是人们观察形体时的一种错觉，但是他说，将错就错也许能达到真正不错的目的。这样一来，玄学家的中国人便不知不觉把他们的画和他们的书法归进一种型类内去了。

这两种追求形体的手段，前者可以说是正面的，后者是侧面的。换言之，西方人对于问题是取接受的态度，中国人是取回避的态度。接受是勇气，回避是智慧。但是回避的最大的流弊是"数典忘祖"。当初本为着一个完整的真实的形体而回避那不能不受亏损的幻觉的形体，这样悬的诚是高不可攀。但悬的愈高，危险便愈大。一不小心，把形体忘记了，绘画便成为一种平面的线条的驰骋。线条本身诚然具有伟大的表现力，中国画在这上面的成绩也委实令人惊奇。但是以绘画论,未免离题太远了!谁知道中国画的成功不也便是它的失败呢?

认清了西洋画最主要的特性,也是绘画自身最基本的意义,而同时这一点又恰好足以弥补中国画在原则上最令人怀疑的一个罅隙——认清了这一点,我们便知道仲明先生的作品的价值。仲明先生的成就不仅在形体上,正如西洋画的内容也不限于形体的表现一端,但形体是绘画中的第一义,而且再没有比它更重要的了。那么,要谈仲明先生的成功,自当从这一点谈起,可惜的只是这一次的篇幅,不许我们继续谈到其余的种种方面罢了。

1934 年 1 月,北京。

纪念志摩

> 等候他唱，我们静着望，
> 怕惊了他。但他一展翅，
> 冲破浓密，化一朵彩云；
> 他飞了，不见了，没了——
> 像是春光，火焰，像是热情。

　　他去了，永远的去了。我们还是常痴望，痴望着云霄，想再看见他来，像一道春光的暖流，悄悄的来。不能说这全是痴，我们不知忘掉了多少事，唯独这春光火焰似的热情的朋友，怎样也难使我们放下这痴心：我们要的是春光，火焰，要的是热情。听这秋声萧萧的摸索四野衰败的芦草，我们记起过去的一个秋天：怎样的那冰凉的秋天蹑进我们衰芦似的心里，教我们怎样说，那一刻间不能信的信息，教我们怎样信，他一飞去的神捷，唉，我们怎样再能想！

　　在这秋天的晚上，隔院小庙一声声晚磬袅袅的攀附在这一缕青烟上，游魂似的绻绵，我仿佛听见他说：我在这里。我翻开这四册诗集，清水似的诗句，是那些片可爱的彩云，在人间的湖海上投过的影子。现在那翩翩的白云，又在天的那方，愉快的无拦阻的逍遥？

我们展开这几卷诗，是他偶尔遗落下的羽毛，仿佛看见他的轻盈，丰润，温存的笑。他的第一集诗——《志摩的诗》——在十一年回国后两年写的，那些是情感的无关阑的泛滥。那种热情，他对于一切弱小的可怜的爱心：

> 给宇宙间一切无名的不幸，
> 我拜献，拜献我胸肋间的热，
> 管里的血，灵性里的光明；
> 我的诗歌——在歌声嘹亮的一俄顷，
> 　起一座虹桥，
> 　指点着永恒的逍遥，
> 在嘹亮的歌声里消纳了无穷的厄运！

真的，他有的是那博大的怜悯，怜悯那些穷苦的，不幸的，他一生就为同情别人忘了自己的痛苦。那在大雪夜用油纸盖在亡儿坟上的妇人，那些垃圾堆上拾荒的小孩，那些乞儿冷风里无望的呼求，那个黑道中蹒跚着拉着车的老头儿：这些不幸永远震撼他的灵感。他的慧眼观照一切，这古怪的世界横陈着残缺的尸体，又是那热情引他唱起《毒药》的诗，他也为着那恐怖的《白旗》呼唤。在"现实"恶毒的阴暗中，他总是企望着一点光明，企望着这老大民族的复兴：

> 古唐时的壮健常萦我的梦想：
> 　那时洛邑的月色，那时长安的阳光；
> 那时蜀道的啼猿，那时巫峡的涛声，

更有那衷怨的琵琶，在深夜的浔阳！

但这千余年的痿痹，千余年的懞憧：
更无从辨认——当初华夏的优美，从容！
摧残这生命的艺术，是何处来的狂风？——
缅念那中原的白骨，我不能无恸！

在他第一集诗里，许多小诗是十分可爱的，《沙扬娜拉》《难得》《消息》《落叶小唱》和《雪花的快乐》，到如今我们还是喜欢来念。十年前初创时的新诗，只留下《志摩的诗》这唯一的硕果。这些诗，不光是鲜丽，它还有爽口的铿锵的声调，如像一首《残诗》：

怨谁？怨谁？这不是青天里打雷？
关着，锁上：赶明儿瓷花砖上堆灰！
别瞧这白石台阶光润，赶明儿，唉，
石缝里长草，石板上青青的全是莓！
那廊下的青玉缸里养着鱼真凤尾，
可还有谁给换水，谁给捞草，谁给喂？

十五年，志摩在北平约一多、子离等聚起一个诗会，讨论关于新诗形式的问题，他们在《晨报》有过十一期的《诗刊》。从那时起，他更用心试验各种形式来写诗，他自认他的第二集诗——《翡冷翠的一夜》——至少是技巧更进步了。那开篇的一首长诗——《翡冷翠的一夜》——虽则热情还是那么汹涌，但他能把持他的笔，教那山洪暴发似的热情化作一道无穷止的长河。他向我说过，《翡冷翠的一夜》中《偶然》《丁当》——《清新》几首诗划开了他前后两期诗的鸿沟。他抹去了以前的火气，用整齐柔丽清爽的诗句，来写出那微妙的灵魂的秘密。

他的努力永远不间断，向前迈进，正如他从不失望的向生命的无穷探究。十年来对新诗这样不懈怠研求的，除了他没有第二个人。"总有一条路可寻"，他说"我们去寻"。我们看他（我们自己要不要惭愧）不管生活的灰尘怎样压重他的翅膀，他总是勇敢的。

飞扬，飞扬，飞扬，
这地面上有我的方向。

但看那生活的逼迫，阴沉黑暗毒蛇似的蜿蜒，人不能受，他忍受。他有一种"信仰的勇敢"，在一切艰难上，他还是急切的求"一条缝里的一点光"，照亮他的一点灵犀。可惜这世界

不论你梦有多么圆，
周围是黑暗没有边。

到处有"经络里的风湿，话里的刺，笑脸上的毒"，但是"凶险的涂程不能使他心寒"。有时候他

陷落在迷醉的氛围中，

像一座岛

在蟒绿的海涛间，不自主的在浮沉……

但他还是"迫急的想望，想望那一朵神奇的优昙"。我们全是大海上飘浮无定的几只破帆，在蟒绿的海涛间，四下都是险恶，志摩是一座岛，是我们的船坞。这生命的道路太难走了，崎岖，曲折，和无边的阴暗，一听到

他唱，直唱得旅途上到处点上光亮，
层云里翻出玲珑的月和斗大的星……

我也是这些被唱醒的一个，听他说："一起来唱吧！"十九年的秋天我带了令孺九姑和玮德的愿望，到上海告诉他我们再想办一个《诗刊》。他乐极了，马上发信去四处收稿；他自己，在沪宁路来回的颠簸中，也写成了一首长叙事诗——《爱的灵感》。他对年轻人的激励，使人永不忘记。一直是喜悦的，我们从不看见他忧伤过——他不是没有可悲的事。

二十年夏季他印了第三集诗——《猛虎集》，他希望这是一个复活的机会。集子开篇的一首《我看见你》是他一生中最好的一首抒情诗。还有那首《再别康桥》，我相信念过的人一定不会忘记。这类可爱的小诗，在他后期写的更多，更好——我们想不出如何说他好。我们一读他的诗，只觉得清——不是淡——清得见底的；隽永，和灵奇的气息。我们说不对。

我不敢想去年冬天为什么再去上海，看不见他了，我看见是多少朋友在他灵前的哀泣。他知道，一定会笑我们忘不了的凡

情，他好像说："我只是飞出了这个世界，到另外一个世界去，和原先一样好。赶明儿你们也得来，可是我等不及你们的，我会飞去第三个世界！"呵！你永远在飞，这世界留不住你！

淘美要我就便收集他没有入集的诗，我聚了他的《爱的灵感》和几首新的旧的创作，合订一本诗——《云游》。想起来使我惶恐，这曾经由我私拟的两个字——《云游》，竟然做了他命运的启示。看到他最末一篇手稿——《火车擒住轨》，只仿佛是他心血凝结的琴弦，一柱一柱跳响着性灵的声音。

真的，志摩给我们的太多了：这些爱心，这些喜悦的诗，和他永往前迈进的精神，激励我们。这年头，活着真不易，"思想被主义奸污"，感情卖给了政党。志摩争的就是这点子"灵魂的自由"，他要感情不给虚伪蒙蔽。他还要尽情的唱，顾不得人家说"这些诗材又有什么用"。看这十年来，谁能像志摩在生活下挣扎，不出声的挣扎，拨亮性灵中的光明，普照这一群人，不知道光明是什么。

"诗人是一种痴鸟，一种天教唱歌的鸟，不到呕血不住口，它的歌里自有另一个世界的愉快，也有它独自知道的悲哀，与伤痛的鲜明。他把温柔的心窝抵着蔷薇的花刺，唱着星月的光辉与人类的希望。它的痛苦与快乐是浑成的一片。"

唉，这一展翅的飞逝！我们仰望白云，仰望白云上的星月，那儿是你！也许你，在另一个世界上，享受那种寂乐；也许你

　　你已经飞度了万方的山头
　　去更阔大的潮海投射影子！

但我们还是

在无能的盼望,盼望你飞回!

二十一年十月杪记于海甸燕京。
(文中所引诗及文句,皆出自志摩集中。)
原载1932年12月《新月》第4卷第5期

谈谈徐志摩的诗

　　五四时代所出现的初期白话诗，是想冲破旧诗的诗式用语体来表现新的时代的内容。那时间白话诗的形式，有些还多少残余着他们意图冲破的旧诗词的形骸，有些又表现为比较零散的小诗，似乎都不曾找到比较恰当的表现形式。人们还是回忆着旧诗词的音调和它的可以吟诵上口的好处。但是，由于在旧形式的束缚中解放出来，追求一种时代的新精神，因此固然在形式上有各种不同方向的试探，白话诗到底更自由的叙述了五四时代人们的思想情感。

　　大约在一九二四年，徐志摩用宣纸仿宋体所印的一册新诗集出版了。初印本是线装的，蓝色的封面，共收五十五首。一九二八年改订为四十一首，新书装订，内容也有了部分的修改，仍然叫做《志摩的诗》。他的清新活泼的诗句，曾经受过读者的喜爱；由于他两次编辑过《诗刊》，他的诗也影响过同时其他的诗作。从一九二二年起到一九三一年止，他一共印了四本诗集。和同时代的作者相比，他写过比较多的诗。这些诗，尽管已经过了二十五年以上，我们当时读过的而今日重翻一遍，觉得其中有些首并没有忘记。徐志摩的诗的好处之一，就在于此。

　　初印本第一首诗是"这是一个怯懦的世界，容不得恋爱，容不得恋爱"。在第二节中他说：

> 听凭荆棘把我们的脚心刺透,
> 听凭冰雹劈破我们的头,
> 你跟着我走,
> 我拉着你的手
> 逃出了牢笼,恢复我们的自由!

这代表志摩当时对于个性自由的热烈的要求。这时候正是他和他第一次结婚的妻子离婚,受到当时社会和亲族的反对,在他第一集诗中有过不少同类的呼声。我记得他曾说过,他的离婚是为了反对旧式的不自由的婚姻,他要反对这种制度,无论付出多么大的代价。不幸的是在他第二次自主婚姻以后,在生活上受到了更大的折磨与痛苦。但是,对此他没有表示悔恨。在他十年写诗的期间,对于旧社会的黑暗、冷酷与顽固,他是有过诅咒的,但是他一直愉快而乐观的活着,不曾颓废过。就像上述一诗中的末了所说:

> 去到那理想的天庭——
> 恋爱,欢欣,自由——辞别了人间,永远!

他希望把现实的人间忘记,而逗留在他的"理想"中间。

然而,现实世界种种,是不能如他所愿的"去罢"。他还是生活在"血红的太阳,满天照耀,照出一个我,一座破庙!"(《破庙》)在《志摩的诗》内有两组诗是值得提出的。一组是长句子近于散文的《灰色的人生》《毒药》《白旗》《婴儿》等四首,充满着青年人对于现实的不满的许多热情的呼吁。这些感情是有些混乱的。不能忍受"灰色的人生",不能忍受"暴力侵凌着人道,黑暗践踏着光明";他要一切受抑制的感情"像暴雨倾盆似的流",他要"盼望一个伟大的事实出现"。这些诗句虽然有对于现实的激愤与反抗,但是正如他自己一首诗的题目所说的,"我不知道风是在那一个方向吹"。对于个人的恋爱自由,他是斗争到底的;对于整个社会的黑暗面,他只能表现为同情,人道主义的同情。在另一组诗中,对于打内战的兵士(《太平景象》)、求帮忙埋葬别人的好心妇人(《一条金色的光痕》)、一个死了儿子的妇人(《盖上几张油纸》)、一群捡垃圾的人(《一小幅的穷乐图》)、一个乞讨的女孩(《先生先生》)、一对老妇人(《古怪的世界》)、一个叫化(《叫化活该》)等,他都很细致的描绘了他的比较深厚的情感。这些诗的题目,有些是很明显的讽刺,有些是用太美丽的字眼去掩盖一些可痛心的不幸。在重订本中,不知为什么删去了《一小幅穷乐图》,这首诗的确把那些不幸者写得太乐天了。

《志摩的诗》中,占篇幅较多而当时为人称赏的还是他的抒情和写景诗。虽然他自己说,"在这个集子里初期的汹涌性虽已消灭,但大部分还是情感的无关阑的泛滥,什么诗的艺术与技巧都谈不到"(《猛虎集》序文);但是他对于诗的形式,在当时实在作过不少的试探,也有过成功的经验。虽然他自己说"在二十四岁以前,诗不论新旧,于我完全不相干"(《猛虎集》序文);但是他少年时曾有过旧诗古文的修养,对于他的炼字造句是有影响的。虽然他自己承认"不懂得音乐"(《庐山石工歌》附记),他写诗的确是推敲节奏音调的。譬如《残诗》的头二行:

怨谁？怨谁？这不是青天里打雷？

关着，锁上：赶明儿瓷花砖上堆灰！

他自以为得音声之妙。在土白俚语之中，他尝欲从其间吸取精华。中国的口语是丰富的而且有音乐性的，我个人总以为这一条道路是正确的。

在诗的形式上，他多少受了十九世纪英、美诗的影响。有些人以为《志摩的诗》是欧化的句子，我想这不大对。倒是在形式上，他的诗很像英文诗。在《猛虎集》中，他的吊哈代的诗和他所译的哈代的诗，很有相似之处。他所译白雷客的"猛虎"很像他自己的诗的作风。在他集子内，创作和译作很融合的印在一起。然而在用词和语法结构上，我觉得是得于旧诗文和留心口语二事。他的诗，很难说是欧化，也不能说是口语。我们举《沙扬娜拉》一首为例：

最是那一低头的温柔，

像一朵水莲花不胜凉风的娇羞，

道一声珍重，道一声珍重，

那一声珍重里有甜蜜的忧愁——

沙扬娜拉！

这一节诗，正是他自己所说的"温柔"，在形式上和他以后所作的《再别康桥》(《猛虎集》)：

轻轻的我走了，

> 正如我轻轻的来，
>
> 我轻轻的招手，
>
> 作别西天的云彩。

虽稍稍有点不同，后者更精炼一点；然而在情趣上是大致相同的。这些轻松而清新的诗句，可说是志摩的诗的特色。

我认为，志摩的第一集诗比他后来的诗更值得注意一点。这中间有的很粗犷，有的很细致；有的是感情自由的奔放，有的是有意的雕琢。一九二七年他出版了第二集诗——《翡冷翠的一夜》，他自己说这是"我的生活上又一个较大的波折的留痕。……在诗的技巧方面还是那楞生生的丝毫没有把握"。他又说："一多不仅是诗人，他也是最有兴味探讨诗的理论和艺术的一个人。我想这五六年来我们几个写诗的朋友多少都受到'死水'的作者的影响。我的笔本来是最不受霸勒的一匹野马，看到了一多的谨严的作品我方才憬悟到我自己的野性；但我素性的落拓始终不容我追随一多他们在诗的理论方面下过任何细密的工夫。"（《猛虎集》序言）

一多对于这集诗说是"确是进步了——一个绝大的进步"，大约是指诗的技巧。在此第二集诗中，那些粗犷的无关阑的泛滥的情感已经宁静了，那些"灰色的人生""古怪的世界"也没有了。这里大多数是爱情和风景的歌颂。在形式上比以前更精炼一些，用他自己的意思来说，更纯了更美了。只是在这里我们不再论这些诗，而提出比较不同的少数几首。

一九二五年三月，他在西伯利亚道中曾记述他写作《庐山石工歌》的动机，由于听到了那感人的石工们的"痛苦人间的呼吁"。他说"夏里亚平,俄国著名歌者,有一首歌叫做《鄂尔加河上的舟人歌》,是用回返重复的低音,仿佛鄂尔加河沉着的涛声,表现俄国民族伟大沉默的悲哀。我当时听了庐山石工的叫声,就想起他的音乐,这三段石工歌便是从那个经验里化成的"。

在第二集中,他有过两首反对内战的诗(《大帅》《人变兽》)和一首纪念三一八的诗(《梅雪争春》)。我们今天重读他的《梅雪争春》觉得太艳丽了,而他所纪念的是鲜血。但志摩是爱国的,这一点应该肯定。一九二八年五三惨案以后,他在日记上写道:"这几天我生平第一次为了国事难受,固然我第一年在美国时,得到了五四的消息,曾经'感情激发不能自已'过。大前年从欧洲回来的时候,曾经十分'忧愁'过,但这回的难受情形有所些不同。……一方面日本人当然可恶……上面的政府也真是糟,总司令不能发令的,外交部长是欺骗专家,中央政府是昏庸老朽收容所。……"

从一九二七年到一九三一年,他定居于上海,他的诗收在《猛虎集》和《云游》两集中。后者是他死后编成的,用"云游"两个字哀悼他的早死。在《猛虎集》中有一首《黄鹂》,很像是志摩一生的写照:

> 一掠颜色飞上了树。
> "看,一只黄鹂!"有人说。
> 翘着尾尖,它不作声,
> 艳异照亮了浓密——
> 像是春光,火焰,像是热情。

> 等候它唱，我们静着望，
> 怕惊了它。但它一展翅，
> 冲破浓密，化一朵彩云；
> 它飞了，不见了，没了——
> 像是春光，火焰，像是热情。

这首诗也可以作为他晚期的典型。这一个时期，如他在《猛虎集》序文所说的"最近几年生活不仅是极平凡，简直是到了枯窘的深处"。这是很确实的，不仅是枯窘，简直是窘迫了。

他本来是个笑容满面的人，总是谈诗说文，很少涉及他自己的生活。一九三一年十一月，我和他有过仅仅一次，也是最后一次，严肃的谈话。那是在鸡鸣寺的楼上，窗外是玄武湖的秋光。他无心赏阅深秋的景色，和我谈起他的生活来了。他说这样活不下去了。"这样的生活，什么生活，这一回一定要下决心，彻底改变一下。"他并没有说怎样改，我那时也不大懂。第二天他坐飞机上北京，在泰山附近坠机而亡。他活了整三十五岁。

志摩的出身、教育、经验与对于西洋文学的爱好，都和一多有些相似的地方。但是他们后来的方向不同，结局也不同。志摩的诗是温柔的、多情的、自由奔放的，更多一些个人的情感；一多的诗是敦厚的、热情的、谨严的、更多一些爱国主义的情结。志摩的为人是温和的，一多的为人是激烈的。他们后来所处的环境也不同：一多始终在北方大学里教书，而志摩住在十里洋场之中。志摩如他自己所说的，为都市生活压死的；而一多的晚年为革命而牺牲。一个是意外的可惋惜的早死，一个是至死不屈的悲壮的成仁。他们两个人的不同的性格，在他们的诗中也可以看出。

　　志摩去世已经二十五年，中国已经有了根本的巨大的变化。他所生活的时代和社会，已经成为历史的陈迹。中国正朝着一个社会主义的方向向前进，作为五四以后一个青年的志摩的苦闷已根本不存在了。在我们文学事业向前跃进的时候，我们不妨回顾一下五四以来文学走过的道路，这中间的好处坏处都同样可以有益于未来的文学实践。因此，我以志摩的诗作为五四以来新文学发展过程中的资料，试加以初步的叙述。根据了我以上所叙述的，我个人以为他的诗还是可以重选，并应该加以适当的说明。

一九五七年一月，北京。
原载 1957 年 2 月《诗刊》第 2 期

谈后追记

新诗、旧诗的问题，从前有好些人谈论，近来又有人谈了起来，刊物上并且刊载了旧诗。所谓新、旧诗，在形式上的区分是：旧诗的语言是"文言"，有定句和一定的押韵法；新诗的语言是现代"口语"，没有定句和一定的押韵法。从内容来说，用严格的旧诗形式写出来的，可以不是诗；不分行的白话散文，有时也可以是诗。因此，从形式上来看诗，有时是不妥当的。

在现代的日常生活中，如电报、公文、书信等，部分的还有用到文言的，还是可以用。一些于旧诗有修养的人，用旧诗体裁写诗，也还是可以的。但我们从韵文的发展来看，它是一直在变的：或则由于旧形式的穷则变，或则由于音乐的改变。新的形式，并不一定保证就是好诗；相反的，用旧诗体裁写的诗不一定就没有好诗。我们都知道模拟本国旧诗词，有时候只得其形似；模拟外国诗也同样有毛病的。我们今天写诗，应该取法于一切，而最要紧的是我们自己的诗。我们要取法于过去的，不但是士大夫的诗，还有民谣。

过去二千多年的诗词民谣，虽在形式上有过许多变化，但其不变的共同点是：（1）字句整齐；（2）音韵谐和；（3）短小精炼。这三点都与诗之可以合乐和诗之可以吟诵相关联的。今天的新诗，对于这个传统似乎还有接受的必要。所不同的，我们赞成用今天活的口语作为诗的语言。写新诗的人，也应该像写旧诗的人一样，对于今天的语言文字要有一番艰苦的训练。我国的口语是丰富而多变化的，语法虽没有明文的"法"，而在形似简单、实极错综复杂之中是有"法"的。口语中的词汇和日常语言中的"比""兴"是可供无穷发掘的源泉。

有些人以为诗有一种特殊的语言、词汇，诗可以不受一般语法的规范。我想我们只有在平常的口语中找诗的语言，我们可以用若干花藻的字眼而不一定能组成诗，诗中的语法只有在一定的时间上可以移动而不是完全自由的。诗的语言，只有一个最低的要求，它虽然出于平常的口语而必须是短小而精炼的。

有些作品，总嫌太长。不能说长一定不好，但通常的毛病是应该不长而长了起来。不要说诗，就是平常的讲话，若是短话长说，总是引起人不耐烦的。当然，我们的思想情感非长不可的时候，那就得长。我们说太长，指它的内容本来不长。

花藻的词汇的充塞和堆砌不能组成诗，新的抽象名词、政治概念在诗句内出现也并无害于其为好诗。但是，这些出现必须是有条件的。首先，作者是有着热情写出来的，那末标语口号都可以入诗；但是也不必为了"表现"新而一定要拖拉机、马达的出现。我们的政治热情并不能因为有了新事物名词或政治名词才明显，农民们有时用他们自己惯用的朴素的词汇歌颂新社会，往往比我们来得真，来得好。其次，这些名词应该出现在和它相应的环境中，好像在乾隆式的陈设中不应该有电气冰箱出现一样。

白话诗的好处，在于它可以自己创造适合的形式。模拟古今中外的诗的形式，不能使它成为诗。照抄绝诗的押韵和照抄外国十四行诗的作法，都是不需要的。诗的分行印刷，看起来好，但因此发生了问题。作者可以觉得自己写出而印出的分行的字句一定是诗；作者可以滥用地位，把一句中的几组音节各占一行的成为楼梯诗。那就不好了。在需要楼梯的时候，是可以用的，但现在爱用楼梯的人应该想到古人连写诗句而不分行的经济精神。今天还不能不考虑多占地位是不经济的。

诗在发表的时候，可以是一首一首的，也可以是一组一组的。有人喜欢用"外几章"，其实是不同的几首；既然是此题以外的，就另外立题好了，何必"外"。

有人觉得过去应时之作多了些，应该多登一些抒情的诗，那很好。似乎不必要特地提倡抒情，也不必在发表时标明"××抒情诗"。抒情是诗的主要的内容之一，总不能说抒情的不是诗。但在从前，有些抒情抒得太狭隘了，总是个人的爱情和花花草草，没有时代的精神。那样的诗，既没有气魄，有时也不健康。但写得好的，也还可以，人总是比较对自己个人的感触和喜爱更能表现得亲切一些。我们每个人的思想情感，总在往前变动改易的，对于新的时代新的社会一定有新的感受。所以今天写的抒情写景的诗，若是看上去和二三十年前作的一样，那末这不仅是诗写得不好，而是写的人的情感改变得慢了一些。有些人，情感改变得慢些，不是不在改变，那末老老实实表现，也是可以的。

写文章还可以先出题目，写诗则最好不先立题，写好了再说。王国维在《人间词话》中说《诗经》、古诗和五代、北宋的诗词"非无题也，诗词中之意不能以题尽之也"，因说"诗有题而诗亡，词有题而词亡"。这种也是极端的说法。问题在于，应该先有诗而后立题，不是先有题而后写诗；后者如应制诗和应酬诗,好的少。有些诗,立了题目可只有画龙点睛之妙。有些人,在诗句中一再重复的提到题目,那样就多余了。

诗人应该扩大他的眼界、生活和感情,是"去"到"活"在这些境界、生活和感情中,而不是"下"去。只有一点是"下去"的,就是把自己放在下边,虚心的学习、感受、观察广大人民的感情、复杂的斗争、丰富的生活和广阔的自然境界。放下自己狭窄的书本上的(翻译本上的)不近于口语的语言和词汇,放下自己在都市商店橱窗中所看到的美术设计,忘记自己是一个下去找"诗料"的诗人。在平常人中,在平常语言中,在平常事物中,发现诗;在艰苦的斗争中,在战役中,在灾难中,发现诗。

诗虽是要感受,但还要写。在写出来以前,也还需要读书。欣赏、创作和研究,应该是相关联的。但是,光是欣赏和研究诗,还不够,应该扩充到较大的范围。对于历史文化和文学艺术,都要多少接触到一些。也不必老把自己局限于只写一种形式,可以写诗也可以写写戏;可以创作,也可以作些考证。鲁迅先生曾经立过这样好的表率。有一位很年轻的小说家,反对一位老作家提出大家应各样都写,相声弹词也写。我赞成后说,没有普遍的结实的一般基础,过早专业化,那是局限自己的创作。

我们的身体是要衰老的,若是常常能学而思、思而学的温故、求新,我们的创作是能一天新一天的。这样就没有老不老的问题。有些人,他一辈子可以作了许多事,在小部分时间可以从事创作,我们不要告诉他"再写",他自己会"写下去"的。我们大家把花园布置得美一点,空气好,门口宽敞,一定有许多人去欣赏花，也会贡献自己的花的。

以上这些随笔，有些是从前说的，有些是近来和人聊天时说的，有些当时说得高兴，现在可想不起来了。这些，可以作为自己谈天的追记，很不认真，希望读者只作为和我随便谈天一样。

原载 1957 年 6 月《诗刊》第 6 期

《歌中之歌》译序

在我的血里,我还承袭着父亲所遗传下来的宗教情绪;一位朋友指示我说,我的诗有与别人不同的,只在这一点。我是一个受过洗礼的孩子,但是从小就不曾读过《圣经》的全部。近来常为不清净而使心如野马,我唯一的活疗,就是多看《圣经》,《圣经》在我寂寞中或失意中总是最有益的朋友。这一部精深渊博的《圣经》,不但启示我们灵魂的超迈,或是感情的热烈与真实,它还留给我们许多篇最可欣赏的文学作品。其中的诗,传说上认为所罗门王所写的《歌中之歌》,是一首最可撼人的抒情诗。

这一篇两千多年前古以色列人的抒情诗,是又朴素又浓密的。人类爱情的火焰,在什么时候都强烈,看这首古希伯来的大情诗是如何令人撼动。"旧约时代"的人物完全具有现代人的浪漫色彩,赞美爱如像赞美上帝:上帝是他们灵魂上的爱,他们肉体的上帝是女人。他们的爱情固然不能避免求纯肉体的快感,你看他们如何赞美肉色:

你的头如像迦密山,
你的秀发仿佛紫云,
你的发髻是王的囚栏。
你是如何美,如何可爱,

> 阿，爱，为了喜快！
> 你的身体好比一株棕树，
> 你的两乳葡萄一样挂住。
> 我说，我要上这棕树，
> 我要攀住枝桠……

但是这属于"上帝的选民"的爱仍然主张灵的，苏拉女在所罗门的怀抱中赞美爱的伟大：

> 求你将我印记在你心上，
> 如像印记刺在你的臂上：
> 因为爱如死一般强蛮，
> 妒嫉像地狱一样毒狠：
> 那闪电，是火焰的闪电，
> 是耶和华的火焰。
> 众水不能把爱熄灭，
> 洪水也不能把它停息：
> 有谁拿家产去买爱情，
> 必然给众人看轻。

三年前，我就打算把这首《歌中之歌》重新用现代诗的形式来迻译，我想到它对于中国新文学还有好多益处，西洋人治文学的第一部书就是《圣经》。这计划一直到去年秋天才开始，我的亡友田津生给了我很多帮助，因为他的病和死亡就使这译事搁置了。今年春间来青岛，终于经过几个夜晚译完了，又校正一回，许多处不能如愿。要保存原诗的朴素，顾不到字句的美与音韵；但有几节，我却妄肆的修饰它，我的希望是译成了现代诗的形式再不失去它的朴素。

《歌中之歌》在中国通行的《圣书》译本上译为《雅歌》，共计八章，我依英文 Song of Songs 译为《歌中之歌》。《雅歌》第一节明白说"所罗门的歌，是歌中之歌"。因为所罗门的名字放在诗的首节，才使这首教外国教士不敢翻到的情诗，幸运的流传了。以色列国大卫王的儿子所罗门王，是一位明慧多情的王子，《圣经》上记载着他的行迹并好多智慧的言语，但这一首诗不一定就是他写的。我相信这一首诗或是当时流行在以色列民间的情诗，借所罗门的名字保存下来。也许多情的所多门有许多浪漫故事，为民间诗人采其事实编成时曲来唱。总之，对原诗作者的考订是困难的，也是不必要的。我现下私定为一首民间弹唱的情诗，诗中的主人是所罗门和他所爱的苏拉女。

我的译本的分行依据支加哥大学教授 Moulton 的 *The Modern Reader's Bible*。摩顿教授将这诗分为七折，他的结构我不能全然赞同，现在我依自己的揣摩，将全诗分为十七阕，每一阕立一个小标题。每一阕我们可以认为一首独立情诗，对唱的或独唱的。倘使你要把全诗看作一部前后连贯的长诗，那就只有凭自己臆度来寻求它的线索，不一定会十分正确。若使依我的分阕，我可以将全诗姑拟如下的演进：

第一阕在王的宫殿里婚歌奏起，所罗门与苏拉女走进内寝去，众女附和着苏拉女唱扬爱情。苏拉女从第二阕起回想她的从前，她唱"我虽然黑"，当那时候她的兄弟们要她看守他们的葡萄，却荒了她"心里的葡萄园"。她回想怎样和所罗门私自约会，（第三阕）他们互相乔假为牧羊的人。她又记得在一次筵席上（第四阕）他们互相赞美，她为这歌宠相思成病了。所罗门一定乔装到过她的家，在窗外唱歌引她出来，不幸给人发觉了，（第五阕）她的兄弟嚷人去捉葡萄园的狐狸。苏拉女被爱所撼动，在晚上她做了一场幸福的梦，（第六阕）她在街上寻到所罗门一同回家。但这是梦。威武华贵的所罗门如像一炷香烟远远走来，六十名勇士保卫他，他坐在华轿上，垫着耶路撒冷众女子的爱情，（第七阕）现在所罗门只爱一个女子，他赞美她像鸽子像小羊。（第八阕）所罗门的心被这女子眼睛的一闪迷惑了，他要她一同离开利巴冷，他要到一座花园里去采没药和奶蜜，这花园就是苏拉女的心。（第九阕）苏拉女真是幸福的，不！她在晚上将要睡着的时候，听见爱人来叩门，她起身去迎，却不见了；她到街上去找，盼咐耶路撒冷的众女子一同与她找，因为她的爱人美到一切令人神往。（第十阕）这是一个噩梦。所罗门仍然强烈的爱她，赞美她，（第十一阕）众人也以她为美。（第十二阕）她像一株美丽的棕树，所罗门要爬上去，她的乳峰如两把葡萄。（第十三阕）所罗门的赞美是如此热烈，不能用言语表达，他用比喻来象征。苏拉女在热恋中幻想她的乐园，她为爱人预备好一切新陈的果子并她的爱情。（第十四阕）上帝从来不阻拦有情的男女，在一株苹果树下他们终于相会了，苏拉女唱铁石难变的爱。（第十五阕）她记得小时候长兄们谈论她的婚事，（第十六阕）现在她明白了。聪明的读者们，你们一定没有一个不愿意听到他们美满的收梢罢，所罗门做了她的葡萄园的主人，她是他的，他也是她的。这时你们该回想起最初结婚的乐声了。

希伯来民族的"爱"，是有膂力的，强蛮的，而且是信仰。

他们诚实与简单的叙述，却胜过一切繁文富丽的修饰，他们的爱是白色的火。在这些诗里，你们可以看到许多象征的事物，这些用来象征的事物并不全是图画的效力；它不描写那"事物"的体积形状，单从"事物"的本质上提示它的意义价值和性质：象征美，爱情，贞操和一切伟大的对象。使人从"事物"的本身发生最高的幽美，而无需要描摹。它告诉你一个"名字"，从这"名字"上由你去想象它所代表的意义。如像所罗门称赞苏拉女的鼻子是：

> 朝着大马色地，
> 利巴冷的一座塔。

从"利巴冷的塔"这一简单的名字，你去想象苏拉女的鼻子。这种东方的描写和象征，就是希伯来诗可以骄傲的独异点。

四月樱花将开，记于青岛。

原载 1932 年 11 月良友图书印刷公司初版《歌中之歌》

《白雷客诗选译》序

我应向萝蕤感谢，这译稿的成就大半是她的苦心。她对于白雷克酷爱到日不释手，去年春天着手写一篇白雷客研究的论文，详细考查这位诗人的生平、诗章与他的哲学思想。论文是用英文写的，我这儿有她的稿本；在这里诗前所引的一篇生平，乃摘录萝蕤论文中第一章的大略，引文大致依萝蕤自译稿文。我自惭向来的疏懒，从不曾对英国诗下过分毫的苦功，要不是萝蕤，我怕再不会引起一年前青岛读诗的兴会。于今我在这位灵奇诗人的分行间，得自愉快，并淡忘了过往的忧患，我感谢白雷客和他的爱护者——萝蕤。记得去年在青岛时，我行箧中有一册白雷客诗集，是我亡友田津生临死时遗赠我的，在那些静寂多风涛的山岛上，在夜中我常常展开这诗集在床上念，我十分稀奇这位诗人的神灵，在我的血统中似乎同样有着对于古往先知的想望，对于异象的搜寻，对于小羊与猛狮携手的心愿。萝蕤与我有种相似的传统，她相信这一切要来到。

我第一首译白雷客诗是在去年春上，闻一多先生和我一起译他的一首《小羊》。我们只觉得他字句的简单重叠，一译下就失去了原来的光辉，为着努力追踪原诗的简单纯朴，模仿他的形式，我们从译作中所得到的苦虑比慰解更多。但相信这简单纯朴的诗句，它实是一切感情最纯熟最真实的流泻，我以为除了祈祷没有别法能帮助我们。今年夏天的酷热中,我与萝蕤以译述白雷客诗为乐,她专力正义,而我的工作只是抄录并略事整饰。我们从吟味原诗所静取的寂乐,无法移译出来,我们只能尽力翻译,以示对于这些诗篇的爱好。秋后我又将匆匆去芜湖,来不及再将译稿详细校改,愿意留此纪念这段日子的愉快,在苏州的双塔下。

九月初,梦家记于蓝家庄。

原载 1933 年 10 月《文艺月刊》第 4 卷第 4 期

评剧《秦香莲》

中国评剧团最近演出的《秦香莲》，得到了很多观众的赞赏。不少人为了遭受遗弃的秦香莲流泪，痛恨无情无义的陈世美，而对着神话人物的包公寄托了解救秦香莲的希望。这是因为秦香莲一剧在剧本的安排上，在舞台的布置上，在演员的艺术上，都有其引人入胜的成功之处。这些成绩之获得也并不是偶然的：它接受了传统的评剧中的优点，扬弃了一些糟粕与繁冗枝节，以较新的与较精炼的面貌出现。

评剧的好处，特别在《秦香莲》一剧中充分表现出来的，至少有这样两点。一点，是它唱出来的词句，观众容易了解，而同时一个好演员容易成功的把感情带在唱词里；一点，故事内容有着紧凑的延续性，使观众的情绪跟着故事的发展而发展，而同时也便于一个好演员操纵着她的演唱作有节度的进行。除此之外，有限制的布景也是恰到好处的。

"秦香莲"是旧戏《铡美案》的新名，这是一个在民间流传已久的故事。秦香莲代表了封建社会中的贤妻良母，在剧中她从委曲求全而发展为坚决斗争。她的丈夫陈世美是个追求功名富贵的穷书生，一朝中了状元做了驸马就忘家弃妻。秦香莲的苦处只能诉之于包公，他是传奇式的一个理想人物，对于官势的铁面无私，对于贫弱受冤者，慷慨热情。但是《秦香莲》一剧中的包公,并不是神奇古怪的,他是较近乎"人"的。他是旧社会中人民幻想的人物,在无可奈何中,人民希望有个像包公的好官,支持他们的斗争。

戏以"住店"幕开场。秦香莲带着两个孩子从均州跑了几千里路到开封寻找隔别三载的丈夫,她带着风尘带了冬哥春妹出场时,既疲乏而且焦急多虑,但是充满了寻夫的盼望。一见着店主张元龙便打探陈世美,由他的口中知道陈世美中了状元,于是一喜;又由于张元龙的失言道出陈世美招为驸马,于是顿然一惊。这一喜一惊之际,在秦香莲的情绪中起了很大的变化。但她还是盼望与失望搅和在一起的,因此对冬哥、春妹说:"明日就见着你的爹爹了。"对于旧时的妇女来说,只要能"见着",一切总好说了。"住店"一场虽短,却很经济的把秦香莲的身世说明了。剧本很显明的介绍了忠厚善良的店主,他是站在被欺凌的一边的,他的同情秦香莲引导了观众一齐同情了秦香莲,而为她在下一幕的被拒埋伏了更大的同情之感。

第二场"闯宫",表现了陈世美内心的矛盾——夫妻骨肉之情与头上的乌纱;表现了秦香莲的至情与陈世美世情的斗争。秦香莲一上场,在紫墀宫前,三次要门官通报:第一次是乡人求见,第二次以冬哥之母春妹之娘一定要见,都遭拒绝。第三次只好实说出自己是"原配夫人到了",舍了半幅罗裙,闯了进去。这里秦香莲继续了"住店"一场时一喜一惊的心情,一意只要见丈夫,到了不得不闯入之时才唱"哦,我明白了,难道说我的夫是亲不认,倒叫我神不定起了疑心"。宫前的小穿插说明了陈世美的态度,所以夫妻一见面,在秦香莲是喜疑相半百感交集的一声"夫哇",在陈世美是愤怒的一踢。等秦香莲苏醒过来,陈世美说了一句真话："我还不知道你是秦氏香莲？你，你，你，大不该来！"从此以下，秦香莲说唱了三段打动陈世美，要他相认。

三段的唱词从三方面提醒陈世美：即爹娘、夫妻与儿女之情。第一段从说了"你也不问上一问二老爹娘可是怎样"唱到"草堂上饿死了公爹婆母"，十分悲凉，使陈世美不得不动情，不得不叹秦香莲是"贤德之妇"。但一转念间，还是不认。秦香莲第二段唱十年夫妻之情，如何千里寻夫，唱到"难道说你的心真是铁打的？"陈世美又几乎要认了，但是"丢了驸马我舍不得"。秦香莲第三段唱"不认妻你也该认下儿女……叫声冬哥和春妹，向前去哀告爹爹求他认你"。这里陈世美到底动摇了，抚摩儿女，流露出一些为父之情。就在这个当儿，陈世美心里觉着自己有不忍不认的"危险"，"岂不丢掉荣华富贵"的卑鄙想法还是占了上风。他突然立起推倒儿女，来了一个更坚决的"认不得"，并指尚方宝剑对香莲说"尚方剑于你不利"。

筱白玉霜在扮演上述的说唱里，依了剧情的发展，用着不同的程度表现出其情感的层次与变化。在唱述公婆饿死时，声调平稳而凄凉；在追述夫妇之情时，声音内有了颤动，过去恩爱的回忆已成为哀婉；在最后请求收容儿女之时，已经看出丈夫的狠心，有着悲哀夹杂愤怨的情致。因此，到了丈夫说尚方剑于你不利时，来了一段激昂的痛诉。说辞中骂陈世美不忠不孝不仁不义，说的那样义愤填膺，是极成功的。观众到此，对于陈世美的憎恶更进了一层。接着唱"骂强人你太狠心"真是声泪俱下。唱这一段时，我们看到主演者除了手足身体的动作外，她的口部肌肉紧张的开合，表示痛恨切齿，十分传达了她心中的悲痛。声音、动作和情感融而为一。她末了一句唱"快快随我回家门"，正碰到陈世美的隐痛，遂又一脚踢倒她，结束了这一场斗争。

上述四段唱词中，一方面把陈世美动摇徘徊的心情衬托出来，充分刻画了陈世美这个小人的形象，一方面正面的表彰了秦香莲的善良：对于翁姑的孝顺，对于丈夫的温存，对于儿女的爱护备至。这些都是旧时代贤妻良母的典型。

秦香莲被拖出宫门以后，接着由张元龙带了告状到当朝丞相王延龄。这时候秦香莲还不相信陈世美的恩尽义绝，因此，她唱诉于王丞相时，悲怨之中还是带了希望的。

"琵琶词"一场，为了下一场紧张的"杀庙"作一缓冲，王延龄调解的失败，使观众对包公寄了更大的希望。这样一场是必要的，因为没有它，也引不起下场的杀妻灭子。秦香莲扮了卖唱女抱琵琶而唱，虽然在内容上重复了"闯宫"中所唱的，但还是很成功的一大段演唱。王延龄调解不成以后，秦香莲还没有绝望，因此她拿了王延龄的白扇出去，要告到包公那儿"与我作主张"，还是想和。但是陈世美却横下心要杀害妻子：一方面命人到店房赶走母子三人，一方面命韩祺追出西门"将她母子杀死"。

在上两场中，紫墀宫用一对大红柱和正面一块国壁作布景，衬出驸马府的荣华富贵。在"杀庙"一场中，用一张黄色的香桌和一点幔帐一对蜡烛作庙的象征的布景，并降暗灯光以烘托出这一小幕悲剧。我们以为这样有限制布景的设计，是很好的，它的效力并不小于写实的全部布景。在黯淡的光景之下，黄色的桌子自然的予人以小庙的感觉。秦香莲黑衫白裙，与此静寂的黄幔作了调和的对照。黯淡的灯光使空气严肃紧张起来。她散了一支发（表示被逐逃荒）急急地左右携儿女绕台旋转而上，走了一次快速的极美的台步。这里，饰韩祺的王小楼有着近乎女音的高嗓，一进场后的唱声即有悲凉之感。这个角色配得极好。他的戏虽少，但在短短时间之内，表现了他的爽直气概和正义之感，既不能违抗主命，又不忍下手杀人。他一进庙门就要杀，给秦香莲"与你一无仇来二无恨，杀我母子为哪般"一句话问住。由秦香莲的陈诉，使韩祺转而同情她，怨恨驸马。在问答之间，逐步的发展了韩祺的良心，也处处表现了秦香莲的恐惧。韩祺被她们"母子哭得心酸痛"，正要放走她们，忽然想起陈世美要在刀头上验血红，又叫一声"回来"。这一个小转折，在观众的情结上又来了一次提心吊胆。在韩祺迟疑不决之际，秦香莲再一度的哀求，情愿自己死以换取儿女的生命，促使韩祺的慷慨自刎。韩祺之死，加重了陈世美的罪恶，也给包公铡陈世美预备了更强有力的证据。全剧到此，已到了高峰，而委曲求全的秦香莲到此已忍无可忍。因此她取了韩祺的钢刀唱"手拿钢刀出庙门，包相爷台前诉冤情"，已经唱出了斗争到底的决心。

自此以下"大堂""见皇姑""铡美"三场都是包公的戏。包公始终站在受冤屈的秦香莲的一边，和陈世美、皇姑、国太作了三次斗争。每一次斗争中秦香莲遭受眼前的折磨，但她已经坚决起来，因此"大堂"上陈、秦对质，她唱数了陈世美的三大罪（此采滇剧），词的内容、动作姿态和声调，不再是顺服的家庭妇女的低声下气，而是理直气壮的控诉了。陈世美在"大堂"上还摆出驸马的威风，一再为包公所煞，他要顺轿回宫，包公说"你既然来了，就回不去了"，使观众人心大快。皇姑、国太的出场，是对于包公处理陈世美的阻挠。在最后一场中，又有两次小小波折。一次是国太抢走了冬哥春妹，这一穿插是动人的，也是必要的。一次是包公因国太变脸，内心有一度动摇，左右为难，只得取纹银三百两要秦香莲回家。在大家快对包公失望之时，由秦香莲唱出"只说是包相爷居官清正，不料他是官官相护有牵连"。唱的那样的哀婉曲折，无可奈何；绝望之中，却没有一点妥协的余地。这一激才激出包公"刽子手，开铡！"戏就完了。

用一个旧戏本而加以补充和修改，这个戏是很成功的。加上每一个角色，不论戏有多少，都是认真的学习、修正、演出的。特别是主演者筱白玉霜，用了她丰富的舞台经验和纯熟而优美的嗓音，在这个新本的演出过程中，重新体会秦香莲的性格，使其前后一致，因而在舞台上创造了这样一个真实的人物。

旧时代的秦香莲早已不存在了，由于这个戏的成功演出，使我们再为旧时代妇女流了一次泪。我们看见了秦香莲善良的品质和她的痛苦，她体现着过去许多妇女的品质和痛苦。如今，她们的痛苦只有在戏台上出现了，因而更增加了我们对于新生活的热爱。

原载 1954 年 6 月《新观察》第 12 期

关于电影《花木兰》

常香玉所领导的河南豫剧团在北京舞台上演出了《红娘》和《花木兰》，我看了几回以后，赞美之余，也想到它们应该拍成电影。我以为《红娘》更应该先拍，而且容易拍好。但是最近在东北摄制成的电影片，却是《花木兰》。在一个星期日下午，我们挤在"蟾宫"电影院内观看。从头至尾，在我们的前后左右，为了赞赏常香玉的精美的演技，和嘹亮的歌喉，"啧""啧"赞扬之声不绝。就常香玉一个人而说，她在银幕上是成功的，她较之其他摄成电影片的地方戏，更能够出色地给人从容欣赏的机会。她的唱词，在电影上更清晰更准确的印入人的耳鼓上，比之在剧院中听的更清切，比之在唱片上或广播中听的更真切。

但是美中不足的是影片中的布景与摆设，大有问题。那些不真实的"山"，尤其是大战一幕的布景太糟了，演员们往来驰骋几乎处处受到障碍。我的老花眼仿佛看到摄影场大方格子的洋灰地。那些个帐篷也是很不顺眼的。它们较之《天仙配》的布景和摆设，差得多了。这些技术上的问题，摄制电影的人若能事先好好地研究一番，吸收别的古装记录片和其他剧种的舞台布景的长处，应该可以做得好些的。显然的，这部影片的摄制者，没有很慎重地处理这些问题，或者可以说电影导演还没有想法使电影手法去适应地方戏的特性。电影《花木兰》在摄制上尽管有这许多毛病，但是在我们所看的一场上，全体的观众无视那种不很合理的布景，异口同声发出不常听见的赞美的"啧""啧"之声，那么还应该归功于常香玉及全体演员们的表演，把这些缺点遮盖过了。

这部记录片在摄影处理上是有缺点的，但作为一部舞台记录片，还是很应该看的。我以为，除了梅兰芳先生的诸作外，这部记录片的表演和歌唱是够得上世界的歌剧的水平的。常香玉的天赋的歌喉，异乎寻常地从容而有节度地操纵了那宽阔的音域，做到炉火纯青的地步，真是值得惊奇的。唯其如此，所以我们更盼望电影工作者创造地把地方戏摄制出来。

10月7日《人民日报》刊有余吾家对于此片的评介，以为这部电影存在着传统的象征的艺术表现手法和现实的艺术表现手法的矛盾，他希望在传统的基础上发展，也就是在遗产的风格上作必要的加工。我想这是对的。电影《花木兰》的野外景，最好是只要背景而无须立体的山，那么用马鞭当马，也就自然一些。但是，这部电影片的写实的布景，本身就有不真实之处，使人看了很不自在。至于舞台剧搬上银幕，其问题尚不仅仅在象征的与写实的表现手法，而在于如何调和舞台的表现与电影的表现之间所存在的不同手法和若干障碍。

我个人十分赞成将好的地方戏多多拍成电影，如此可以使更多的人看到我们优美的文化遗产。我尤其觉得，为了服务于人数最多的工农兵大众，舞台记录电影之应大力发展，尤为急不容缓。这其间存在许多问题与困难，应该大家讨论设法，使拍成电影的地方戏比在舞台上演出的更出色更好，至少不比它坏。也不要忘记，有些艺术性和教育性很高的地方戏，虽然在大城市如北京不曾受到应受到的重视，但是还应该拍制电影。我指的是北京曲剧团所演的《罗汉钱》和《妇女代表张桂容》，主演者魏喜奎的表演与歌喉是最可赞美的。她在张桂容的口中唱出了妇女对于毛主席的歌颂，那种真情流露是占据一半人口的妇女的真实声音；她在《罗汉钱》中唱出了母亲对于第二代获得自由而追想自己过去的沉痛。这两个现代歌剧，对于农村和较小的城市，还应该是需要的，更何况它们本身是较完美的艺术作品。希望艺术界的先生们，推陈而且要出新，爱护那几乎被忘记的昆剧，也爱护那新生萌芽的曲剧。使它们同样地能登上银幕，开放奇花。

原载 1956 年 11 月 26 日《人民日报》副刊

要去看一次曲剧

初三晚上，在前门小剧场看了北京曲艺团改编演出的一出新的大戏——《杨乃武小白菜》。这是清末光绪年间的一件真事，在我们浙江民间最为流行的故事。我从小常听母亲讲，但看它演出成戏，还是第一次。这六幕十二场的大戏，演得很精彩，很成功，使我们毫不犹豫地觉得曲剧可以演出很好的戏，哪怕是借用别的剧种的剧本。

主演者魏喜奎的天赋歌喉和善于表演悲剧的性格，使这出戏十分动人。另一男主角李宝岩自始至终紧密不懈的演唱，也是十分使人赞叹的。许多演员揣摩了清季官场的种种形象，各种帮闲的丑态，在表演动作上都很现实。除了陪衬唱词的音乐以外，这一次烘托环境空气的音乐，特别成功地（也可以说创造性的）创造了一些音乐的场面。这使我记得魏喜奎对我说的，他们的乐班是北京一带附属于曲艺的"笼子"所发展的。这些"笼子"就是装锣鼓家伙、在喜庆堂会上敲打的。这个出生于民间的乐班，经过了最近几年曲剧的演奏，已经能很从容地担负起这出大戏的重任了。

魏喜奎以前所主演的曲剧《罗汉钱》《柳树井》和《妇女代表张桂容》等，都很能表现出人情味，因此使人感动。在不久以前，他们为了排演《天仙配》的两折（《路遇》与《告别》）特别锻炼了身段。在《路遇》一折中，形象很美，布景很好。这一次演出的《杨乃武小白菜》，比以前进了一步的是它的戏曲性加强了。布景和服装的细微处也很用心。曲剧团在短短几年中间，经过艰苦奋斗，不向困难低头，因而有了很多的进步。他们这种努力与成就使我佩服。

为这样一个新生的剧团，我们应该鼓掌。它是地道的北京的地方戏，从北京地方原有的曲艺和乐班发展起来的。从一个人演戏发展为许多角色的大戏，是许多地方戏走过的道路。因此，我们应该承认，曲剧是有前途的。他们不久将要演出《啼笑姻缘》，一定更能现身说法地演出好戏。我们也希望唱得那么委婉动人的魏喜奎的《红楼梦》鼓词，有一天也能成为大戏。

我看到许多地方戏，有许多演员的表情和演唱艺术，使我很骄傲是一个中国人，很幸运是一个中国人，能同时欣赏许多花，老根上发出的新花。这其中，我特别欣赏常香玉和魏喜奎的歌喉和表情，觉得她们有很高的歌剧的水平。豫剧是一个年代较久的剧种，有现成的好剧本，也有较广大的观众；曲剧是一种新的剧种，剧本还在创造之中，已经有了这样的成绩，是更难能可贵了。

关于曲剧团此次演出的内容，此地不说了，读者可以自己去看，是要去看一次的。我把曲剧老艺人顾荣甫的话学一遍吧。他说，咱们这个曲剧是朵小小的嫩花，经不起狂风暴雨，大家多栽培一些。让我们北京观众的掌声和意见，作他们的阳光和细雨，这朵北京花一定能开得更好。我预祝他们更大的成功！

原载 1957 年 2 月 14 日《人民日报》副刊

看豫剧"樊戏"

几年前在北京吉祥戏院看曲周萧、素卿演《三拂袖》,觉得好听好看而情节有趣,从此看上了河南梆子。到后来才知道这出戏是一位樊先生编的。去年马金凤和阎立品告诉我,河南曾经批评过人民最爱看的"樊戏",批评得他们不敢演了。这次到西安,我特地拜访了狮吼剧团的樊粹庭先生,参观了他们的新生部,在两个大芦篷的民乐园中,在拥挤的长椅上看了娃娃戏,真高兴。但比我更高兴的,是排立在两廊买站票的朋友们,他们是真正的豫剧的欣赏者和拥护者。

樊戏的作者,二十五年前从大学里出来,弃官从戏,和家庭断绝了,在社会上成为一个"戏班子的人"。遭受贫困、污辱,他还是坚持教娃娃戏,自己"写"了几十个豫剧。这些新本子,包括名演员陈素贞所演的《叶含嫣》,都是未曾印行的,但所有河南梆子的剧团都演唱,在农村中很受欢迎。他在排戏以前,先把故事和人物个性和演员谈,让他们自己想怎么唱怎么做,然后才写。在排演中,特别注意"内心的表情",注意武功的锻炼。他请了京戏中的名师(现在是徐碧云)给演员说戏。樊戏的唱词都是通俗的,一听就懂;为了满足观众的情绪,常常变悲剧为喜剧。这种作法如何,可以暂且勿论,但他的戏之所以为人民所爱看,是他为观众写戏。在过去和现在,樊戏做到了"是老百姓爱看的戏"的目的。这中间不免有些旧日的情调，但我看了许多出，并没有什么毒素。我看了据说是有问题的《汉江女》，不过是仕宦之家和"贫女"相爱的故事，我很注意的看它是否有毒，只觉好而未见其问题所在。

在抗战期间，这个戏班受到大折磨，退到西安南关的"贫民窟"内存身，三面粪厂，在一空场上由几个癞头娃娃演戏。现在好了，他们有了自己的民乐园，有了宿舍，分大小两队演出，去年一年在乡村演出了一百七十多次。他们最近作了一次旅行演出，也要到北京争鸣一下。他们没有带来什么名角，都是这些久经锻炼的长大了的娃娃，有一些做功，有一些跟头，更有继续发展为最好演员的希望。他们带了两出新的樊戏——《王佐断臂》和《劈山救母》。这两出戏在西北上演受到欢迎，天津的朋友已经写信来说演出的盛况。在北京也一定会得到掌声的。

我在西安受到狮吼新生部孩子们的嘱托，要我回京介绍他们的老师樊粹庭和常警惕，我不能辜负这些孩子们的希望。这几年中，我对于樊先生在豫剧创作、导演和培养第二代有很大的敬意，他的经验和成就应该值得戏剧界的重视。我一向以为，作为全中国、作为华北官话区域中心的北京，应该有一个豫剧院。今年来了崔兰田，还有要来的。让我们在豫剧中多看出一些优良的传统，多看一看华北许多老百姓爱看的戏。我慎重地介绍樊戏和它的作者，相信像我介绍曲剧《杨乃武小白菜》一样，不会使观众们落空的。

原载 1957 年 5 月 15 日《人民日报》副刊

不开花的春天

自 序

在这里,是两个人通信的一片段。"信上"为一女子在夏天所写如诗样的小札,十分可爱。"信下"是另外一种空气,冷肃的冬天,那男人在忧伤之下想到从前的日子,从末了一函你可以明了两人间过去的故事。这些平凡的散文里,没有惊奇的,我先声明。

二十年七月记于天通庵。

叙 诗

我不能想起这从那一天起,
只说着了迷,我情愿为你死;
我想你,白天晚上我望着你,
一朵枯花总得望着太阳笑,
　　谁知道就要变泥。

就是要我变成泥子也情愿,
只要能常贴紧在你的身边,
猖獗的妄想教我永跟着你,
直等到天光摸不着一线路,
　　　　爬进你深的墓底。

那些日子我们埋怨过太阳,
全十分心焦地等夜的降临,
悄悄蹑着躲进黑密的树林,
严肃的空漠中点着两炷火——
　　　　你我睇视眼睛。

那一次我们不曾惊跳了心,
看见黑处的人影,飞的流萤?
要求昏暗不露出一点身影,
只有你听见我听见心的跳:
　　　　乖!快来偎贴得紧。

让一点昏迷麻醉两条舌尖,
闭紧着眼睛给雾气蒙着脸;
灵魂撕成一片片飞腾上天。
你听树后面有低声的响动,
　　　　"别怕我在你跟前。"

有一次我们叩过魔鬼的门

吹灭了自己点明的两盏灯；
黑暗惊透我的心窍，那一瞬，
我们跳过一渡桥两边逃开，
　　——默念着天上的神。

"短促"像阵风吹落幸福的彩，
揉清迷眼背后早扬起尘埃；
燕子尾掠过水面你能招怪，
一圈细波流散不再有止境？
　　　　　这说谁算是清快。

不用赌咒好听说什么"永久"，
一刹那的昏迷就够我消受。
倘使我落在井里我不呼救，
你不用放下一根绳索打捞，
　　　（尽管撒一把石头。）

孩子的梦只是玩戏的水泡，
两个小仙张开白翅膀赛跑；
在云端里一个遥远的拥抱，
依然是温柔，曾不料到永别——
　　　　暗天来一阵雷雹。

我不能再说一句销魂我要！
比自己是一枝萎弱的小草，

露珠一眨眼给我最后的笑，
我凭什么道理和太阳翻脸，
让她去我是渺小！

我不懂我近来的心老这样乱，说是季候所影响的还少。虽有一阵子为了父病和搬家消耗许多功夫在各种车子上和病室里，我并不埋怨生活十分忙碌所给予的困倦以外，对于另外一种趣味我实在甘心受。这并不是算一个顶坏的暑天，家里有人生病，能过比平常不同的日子是更好，做人就是在不同的事物中经验。但明明吃苦也不好骗谁，睡的床就换过几十。杭州一个乡下荒山里我度过五夜，那是再怕也没有，一座大屋子里除了父亲的呻吟以外，我疑心鬼。那里日夜吹不进一口风，草永日不动一下，就看黄昏的云霞一朵一朵在山头变，等黑夜一到什么鬼怪都在你心上跳，变成梦。偏偏上帝的祝福在人预料之外。父亲躺在北站一条长椅上那一副土色的脸使我不再忘记，三年前就同在那儿，他有那气力飞步走，今天看到是走路轻快的人，他赶不及。然而从人口中所流露的恐怖我们能不信，只能谢上帝，他的病居然好，真怪。现在我们搬住在一个清静的小村子里，生活平静下去，不能明白为什人老是不快，像是闷。一个健康的人有他健康的心，我就单少这。我愿意在这时安心做点像抄《心经》一类的事，就把一些信札在下面抄出。在这时代，到处叫卖的声音，旗子的摇喊，以及一些喇叭作用，文章和政治这一类事拜了把，像是最风行。所谓感情在这时代的中国情况之下，真无必要，而一个年轻人的血里至少流着英雄气味的液质才算称时。我们也无须慨叹这未遇，生来世界上是永远缺陷，对于做官的人我们尚且不耐过问，这些文章上的事自有他们的道理。我看到中国有顶香艳的诗，有热闹的戏，也不少许多关于女人和流血一类的故事，一般后来的愚蠢人只该搁笔。因此我拣了这在身边存着的几封信，为养心平气而抄下来。你们读者要用什么心想来看，我不问。这算是序。

陈梦家，十九年八月沪西桃源屯。

信（上）

第一函

今天仍是一丝不透的大太阳天，要命。

茵子。

第二函

这境界，这心情，顶好是用来缓缓散步，低低说话。但短短的散步已经完结，更没有谁来和我谈什么话，但是我还需要散步，需要说话，就在这纸上吧，好吗？

你能慎重自己的眼泪，不轻易被人骗去？又能对于人在幻想中点出虚圆？还能对一切趣味都淡漠？你能？于是乎你就写下一大堆的诗来了，是吗？我相信你是希望做到那样，我晓得你不会一时做到那样，也许你永远做不到。时常如此，一个聪明人以说自己蠢子当作艺术，而蠢子又转动他们的白眼来装聪明。一位没有心肝的人，不惜用一打以上的叹息来表示自己敏感的心情，而一个真真的诗人却藏起了一切，只留一丝两丝"迟疑"在淡漠的脸上。

我是一个没有心肝的人，距离我自己理想中的人性有十万八千里。我没有主张，没有头脑，有时还不免一天三五次暗暗在心中矜夸自己，有时又对自己完全绝望，一切蠢子的浮夸荒唐，一切聪明人的哭笑，我身上是十全的。

在自己的行为上，我不必加以多少无聊字眼上去，既经我曾做过那许多梦，演过那许多戏，有些字眼，有些说话，也自然而然变成多余的了。我不能骗你，不能用相反的字眼来赞美自己，真真的，人家在吹闭幕的叫子了。当一个角色被闭幕的叫子骇着时，一定觉得别人给他的境界已完结，而另外自己心中建筑起一个世界来，就生活在这里面，不再为一片喝彩，一阵打哨子所感动了。或许他疲倦，或许他寂寞，那人家怎晓得？

因为你的虚圆，你的模型，而想起我自己，从轻淡的难受中写出那么不相干的话来，你笑我吗？那种蛙叫，那种夜色，是会叫人如此写的。不是吗？

风刮得烛火要熄，我怕，我不要在漆黑的屋子里有一片苍白的月色来骇我。

六月八日夜。茵子。

第三函

早上，我用一种比雨夜还昏暗的心情来读你的信，而信里边哩，却有些刀子，你当然懂得那些单单用来割开云雾的小刀。看完我很喜欢有一粒一粒小小的哭，在我心中滴下来……

你说为了更好的趣味，要把人与人间有些纠纷紧紧来锁在箱子里,我告诉你好吗?我一定更赞美那把锁,我愿抽出我自己所有像钢铁一类的东西,来铸这把锁,人家也没有理由偷些材料来做钥匙的,不是吗,你说?

天气怪好,今晚定然是一片好月亮,唉,怕人!

我不去想了。

六月九日浴前,茵子。

第四函

我闷,"现实"真粗暴,一只铁钩扎破了梦。美丽昏暗的森林中,突然亮起一盏灯,一切照来逼真,连一层薄雾一块纱的好处都不安抛下,太叫人伤心了。

为的使后来回想起来更好些,人家顶好懂得如何明净自己掩遮自己。千万不可把粗金十大线牢牢缝起来,一切蠢事从这儿开始了。

十日。

第五函

昨夜你真可感激,不曾打破我宗教的虔信,这使我从回来后直到此刻,保持着一种温良的心情。

你是年轻的,善良的,我绝不是为讨厌这件事,既经我完全没有了,想呀——你定然可以看出我不值一个夏洛蒂,为什么,你轻易冒维特的险?这不仅是浪费,将会是刺心的。

宁可使你此刻伤心,此刻恨我,不愿你回头感到鱼腥似的恶感，你看我昨天的态度，说话，应该相信我不会欺骗你，不是我不会欺骗，但是，天呀！有什么理由要我欺骗那比我年轻比我聪明的一个？

我会骗一个人，使那人全不觉得我会蛇一般的温柔，我也会做一切攫取爱情的事，但是，对于你，让我就放开那些东西吧，我不忍。

将有一天你会想到我的心地是清洁，那时你会比现在更能明白我。

若是另外一个女人，或许不这样做，一个爱人方在远方，而眼前有年轻的聪明的人愿遭没顶，你懂，女人们是绝不少欺蒙本领的呀！但是，我，对远人，她有宗教的虔信；那眼前年轻的诗人，她有十分的不忍，不愿，从她把一切人演的坏剧再演一遍。你愿意吗？我向你说："爱你，永远爱你！"随我上火车，向另外一个说："哈，到底我是来了，迷人的。"你愿意吗？你要不要感到鱼腥？

对于我，你真是撒旦的试探了，请顾念我是力量极小极小的，你帮我超过一切厄难吧！不要固执你的"蠢"了。我真忧心。

十一日。茵子。

第六函

今晚我出去玩了一遭，从江口回来，疲倦极了。但一回到家又精神好起来，有一些咖啡之类在我血管中急急航行，和对房一班人扯到两点钟，此刻她们全睡了。但是我感到血管中的咖啡煎煮得更浓了。

在五分钟前，窗外还有苍白到怕人的一天月亮，此刻全隐下，有一千个凄凉蹑着脚尖满处跑，天晓得，也有一两个钻进我心中来了。不好说，在那下面的下面，有一丝绝低绝低的喑哑的心情在唱。哦，是那样咽住了的喑哑！

一个人在这深夜，这烛光前静下时，立刻有一打以上的魔鬼会来伴她的，有一点喜欢，有一点忧伤，有一点委屈……我不知要如何才好，几乎疯了倒真很愿在此时接连做一百桩蠢事，或者让一千件不幸来昏迷我，你不晓得，这样一个夜晚是如何苦了我。

如果是在家中，我一定可以喊醒我妹妹，和她一直谈到天亮。这儿哩，你定然懂得，那些善人们差不多全都晓得在睡觉时睡觉，上课时上课的好处。我若是胡乱摇醒个把，她们枕边准有准备下的一堆石子，来惩治像我这种人的，所以我不敢。我只好把头靠着纱窗，静静的蠢。

一只猫头鹰突然在窗外怪声叫起来，我真骇了一大跳，天呀，那怪声！

你总不肯相信我，我有一个出奇的妹子。她还十分年轻。天晓得，她竟不曾半丝像我：一张苍白的脸，一双长睫毛的大眼睛，一脑子的古怪，一肚子的坏；常常都缄默，有时也爱胡闹，但总不失一朵百合花的温柔。

渐渐我也疲倦了，魔鬼们逐个在飞走，我又是独自对着烛火了。在我脸上，不再能读出几句牢骚的散文，只余半个呵欠在等着——而这一秒钟，呵欠也飞滚了，趁最后的半寸蜡烛还不曾跑走前，我也要去睡了。要是在一切跑了后我还单独留下，告诉我，有不有狼子来咬我？蠢（又是的）。

这封信写来太庞杂了，给了你，也许会笑我，这，我不喜欢。那个人不会晓得你什么辰光瞧不起他而预先红下脸来，你代他红脸他更不易理会，不是吗？你想？这些全是废话，幸好我想你一定有一把小小算盘（温州造的不？）用来估计人家一句句话的价值，我不再不放心。

真的去睡了，晚安！

六月十二日夜。茵。

第七函

实在我睡得太头昏了，虽然在心中一千遍赌咒不为你写信，到底又捏住了笔，你不用把一切男人看女人，那些讨厌的眼光注在我信上，这里绝没有使得你心会跳的字眼，我要掷些顶不可爱的字眼在这些纸上，不管你抿着嘴笑，露着牙笑，我全不见，我只有一颗紧紧敛着的心，埋在一把刀柄下边。

你觉得我太多笑？你不喜欢那一串串无终了的笑？将会有一天，你遇见的不再是那些笑，你不相信吗？你以为，在我心中也像我的嘴角上一般，有顶多顶多的一串笑吗？不，我常常觉到，在笑到疲倦时，便有一滴眼泪冻住了笑的脚，时常都是如此。

如果我不是夸口，我想说，在你从女人手中读到的信，我的使你感到更有趣的了，在女人嘴角上滴下来的话，我说比别个更加多些了。我想你定然感到兴味，这不错吗？

你便为了不讨厌那些信，那些说话，你轻轻把一颗年青男人撒野的心，放到我身上来了；用你所有的好处取些出来给我，又从我处取了些去，你也用给爱情烧黑了眼眶的眼睛来注视我，你也珍重交给我几个约言。

有一句话一千遍奔到我嘴边，又一次次咽下去了，你知道那是一句什么话？我告诉你吗？不。我的天，我不能说的。

昨天我用笑脸讲了含泪的话，我告诉你：可从我处取得的快要取竭了。你将觉得这一个矿山里也只有这一点罢！

一件使人发昏的事，使人迷倒的事，揭开了却只是一团可笑，一团可怜，我想想真要流泪。一个人，他只见到另外一个，发现他有一点新奇，他伸手捻了一点，他觉得好，他又取了一点，一点一点就取完了。看看没有什么剩下时掉转脸去再找一个。多蠢，这便是一切人与人的关系！

并不是觉得犯罪，我只觉不可忍受，我只觉想逃到好远好远的地方去。

你把眼睛，看着我的眼睛，我心中有个切切的声音在说：这是一双如此看过人如此被人看过的眼睛。你向我说一句话，我想到你在另外一个时候同样说给另外一个人。当我说一句话说，你也那样想。唉！

我也会皱一下眉心，叫自己不许这等想，既经是做梦，便不必想到是做梦；想到了，便不必想到醒了以后。为什么我会如此蠢的？在以前我没有过，这次魔鬼紧紧迫住我，叫我撕开这迷人的梦，露出背后荒凉的夜色，无终了的夜色。哦，天呀！

即使在梦中每一句话都真实，这梦也不过是如此短的一忽。而人家还得放一大串的假话，一大串的假哭假笑进去，这不更丑？

个个人都能如此想，个个人还都愿意闭起眼睛来装呆，假装不懂；其实大家心里雪亮，只是骗着自己玩，逗着别人学他样玩。就这样不断的做着一个一个好多的梦，真怪！

这种思想渐渐变成一把刀，更深的插进我的胸膛中去。

我不见别的，只有一串梦在我后边，一串梦在我前边，（假话？！）不同的角色演着不同的戏，却一样的容易完。

告诉你，我要寂寞煞了，我愿意立刻溶化在自己的眼泪里，一点不再存在，我求求你们从我眼前一齐不见。

天！让我逃开这可怕的场合。不要，不要像一枝草一粒泥般砌在这场合里。真要寂寞死了，张开眼来不见一只能抱住灵魂的手臂，有什么理由我一定应该忍受这可笑的惨剧？

在当时并不全假，一滴泪，一片笑，一丝太息，一瞥迷乱的眼光，全都是从烧疯了的心里抖出来的。但是这心的烧也只是无聊的一波，过后就全觉得好笑的，这不是见鬼；一个一个人蒙起脸来做梦！

这许是罪过的，我揭破了美丽的梦。我把这梦做来如此潦草，你在怪我，是不是？你有点觉得不安了罢？

你说好吗？我要不再做梦了。我宁愿彻夜不做梦，让漫漫的长夜苦死我，寂寞死我，你说好吗？我要睁开一双绝望的眼睛，看着空空洞洞的长夜。

有一枝绝细绝细的针，刺在我心中了。

六月十五要下雨的天，一渡桥下。

第八函

不要暗笑，我在偷偷想着要做诗了。千万不许告诉一个人，这羞死人的秘密！

——诗略——

第九函

……（关于网球一类的话）

我冻了一夜，早上××为我盖上一条被，热得我昏头昏脑，睡到这刻才起来，浑身多酸痛每一个细胞都累坏了，要命，我的手抖得不能写字。

还有一个原因，我不能写信，是因为有一个网球不息在我眼睛里滚，转得我要累死了。

一切你愿看到的这封信上全没有。让我们写在旁的纸上，好吗？

第十函

这两天，你要相信我，真正是我的灵魂死去了。本以为看电影稍为能活一点，昨天看过了依然没有用处。我闷，我活不过来。

对于无论哪个人我都觉有一层淡淡的隔膜，同时又似乎全有些淡淡的留恋。不好说，我简直像是疲倦，我的心像腐木似的。求你千万莫把装着一大串说话的眼睛瞧我，你才不怨得我是何等不受感应。若是我不怕你伤心，我可以向你说："你死了一个朋友。"不是吗？我全不骗你。

虽然只是一块腐木，也时常会有一阵痛，正是"潘彼得"收梢时的心情。我说不出来，只我自己懂得那情形。

××使我伤心，不是为他损我的自尊心，是他太厚的隔膜叫我发昏。他既然乐意来弄错，我怎好解释？而且朋友们全分手了，这心情，哦，这心情！

为什么，漫，你那么"黏着"呢？我还得再向你说：你全不懂燕子掠过水面的好处。你不懂！你不懂"轻快"的法则。你一定会要人的关系弄来苦恼。不要！要深深的，透明的。不一定要牢牢的，厚厚的。你明白？

我们可以忽然认识，忽然又分手。许再会见面，也许永不再见。这，我们全不用计较，正如一只燕子掠过水面，如果有使人不可忘记的爱情，那，在我们思想中会留下个透明的秘密。不用向一个人说，各自藏在心中。

向别人说的话，要拣那顶容易懂，顶容易相信的。一句话，从你心里到嘴里，减掉一半；从你嘴里到我耳朵里，再减一半；从我耳朵里到我心里，又减一半。把一切顶好的话，藏下在自己心里。你只想，你和我的内心，距离是多少远。

不要再在我头上找寻"弱点"，我的全部就是弱点的综合，除却那许多的"不满人意"能给你吃惊外，你不能再找些出奇的东西出来。瞧我，我便是如此不完整的"不满人意"。我的短处太多，我赌咒你不能忍受的，而你也使我没有法，要叹气。

我们的友情定然要顶透明，顶深刻，没有理由要我们用好的和坏的字眼来构成一些关系。你不必在字眼上来批斥我，你要明白，这不是要点。

我并不是没有理由疲倦，不断的做梦，同时做不同的梦，天，我怎么能够不疲倦？一枝风吹着狂泻的蜡烛，照着我，我在想，是什么在支撑着我的疲倦？小声息说：是伤心。

一切全属偶然。为什么我们全成为这一种人的，也偶然。是一种偶然把我们存在，我们的伤心和疲倦也定然是偶然。也许你明天见时,是一脸的笑,一心的笑,我也如此,这谁晓得?

六月二十八晚,又是下雨天。

第十一函

一封封信,全看到的。一切,都明白。

生活十分蠢,不足说。

我此刻倒绝不计量在你心中,我已成为如何形质的东西,更不希望在你心中为自己塑成个什么形状,甚至我虔诚祷告这情形能连续到顶长顶远。先前我是错,已经弄到不惜让你伤心时,还不肯轻轻放过你心中对我的印象,这是绝蠢的。现在,而且此后,我要在这一点上解放我自己。

渐渐又渐渐我一定会做成"你"(或说:以前的"我们")心中顶可笑顶平庸的人,我把这类可笑与平庸来鞭策自己,滋养自己。下半年我仍然有这兴趣住到那一座破旧的城里去,我晓得自己会得给人家一个较前稍属不同的印象的,我要用另一种方法来过活。

对于那一段光阴,那一个字我并不会一笔抹杀,我自会小心谨慎好好安放在心里,没人时候我会悄悄理出来端详,闭上眼去揣想,用一种追悼亡者的虔诚,默默记着。

如果你有一点坏,你或许会疑心我对你报复,但,你定该不致那样傻,那暗礁并不一定好算是一个暗礁,我不会付上一个报复去的。可是,事实忽然变成如此一个事实,我只能让她如此下去。关于这,我又何必安下一堆讨厌的理由,一堆讨厌的话,一切在人们心中总可雪亮,不犯着用说话来糊过的。

真不敢想到以后我们又见面，我将看你一眼？我将开口向你说一句话？这太坏，好比在坟里掘起的一堆珍宝，这绝惨，天！让他埋下了罢，永远都安静着在地下罢。

十分夜深，窗外是漆黑漆黑的天，更黑更黑的大树丫杈，刮着大风，十分可怕。我有一个和这一样的精神生活在今天晚上，这可怕的夜晚带给我的太多了，我觉得受不了。不然我本可不写这封信，这大风刮得我写了。

七月将了，一个可怕的夜晚。

第十二函

我和妹事先说好，要各人给你写一封八页长的信，但我因昨夜彻夜不曾睡，已经着实疲倦，你一定会许我瞒住她偷偷少写些的。

一个整夜她不曾回自己屋子去，躺在我床上，我们一整夜只谈"梦家和××"。这小女人才怪，她也从不曾见过你一面，但关于你们两个人的事，她竟听到迷起来。半夜里，几次受隔房好母亲的干涉，我们放低了声仍是往下说，楼下老爸爸一阵咳嗽叹气，把我们吓得只好对着面扮鬼脸。捻熄了灯，暗地悄声说，一高兴，自然慢慢又高声了。

总之，说得实在不少了，你一定也允许我如此兴奋地一路想，一路告诉她的。所有我们的月夜的湖，咖啡店的一夕，山脚下的散步，大串大堆的拥了出来，只有小小一个部分盖住了。

我要哭，又要笑，我喘不过气，一个鬼魂回到自己生前的家中，这应该是如何情形？一半是告诉她，一半是唱给自己听。好像我已回到"小小烟囱的家"里了。好像咖啡在冒热气。

你的红大纸伞蓝大布褂,在此得了好感。你的大眼睛与晒红了的脸,你的小胆子与静默,你能把"才"与"拙"来取胜的一帜,以及其余你有的,如数我给你搬来了。

××我说是个爱漂亮的糊涂虫。爱说鬼话,有"医院的癖好"这些她也非常惬意,糊涂和胡说她自己也酷爱的。(这不是坏)

若是我一个人演说,也不会有一整夜了,她实在插进不少不少的意见与疑问,一路她又帮我说,倒像是你们老朋友似的。

此外我说你们很聪明很恍惚,有一点子潘彼得的昏。我说我们三个度了许多极可羡煞的好时光。(不消说她眼红了)我把那块湖和一爿小茶店渲染得成天上了。她急于要去。

……

渐渐我变为更无聊更讨厌的一种人了。本可不必常常想,但自己总容易觉到,便心惊,你会再见到我的,你一定不再认识我,好说我将不是你们愿见或谈谈的朋友了。你伤心吗?你不的,你们全有你们的格调,不会要伤心事前先伤心,到真那样时也不大在乎的。

我想顶好那个字不是一把刀,你一定固执着,要雕成刀,那你也可以相信这刀安下在暗中不害人。偶然拿到,它贴近你也不牢牢黏住你。

你还有时想到燕子瞥过水面的故事吗?应该想到,并明了它的好处,你没有理由拘泥一点小事情。让她掠过去,连影子都不碰一下。

我要多在此地,呆住一下,缓些去。想起那儿,一半迷人,一半也累。那儿简直不常平静,精神常常在风浪激荡,这于我不很好。

这不好算是信,只是小小一个"八页",我疲倦得一点不能再挣扎,一倒下来就会死去一样。为了你病,这"八页"就在瞌睡中爬过成为一个可怜的"一大堆中国杂碎",于你太伤胃了。先前还想写来不太坏些,可有什么法子呢?你看,我一个眼睛已经闭上了。

八月某日。

信(下)

第十五函

茵子:让我在这刻月亮落在我小床上的深更半夜,在这烛光底下为你写信。我爱在某一境界刚刚度完以后,静下来用疲倦的心情写一种不同于白天的气息的信。

我回来,读完了你寄来的"三页",为末页所感动,默默望着蓝天的星月想。我和另一幽默的好人谈到熄灯,这不轻易开口的好人给我予平常人以外的同感。

我要问你为何轻轻加我以聪明一类体面的赞美?这上面你给我不解。说我是聪明,你好似给我穿上件不称的衣裳,你还用漂亮的字句来赞扬。倘使我是聪明人,为什么一个聪明人不知道去寻求愉快,为什么他取不得为平常愚蠢人所有的欢乐?忧愁和苦构成一个聪明人的骨骼,是多么离奇而荒唐!若果如此,一个聪明的脑袋会立刻反抗他自己加入蠢一流的队伍里爬。我甘愿。

每一个好心善良的人，你偏又爱拿"聪明"这体面的称词来证实他在"策略"上的精明。你许是对的。你见到聪明人如何把持一种用美丽装饰的罪恶；你见到一切做到比好更好的"坏"，你见到他们运用技巧在各色欺骗的事业上。你知道"聪明"如何成就一个人为恶的企图。但我告诉你（并非我的辩护），在世间一切事物上，你听我如何怀着不喜欢生而活下来的理由等一个例外。在平常人类行为上，有他一定的法则，但是还有极难寻找的少数，其中这法则自有它备而不用的"但书"（即是例外）。我是永远不会失望的等候这不同的例外的寻获。

但是茵，在这些日子的交往中，我好像预先感到阿伯拉与哀绿绮思那可怜的收梢的来临？说这话我是满伤心的，但我并不畏缩希望有这样一天的到来，永远的油腻我们不也盼望有一次忽然的清醒，因为小鱼爱着清水。茵，你总要一半庆幸，一半耐着性等，这日子也许就在眼前，也许还离得很远。在我们将要一同跨进理想着的那纯洁与空灵的交感的精神生活以前，为什么不可以容我们尽量享乐"近外物"的一时快感。要多多在变换以前制造一个不同的最高境界（就使罪恶也无妨），好预备为后日修炼更苦的苦行显示最显明的价值。你明白在极端正反上所给予忽然不同的意味，才能体会心跳以后沉默的好处。

我实在不十分知道策略，你说我聪明才最有策略，实在使我心痛。别人在小小关节上明白施于我的策略，我也常常觉不出，我相信人家胜过自己，这是我的弱点。我不愿赌咒起誓来表明自己的多少纯洁，我信自己在人事上的磨砺早已失掉了一些可宝贵的愚钝，但到如今，我还是如此不堪造就的非常拙劣于表现自己的长处，纵使我在冤屈下也从不敢埋怨人一句，这个不抬头的男人！

在人面前，我越要给人相信越给人不了解，人的"相信"终归是一堆欺骗所砌成。

我晓得我极易把自己毁灭在种种的设法中，我会全盘得不着一些。一个咒诅幸福的人是没有幸福的，幻想也永远是幻想。我很明白自己将要成就只为咒诅幸福与幻想徒使自己在劳苦的思虑中不知醒悟的呆子的。

但是我现在希望在生理和物理这些可捉摸的现象以外，试试容受外物的痛苦而去追赶那存在精神上的活动罢。留着这不随肉体存在的超越一直到永远的神圣的交通，使我们恬静，纯洁。

想想目下这些可赞美的作为，是不是一直将我们绑在大石子上往下沉？我希望醒。

十月四日夜。

第十七函

既是黄昏，一抹红光停在白粉壁上。把自己默默丢在这种境界里，并无喜快，也不惨。每一个黄昏给我享受不同的气息，不是静。心中又为一些小小事件起了纠纷，但一转念想到人家的事就不该自己去思虑，又觉到许多事皆是多余。一个人总不能控制自家，知道放肆，不节制，在思想上容易教人悲观的。一切人是不顾虑到这一层的，以为是不受拘束却受了拘束了。

新近我固然整天怀着忧郁做人，我实在在人事上知道如何应付不易，孩子心常常受文化沿袭下来的观念摧残太多。我似乎时常有一心愿要自己安静下来，爱惜自己，一点小小希望是移上这个方向来了。过一种狂放的生活，我也感到有趣，但是太累。

这两晚上，喜欢看看天上的月亮，我就感到自己在世界上没有人关心，没有亲戚。一个人，徒然受赞美是更其感到凄凉的了。

把这些话只是随便说，并不要你听。将"寄托"一类话告诉人，看来是可笑的，心与心原是离得太远。你知道黄昏后黑暗爬进了这窗子，紧紧的关住，不教一点光透进来，这是心的象征；我找不到同一样的钥匙可以开别人的门。人是孤单的。但要怎样使自己从孤单中提拔出来，得到愉快，乃是一个强健的人应有的锻炼。我单少这。

这几天我睡在楼上，清晨总可以听到军营中的马号，有时候我想流泪，因为我好像是马蹄下一握被踩碎的沙土。但是当我想象马号中尘沙的飞扬我又喜欢起来，活跃的生命不管是否平庸，仍然可以赞美的。

天黑得快，一盏淡黄的电灯突然亮了。

十月七日黄昏。

第十九函

茵子：这黑夜你跑上哪儿去？昨天怎么也是半夜才回家？我怕，不敢想你在那一段时候怎样度过的，我总不安。我有为常人不必须有的担心，告诉你也羞，我不明白自己为何陷入如此不安的纷乱中。一个人，满有理由随自己兴致做些使另外一人伤心的事，不去管人家在这行为上所生不必要的担心，天下尽多有人甘愿担负这些精神的忧虑。对人，本可以因事的好笑，笑；因事于自己不快也以一笑完事；这所谓轻飘的人生观。但我不，我自己呆呆的为着别人使自己不快，是多愚蠢呢！不，我不明白天为何这样残酷的，上帝使我听见人熟悉的声音说：我给！我也同样得着过：给你，再一个！我就不能安心这声音是如此相同。这样我才知道人是如何浅薄，如何以不平凡的颜色掩饰她的平凡，一个戏子的聪明渐渐为一般年轻人学会了。虽自己十分想忘掉这类伤害自己的种种思念，但总不能；越想它模糊，越其明显的描画出人类在掩饰防御下丑的轮廓。

　　我只能，学着雁子微弱的声音在你的小岛四周轻轻的呼唤你的名字，我知道黑夜里噩梦如何抱紧一个疲倦者的心。不敢想象的危害露出它最初的光芒，我应当闪避。我焦灼，一切事无可挽回，因此我想有一次小小的旅行。

十月九夜。

第二十函

　　到小城住了两夜了，一切都好，且静。我们宿在一家花园里，晨昏听到庙角上挂着的铁马儿在秋风里响，我是不能不回来了。

十一日某城某园。

第二十一函

　　我回来重温了过去六个月的梦，我觉得：我错。我不再用多少话抱歉，我不能安守今夜的约，为驱除这使我心中留住的小小侵扰，我要烧掉这束信。留你处两封较长的有着宗教虔信的，我盼望这做我们唯一的纪念。你能好好收存我这些常在黑夜里从黑处转来靠一支烛光怯懦写成的信，我十分感谢。我不忘记这些日子，这些偶然的欢愉。现在我不再较量一切人世上已经成就的事实，也不使此稍稍伤我的心。对于自己，我极力要求如何涤清这荒唐粗野的心思，滤成清淡，不复为任何事情摇动，但愿上帝保佑我。过去一段日子，有着他可以纪念的昏迷；但不因现刻的沉默变更往日的色彩。这时起，要如何用心使自己缄默，是不计较在此缄默前的光景及后此之光阴。给我静静思虑人类关系建筑在种种技巧及所谓策略上，而完成现实丑恶之恍惚的美之幻象。以平淡的心来看此人类行为，不笑，也不因自己以外事生气。我愿望将复得在那些真纯的心情中平淡的日子，不即刻离去。虽则我已为顾惜自家所蒙损折于人事上一点幼稚的真的极大数量，而使自家不得不为着自己对一切事因怀着疑惧而有所提防。不怪谁。一切发生的事故，在它既已发生，以后不必以种种理由解释。我在此时只想度一段于自己有益的缄默不躁的好日子。事情使我过得十分腻了。

十二月八日夜小营。

第末函

茵子：今晚我读完你拿气愤的心写来的四页长信，我始终看不见你对自己丝毫的悔悟。你总是对的，一个女人倔强的骄傲永远像影子跟着她，我若再给你往昔那样的饶恕，在我良心上，我对不起上帝。想想六个月的交往，我哪一天不想把你从一堆诱惑

（世界对你是诱惑的）里提拔出来，最初是，为了你的狂热我不能自禁于种种鲜明的快感之上，但我何尝不提心于没落？一个聪明人，纵有着十分精细的心分别好坏，但上帝从不曾给人力量取舍。有一段日子我完全浸在昏迷里，我崇拜你的嘴唇，迷信你的谎话。现在我知道我错，我相信上帝给我机会在另一个人犯罪上发现自己的罪，且给我日子忏悔，这我认作极其欣快的事。反之是被你咒骂我气质的无常。我甘心的。

这时候你应该刻毒的怨恨我，当我初初告你拯救的福音时，我是还带着一点怜惜的。许多人，在那时讥笑我的愚蠢，把一粒珍珠丢在猪子的口中。但我有着对于罪恶里找寻光明的趣味，也许有使你改过自新的日子。在你受着各方攻击时，我的好意或者竟能使你回心转意，不然你会不投降也不自刎往罪恶那一边拼，并且你告诉过我你要慢慢转舵的；但你不，你一直往着礁上撞，这些都使我过于伤心于你的瞩望了。

我记得我们初次相识在一个病室里，你我同去慰问其勒的病，那时我也患着病，我们最初的交谈不幸发现在各种趣味上的偶同，使你忽然改变对我的厌恨。这以前，我听信谣言辱骂你（这谣言看来是正确了），同样你也在别人的面前把我形容成一个下流人。也不晓得怎样的，我们会得着一点最浅的友谊，其勒在中间尽一个好媒介的责任。第二次黄昏时我们在路上相遇，其勒有病先走，你我第一次单独在一条林荫路上散步，我说了许多过去的事，因为天落雨，我们才分手了。从那时起，我只对于一个女人的趣味上找到相同的欣快，我找你一次是为这缘故，其后你说喜欢我写信的笔调，我也不吝啬的写了信给你。又一回我们三个在夜里坐在蔷薇花架下的石凳上，你开始唱《玉堂春》凑上我的耳朵（但过后我知道你同样眯了眼睛凑近另一个男人的脸前，用一半妖媚学他的姿态，极不幸得不着感应），我渐渐为你的轻薄所摇动，一种极不纯正的欲望在我心上爬，忽然的你一只细柔的手碰着我的，这些太使我吃惊（在另外一个时候你和一个男人同行，当你要求他分一半大衣披护你时，他伸出手指着戒指严正的望你，是极不幸得不着感应）。但我终久是年轻，我没有想到以后的光阴。我们三个人离开园子走在十字路口要分手的时候，你第一次诱惑我，你暗暗拉我的手，我懂得这意思。这时候我虽跟了其勒走，我的心已经背叛他，这以后我的不绝的蒙蔽我的好友，是从这一回起首。

很快的，我们中间各自放下一个秘密，我开始防御其勒，使他不晓得。爱情常常容易欺骗同时存在的友谊，是为日后对于其勒感到不能得赦的劣迹。我们第四次的会晤，在一个有月亮的夜，一条小船载了我们荡过浅湖，停在芦草里，那种静，那种月亮的光，还有你的歌声，你的笑，你的身子挨近我的，教我有什么理由不违抗自己？回来的路上，你固执的要从城边的小路上走，靠着山，极荒凉，三四个吓人的大兵经过以外，野狗四处叫，你我惊心的茫无主意在岗山齐膝的草堆里跑，夜的诱惑使两个年轻的心跳，你拿骇怕做理由挨近我，这情况教我不能不疑惑我俩中间的友谊关系，你是常常拿友谊来解释我们的关系，时时为我不快的原因。但是你也能忘掉这一夜在坟堆上你放任我的放肆，你一边说到不要浪费，一边又复不禁止我的浪费，这全因为你在人事的策略上有过训练，你看透我！我应当如何伤心来追述这不幸的一夜，我的纯洁的破坏。这短短的七天成就了两个情人的一切形式，你还时时对人对我赌咒发誓说明我们的友谊，你也不想那一夜回来后在山路上如何取笑我在那一类小事上缺少经验，你教诉我种种有利于取乐的技巧。我告诉你，你太放肆了。这些你只能拿热情解释，你也可以拿热情抹杀你一切放荡的行为。因为你，我失掉一半思想的效率，追求那在你身上一切可以取得的快乐，你利用我那一点疯狂，用一半拒绝逗引我，并做你日后卸责的口实。

后此我夜夜和其勒同去访你，可怜其勒这为病所苦的好友，一到时候他剩下我们两个先自回去，他会不想到我将会如何背了他做一些腥味的事。我们送了他走后，两个人走在那一条山脚下有大树遮住的小路上，那里暗得没有人经过，我问问你，在那里我们除了互相取乐以外再有什么。还有一些我们应当秘密的事，在此地我不说了。

我渐渐觉到你对于那项趣味的惊人，真使我不堪想到那些小路上背着伞，那些大树下，那些出人不知的种种事，一切都告诉你是如何样的人了。一个夏天我们是缄默的，我叮嘱你爱你的丈夫，对你一段日子的疏远并不生气。

可是秋天再过的日子里，你仍然没有变。我们继续试行两人间的取乐，你便常常摸着我的弱点给我忧郁，你在其勒面前极力掩饰我们的行迹，你说出一百回的流语讨厌我，喜欢他。我们三个人一同谈笑的时候，你给我最坏的地位，最冷的颜色。但是一等剩下我们两个在黑林子的时候，你伏着我低声说你爱我在心里，顶深。于是我把一切相信你的心教自己忍耐在形式上的失位，我还自己骄傲在你心上得到胜利。因为这相互蒙蔽，我在其勒面前严守着这可耻的秘密，让这可怜人迷信我不动摇的贞坚。这些都成全了你的计划，你时时在其勒背后给我一个眼色，一声低的"乖"。你一手又挽着他，亲密的说话。天晓得，其勒完全不明白我们中间的戏法。

有的时候，你告诉我晚上梦见我，你摸索睡在身边的女伴喊我的名字，你一点不羞说出这些话。还有一些我不应当晓得的新奇，你都告诉我，没有一次你会脸红。你只会故意躲避，故意掩住你的脸，你的心里实在比我更有主意。

但是我渐渐看出你了。一次一次我证明你在生理上某一项特殊强烈的要求造成你的性格，你的种种言行。你父亲对你的过分严酷，你母亲的溺爱；十六年北伐革命你从军中所得的不拘形式的行为；你一位姊姊在革命时候离弃丈夫跟另一位军官的事实；以及你从西洋文学里所得着的关于肉体上的浪漫色彩；都一齐造成你在现代中国旧礼法毁坏以后拿着解放的名号一个倾向于散文的模型。我完全知道你，你好像月亮圆的时候定期的潮水，每一次都会发疯到不可遏止的行状，你做了生理的俘虏。你说起谎，用你的眉毛，你的舌头勾引那些同样在气候下烦恼的年轻男子。你有时着实使人吃惊在一定期内一种逾常的放肆，这些我极惭愧，从你革除了学到编谎话，说隐话，讲俏皮的句子以外，唯一的，我迷失于肉的享受。

我不忘记提醒你克制自己，爱你的丈夫，用世俗拘束自己的感情。你成天只把时光消磨在这一些事上，并一点不顾惜自己的荒糜，徒然语人家失望于你天授的才资。你把生活糟成没有秩序，你欢喜黑里，白天做你的梦，你欢喜黑暗里的心跳，你的眼睛不曾赞扬过太阳。你更希望我们跟着你一阵发昏，打毁一切规律，贪爱一个糊涂。

我不能再忍受这类过于刺激的事情，我疑惑我们中间失掉光明，走在邪路上。我开始告诉你我父亲是一个虔诚的老牧师，从小我知道悔改可以拯救自己，我要我们另换一条路走。我觉得我们都一同往生理的诱惑中堕落下去，这种将不是我们理想的世界。那时我十分喜欢你也听从我的解脱，谈论德国哲人斯勃朗格尔的精神哲学，应当鄙弃生理的物理的牵制，互相交通于精神上，得着永久。我私心庆贺我们信仰上的同一转变，你是比我更坚决的发誓了。但是从那时起，你知道我这里的东西完全拿空了，你开始寻觅一位代位的新军。一个迷信哲学思想的人，在实际上是一块没有用的木头，坚实的心只是笨重。

是不久，我另外找到你的家伙了。那一次有月亮的夜我一个人走上小山上去散步，我们初次发昏的一棵大树下，我看见你和一个男人站着。我心里明白这意思，我的愤怒虽想用一块石子打死面前的人，但马上我想到我自己往日做过的事，我记起耶稣曾经训诫他的门徒：你们自己也有什么资格用石子打死一个淫荡的妇人吗？我心里怨恨自己，离开你们。

那一夜我不能合眼，我想象你们中间将会发生的种种我所预料我所经过的手续。我中夜只听到自己的心清朗的跳响，我仿佛自己是另外一个人，看到往日的我是一魔鬼在黑夜里所做的事，我看你是完了。第二天我和你辞行，想以一段缄默给你觉悟。你一面分辩我所设想的完全是错，你说，你们是为了排演新戏在那里商量的，你还答应我为我的缘故一定不担任那一个淫妇人的角色。你安慰我（你是骗我）说你们事实上是不可能的。但是我发觉你给我技巧的给付以外，你再没有上一回秋季旅行分别一夜真情的挽留，你掉下眼泪恳求我别离开你，将答应我一切所要求的东西，完全给我。这一回你让我走了。

果然这不幸的男人第二天就疯了,你们度着春天的夜。一切不可能的是可能的了,为着热情!为着热情!(你说是命运)那男人日夜迷了你,在黑夜里散步被巡警拘去的一幕也演了。一群人笑。你们口中只说是"演戏",这应当说,戏是真演了,你做了主角。

我回来的时候,满心快乐,我知道这期间你丈夫来了一次,度了一些好日子,但不幸我寓所里忠实的门役告诉我从我走后你和另一男人夜里的事,一些人也指出你们在黑处怯懦的张望。这些我都听到了。

于是周围的空气对你仇视,用一切不原谅女子的毒骂宣扬你的丑事,指摘你的堕落。为了你的放肆,一些人离开你。其勒用正直的心想消极的抵制你,要你自觉。

起初我爱你,不是你的美貌,不是你的聪明,我爱那一点可以回转来的真纯。但是这刻,你只一次一次演着不终了的戏,你有步骤,技巧来安排,你用策略(那是你的聪明)来买弄一切没有成熟男子的心,你这贪婪!你从这个男子,到那个男子,拿得一刻的倾心,癫狂,做你肉欲上的享乐,不惜摧毁自己的灵魂,变卖你的青春。

我再有什么能对你做呢?每夜每夜,深更的时候我听到隔室那可怜的男人从一个没有灯光的舞台上疲倦回来,那一双听惯的脚步在长廊中发出一点狂疯一点得意的回响,过后他那带着春天的气息的鼾声唱出迷醉的歌,我清爽的看到你们这一夜扮演的戏,众星和磷火做了你们的观客。还有,上帝知道!

那些日子,我并不咒诅你。上帝安排好一大群魔鬼在人世间犯罪,只让你们在醒觉时发现光明。若果天下都是光明,没有好坏，日子将如何度得没有意思，为我们想象不到的。文化的梅毒，我说，在一些人看来也许说出洁白上几点最鲜美的花。

但是我也不能忍心看你在自己的圈套上，愚弄别人的感情，欺骗自己。我终不能不对你劝说，纵我预先料到我已不复能像从前一样的说服你了。我用半天的辰光，数说自己的罪孽，一切我都认错，我们过去全不自觉的走错了路，幸好我们仍得有着更多的日子去忏悔，人能忏悔于过往，在自己良心上得着赦免，拯救即是那在前面一段新的日子。我看见你流泪，告诉你一只船遇了风浪向礁山上撞，得赶快转舵，还来得及。你说等你慢慢的，你感谢我的意思。我再用宗教的热诚劝勉你，这些都尽我所能的做了。

于是你得着机会在这上头收买我，你开始用策略离间我和其他的人，增加你的对抗外界。你把一切我所说的都答应了，你能答应，你不能做。但我是早存了决心除了提拔你从我们走过的错路上出来，我和你是只纯在友谊上存在。这时候你不说友谊，你把我说来比别个咒骂你的人更好，你不曾忘掉怎样用你的诱惑买弄我的心。

我只害怕，我求求上帝给我力量强壮，不再投降在你那充满了腥味的嘴唇里的拨动的昏迷里。我们为什么只在肉团里掩埋了自己的灵魂。

感谢朋友，在我脆弱的交战中，给我力。我方始知道友谊比爱更纯洁。这些好朋友在正义上责备我，告诉我你在蒙蔽中惊人的策略。

那几晚当你离开这城的日子，那可怜男人也失踪了，我看见你的时候，他也在。此后有好几回这男人清早疲倦的回来。在另一回，一个人看见你红了脸买一种药。这些我要如何再对你好，你就在这些行为上给我"好的印象"，你说？

对于我自己一时陷身在错误里的损害，我并不悲痛，使我得在人事上明白要如何提防色彩炫耀之下的动摇，我想我初次天真丧失是值得的。只是你，从你起首就告诉你是弱点与错的集合，我不能相信你的谦辞，我也自有对于一切人的希望。这些希望到如今只是诱惑，而一切幻想给了我们苦恼以后，不变的，只是幻想。

你永远不知道错。你的倔强就是公道，前晚上最后一次散步，你故意不去留心被风吹开的大裳，显出你的一段肉，青的短裙，这已不是春天，我的心早冻成冰。你还用最后的技能唱出西洋情歌，问我可想再回到从前的日子。我告诉你，我几次都告诉你："冷下罢！"

但你不放松末了一着的袭击，你要挟我走上那一条我们常常散步的林荫路上，你只装着哭，我心里明白我一转心就马上得着你。不幸天黑下来了，我恐惧的想到从前，一种突然的念头引诱我，那是你变了笑容的一双媚眼，看我。我念着上帝的名号，朋友正直的话我重又背诵，快步的走，像逃避魔鬼的追逐；到路的尽处，一盏雪亮的灯照在我的前头，太阳又走进我的心里。我息气，对你说："再会！"

我不能想起我怎样从你的把持中逃出来了。感谢上天，找回我自己。

茵子，这是我们末了一次的通讯了，我一写完我们六个月交往的事迹，十分惨，十分伤心。我愿意你时时刻刻在你想起我的时候（我希望你不），用一切所能用的刻薄咒诅我。并且我恳求你，别再滋扰我了。我不能为着一个如你聪明的"女人"牺牲我自己，为着我的安静，我希望回复从前的日子，不再发昏。我总不忘记你教诉我的技巧你的聪明，许是我一生不能再见到的，我极诚感谢你对我一段真心。

让命运来解释我们不幸的偶遇，我再没有力量帮助你所爱的，随你度日子去罢，反正你从不为你自己伤心过，我枉然做了一番于你无益的多余事。这些妨碍你自信的劝勉，在此终止，在你自己的圈子上，做完你的戏罢！

容许我的愚蠢末了一回侵扰你的心，我说：为你未来的日子快回头罢。爱你的丈夫，爱你自己。我祝福你，茵子，我祝福你！

我没有眼泪，没有恨，一个希望在我平庸的心里，再会，我的朋友！

十二月十七夜。

原载 1931 年 9 月良友图书印刷公司初版《不开花的春天》

你披了文黛的衣裳还能同彼得飞

第一部

第一函

玮德已在医院里呻吟多日，我带着愁闷的心在烈日下来去。在这种情形时读你来的信是好如看见一个含笑的仙子。

从一群矫情虚伪的大人那里脱开，在玄武湖上沉浸在美丽的黄昏中，听极葱茏的 youth 对语，我的青春哪得不回光返照！

在"新月"看见你的"一夜之梦"，与其说一句陈套语"佩服"，不如说喜欢。你写的文字同你说的话一样有含韵的气味。

少年的真，确是最可宝贵的，虽然有些人爱说"这是缺少经验"。其实经验不过把人的脑骨蒸成糯米饭，方圆尖扁可以任脑子里印成的模型来捏造。

秉着烛点着蚊香写这封信，汗仍然在手背上发出星星的锡光。上帝实在是恨透了亚当夏娃，且迁怒于他们的子孙，只看一年四季到底有多少好日子给人过？

五月六日，令孺。

第二函

这是在清晨,一阵梧桐叶子的声音唤醒我。原来又在刮大风。听说这几天飓风的尾子拖过南京,所以这样凉,但是我们闭上眼,可以看见那海洋的波涛,就像山壑一般的在起伏;浮在海上像一只沙鸥的轮船,嘘口黑气随着波涛颠簸;中国海边有几只世界上最少有的大破帆船,在那里没有主宰的沉没;荒凉的岛上,无数茅屋的顶篷在天上飞卷。

我想着,披上了衣乘这一刻静穆的晨光写信给小朋友。近一个月来因为常常读你的信,教我淡忘了多少眼前的烦恼。这因为你有诗人的温存的性质,当你在那样忧苦不安的时候,写出的话仍是那样的蕴藉。

这种喜悦使我回味到小的时候一段印象——那是在暮春?有一天午后我跑园里在一丛荒草的园角上发现一棵盛开的海棠。我快乐极了,看那清风吹过,粉白的花瓣轻飘着散在空中,草上。我小小的心灵感觉到一种不可言说的喜悦,但是我静静的在花下舞着,唯恐一出声这种愉快会随花飞去。一直到现在,那种感觉永远存在心里,只是存在却没有显现过。

今年初夏,在玄武湖上看见你同玮德,都像春花一般的盛开在金色的黄昏中微笑,现在又常常从空中飘来你洁白的馨香的语片,我又静默了,又怕一出声这种愉快会消失,聪明的小朋友,你能理会?

生活是一件极平凡的事,玮德说我虽披了文黛的衣裳还能同彼得一齐飞,我听了有些伤感。我想,我只好比那鲛人的珊瑚湖上的永无鸟立在她堕落的巢上在湖中漂泊。你同玮德正在飞呢;

尤其是你，那样充满着生命的力！我望你永远抓住，不要老成！玮德可怜，上帝竟那样虐待他！

你的长诗，我细细读过。我觉得你有好的想象力，美的句子，同真实的热情。关于志摩先生的诗，我译过他一首《去罢！》登在威大学生日报上，这是一年前的事了，我很悔恨没有留下那张报纸。还有些书报亦被我遗留在那海边，原想不久又去的，现在我不能回想，朋友！昨晚同玮谈起那些海外大诗人同大音乐家的音调，只永远成为我梦中的幻响。生活就这样枯索下去？常想与其这样还不抵沉沉地埋在墓底！

这时四围已喧动人声，晨悄悄的避开我低低说：再来！

七月三十日，令孺。

你走了后我们觉得一种陡然的空漠！

早知道你父亲安好，应当在南京多玩两天。这一刹那的友情，纵谈，同散步也许不能再得。

那天玄武湖上的风景，可以象征我们的友谊，澹泊的光里，两个生命在波动，都向着人生直爽的路走，你想是不是？

你所告诉我你自己的事，我听了既不觉得你是夸张，又不觉得是诉苦。一切知识是建造在人的上面，我从你口中得多知道些人事。骄傲是使年轻人不长进，你也怕，我信。

我非常欢喜得认识你，这使我不致时时要用心机做人。向使全世界的人都大了，老了，我真不愿意在这世上多留一刻。

这时窗外的乌黑，雷电一阵阵的怒发，我最爱这景象，说不出理由。

一枝白蜡流着泪对我,它为什么这样扰动我心里的凄凉。

八月五日,令孺。

第三函

今早你的快信来,读后怅惘,我不能立刻到上海。一件苦闷的人事压住我的心,教我不能吐气。

八月八日,令孺。

第四函

信都收到,真是愉快。可爱的是那一张音乐家的幻想,他的乐声在我心上飘过。

这几晚的月色像海水一般澄清。我夜夜坐在紫萝架下看天。梧桐,秋虫都告诉我夜的恬静,教我设想古代的诗人。我羡慕那深林里的枭鸟,他用一双智慧的大眼看一切众生;当人昏迷的时候,他就坐在老槲树的顶上沉吟,他一定看出几千年来哲学家所不能发现的宇宙真理。听他的笑是悲哀,又像讥诮……

说起我自己,除了这夜谁知道得透?人总喜欢把别人的事由自己的趣味来渲染。

八月十一日,令孺又在这惨白的烛光下写。

第五函

这几天秋的使者来了,绵绵的小雨像是谁的泪?今早云中漏出日光，颜色惨白，街上水车同短笛的声音都呈现颓丧的情调，我心里凄凉。我叹息炎夏的消逝，夏，有时会烧灼我的心忘掉生命的冷寂。

漫哉，我不愿一位精神奕奕的年轻人受一点病的磨难，我哀怜，如果在这荒漠里能掇得一朵花我愿意献给这受磨难的人。

这几天因为贪看 Flaubert's Madame Bovary 疏忽了给你写信。这是一本名著，是一个不幸的故事，我所赞美的是作者的艺术，他把全书的情节用一根巧妙的线索连贯着，好像一吊珍珠，珠子的形色不一样，但是提起来，有次序也有色彩。我晚上看到眼睛不能睁的时候才把书合上，带着书里的忧愁入梦，早上在鱼白的光里我坐起读，今天看完了，这一种紧张的心，也像秋蝉一样，带着尾声，在绿叶里消失。但是这松懈的心情使我觉得异常无味。

我发现生活是不能悠闲，要忙，要复杂。小小的园林，养花饲鸟，不是我们这一代的人所能满足，那里没有创造，没有喜悦，所以 creation and recreation 这两个字，同人的生命是织在一起，少一，都教生命有缺陷。为这思想我常常痛苦，常常同环境起冲突……

傍晚，我一个人走上这园后的高台，静默地看那深红的晚霞，横陈在一丛黑树的后面，河里的水平静到一点细纹都没有，树叶在我耳边发生温柔的叹息。在台下，来了人说话的声音，他们说什么，我是不管，只是那声音太笨重，像人在石子路上走，没有韵律，没有变化，我不能忍，就离开。

说也奇，我能忍受极复杂强烈的声音，可是不能忍受一致不变的单调。有一次我在一个大城里过年，除夕夜半我走进剧院，人是拥挤得教我不能吐气。他们不管老少就像疯了一样，吹号筒，响口笛，奏各种不同的乐器，他们要使空间充满着喧嚣，好像这喧嚣能把时间抓住。我坐在一个角上，心理同他们完全不同，比平时更清醒，更寂寞，听他们做出的声音，像是在别一个世界上。那些胖的，黑的，长的，短的戏子在台上舞，笑，唱；但是在我看，他们都是绸子做的傀儡，头上同四肢都有一根看不见的线在那里扯着他们动——可怜，驯服地被动着！我信，他们的心，一定同我一样，冰冷。还有，几年前，我生病睡在医院里，我的房在第六层楼上，窗外正在建造一座新屋，土匠用机器挑土，那一声声尖锐的音挤进我的心灵，我每天一到破晓就哭，我厌恨那恼人的单调。

我对于人生也就有同样的感想。

说起生命，是一个不可解的谜！我们爱它，却又憎恶它，到底为什么爱，又为什么憎？记得 Stovenson 说：

我们可戏以种种意义解释生命，直等到厌倦为止；我们可以用所有世界上哲学的名词来讨论，但有一个事实总是真的——就是我们不爱生命，在这意义上我们太操心于生命的保存——再干脆说，我们全然不爱生命，只是生存。

是的，我们爱的不是这固有的生命，我们爱的是这生存的趣味。我想，生存的趣味是由于有生命力。有一位哲学家解释生命说：Life is a permanent possibility sensation。自然，我们爱生命绝不是写这肤浅的感观上的愉快，要不是这生命力驱策我们行，创造，勇敢的跨过艰难的险嶂，就是生，又有什么趣味！迟钝的生命，就像一湾浊水，不新鲜，又不光彩。

八月二十三晚，方令孺。

第二部

第一函

令孺女士并转玮德：

　　一到上海才后悔，不该这早走，也为了这点，使我更其留恋南京。上海是一团烟气，嘈杂而且紊乱的，钻进我的陋小的杂乱的家，我有很多理由惋惜，在帐子里不会有好的梦，在玄武湖的落日里，给我一点对于人的趣味，在一种不快意的戏剧将要闭幕的时分，一种平安是意外的。从一条平坦的长路上，出南京城的洞门，我感到风凉爽快，所可惜这孤独人的夜行有太多的余裕拿他的脑袋浸在幻想里。车厢里装满一堆疲倦和瞌睡，一堆臃肿的形象。几个谈小利的商人以外，大部分是表现英雄时代那些抱着光荣的梦以至死的大兵，残缺的，也有可怕猎人的脸，支撑着睡着。我就像在一群野鬼的当中，迷路在一个没有月亮的坟地上。我想看"潘比得"，但是一忽我就走进"永无乡"，我完全在幻想和梦的交界上徘徊于一个空漠的太空中。

　　想想一团团的圈子也笑了。一个人！永恒不息的在圈子里，圈子的圈子里做梦，做着圈子里的梦，圈子外的梦。今天我才从一个用大砖块砌成的长城的古朴的圈子走进一个装着复杂的离奇的事物的烟气的围幛中。我是后悔了，一到了此地我才后悔，住在一个破旧的屋子里，太阳晒在我的头上，这穷窠。

　　我似乎怀着一种热诚写这封信，我一到家第一个写信给你们。为了给一个初识的人，我害怕我的愚蠢会使她吃惊，这样我会惭愧，只是我有理由掩饰我的拙劣，我是几夜几夜没有睡好觉的人，除了这心，一切是疲倦的绳子所缚住了的。

维特要进医院，这是一个洁白的花园，那些树林的影子一齐都有，你会慢慢画出来的，你在丑诋人生，这无异酷爱。生命是常常没有主张的，没有理由的。

〇〇女士，我是在一个更长的时日里就有一个影像，从维特的说话里，仿佛因为一种身份使我错想是一个有年纪的人，但是我一看见，说了话，只是比我们大比我们多走了路的人，一样年轻。但是有许多年轻人很早就老了，而我是常常希冀永恒的在青年的圈子里。

在湖里一些有趣的谐谈，这常常是一个悲角的不关大紧要的插白，我有那心情看城头上的云彩和落日，那真不是我所能想到的。一种愉快把我另外装置在一个自然的诱惑中，我忘记了自己。

我相信维特会要收到我的许多信，维特将要吃惊。我实在很不安的想到维特，你存了一种太好的心，相信我。人类是丑而且浅薄的，那些外形是蛇皮一样的花纹。信我，在许多串的欢笑中挂着更多串的眼泪。我一直感觉到，我不是被短的刀子刺痛，就是被长的绳子缚住。我是容易用廉价出卖一次心的，早已是，我不是我的主人了。

又是在不快意的分手中，看到一个角色和一个曾经与我搭过戏的角色搭戏。最不好我们知道自己是一个配角，这常常令人伤心的，不问那主角是怎样一个善良人。在上海有一个长期的耽搁，多写一点信来，我盼望你们都能如我所望。就拿这当作一回游戏玩也好。我想这封信太厚了，等你们回信来，当有更长的给你们。

陈梦家，七月一日晨。

第二函

玮德：

　　一到家就落雨到今天，生活坏透了。做人都懒，只是等日子过去，等晚上来。想你一定进了医院，好的，我祝福你！一个有希望医治的人，比没有病的好，你得怜惜一个没有病征却是不好医治的，把一切希望埋没在一盘混沌里。

　　一个世界只看成一个好看的垃圾箱，丑的，杂乱的。自己寻不出一条路逃避这些腥味，挨近他，像一群苍蝇。你当然不知道我会怎样变成一条虫子的，不要再给我可怜了。

七月三日，阿梦，天通庵。

第三函

写给玮德的九姑，并给玮德病中细读：

　　我从杭州一个荒山里正好要回上海。住得太闷，要死，五日五夜只是向天发愁，那里太荒凉，没有声息。早上，一点新的气象流来，上帝，我笑了。先是一种预感，在晚上我顶害怕，帐子掉下了几回。正好一辆汽车停在这蜿蜒的山道上，我哥和姊夫来了，我们赶紧收拾起东西，催促年老气喘的父亲回上海。可是他，太酷爱这荒村，不满十家人，他自己偏要受苦，这是命。病得太凶，我一个人守着他，整天整天的怕，没法。可好，我们要回上海，热闹，你想不想荒凉？你的信就在那一会转来了。

玮德太可怜，为什么常常糟蹋自己，受罪。受"割礼"你能想象那多令人难过，出血的事我顶怕。告诉他，好好的养，不要尽伤心，我很念他。把人情只写在纸上，信不信由他。

我的文字，我的诗和说话，你欢喜，这个也叫我欢喜。可我不爱谁夸张，你不会。车子就要开了，来了亲戚。不写了，再见！

七月十三日，杭州城站。

第四函

玮德：

怎样回家的，昨天从杭站有封信给你九姑，写得潦草，心太乱。父亲病得太凶，只喘气。一个儿子的心纵有多大难受，放在暗里不说，对于年轻人因病所生的幻想是多近多可怕。幸而一切都好，回到家叹一口气，放下心，我只能喊天。乡下五日五夜在惊惶中无限的空漠，火热的天，原野不见一根草的摇动。蓝的天，黄昏时候苍白的火云，夜里那永唱不息的一种鸟，月亮更显得凄凉。一个庞大的空屋子里，有鬼，时时提神着。两个跳的心，父亲呻吟，我害怕。天一亮，又太寂寞了。

我不能相信今天再听见上海的风，读到你病里的信。你带来创痛的字眼，尽是呻吟，也埋怨。要夸张一片朋友的爱心，太便宜，你会自己想到阿梦的真诚。但是你，你常常把最好的友谊廉价的给任何一个人，这也是我，为失望的根兆。对于人，你浪费着许多恩惠的心,白等着人家给你一点恩惠。不要这样,人情是可伤心的,冷下心做人罢。

七月十四,天通庵。

第五函

  我记起三两声琵琶。
  从梦的边沿上走过:
  一粒跳熄了的灯花;
  像一曲歌挂在天河。

  我记起深夜在客店
  像听荒山里的落叶:
  空街上掠过那二弦——
  一双足迹跟着叹息。

  我刚睡在梦里,这里海边刮起大风,是一些带了凉爽却又凄凉的声息,我很懒。佣人丢一封你的信在我头边(我用席子铺在地板上),那信壳尖锐的一响叫醒我,我望见那一路梦里的曲子,这喜快,就在那恍惚一瞬间。我悄悄地走下楼来,想着拆看你信时在大风里吹过一路琵琶。

  因为这风,沿海边气候转成凉爽,晚上睡觉好像洗海水浴一般,软软的。身上也因此轻松下来,一点小湿气吹干了,除了仔细调治剩下一些疮盖,防它再发外,这讨厌的纠缠只能和我说一声,再会了。

就在这七八天内，要很幸和你们散步谈天，我只好早先在此地梦想：我记起鸡鸣寺，平常三两天去一次，和尚会为我泡顶浓的绿茶，无论在寒天，在炎日，落雨或飞雪，清晨黄昏，我都会孤零零地去坐半天，想。我尤爱冬天下大雪时躺在中间炕上烘火，看窗外的天，直到天黑，月亮照在雪地上依然是亮亮的。我度过不少疯子的日子，在雪泥当中摔跤，睡在满是雪的台城上。我回到家，母亲笑我一件穿了十天的长裳的后摆冰成一块硬板了。

我乘过天寒，喝了酒，发醉，穿过顶冷的尖风冒着雪走，我整夜走，倦了睡。如今那疯狂的日子我不能再想，那太惨。在这最近一个短短的日子，我又安排下一些不可回忆的光景——那总是在黑夜，两个人悄悄地在暗里走，落着雨，尽谈。那一夜在满地枯骨的山坡上仓皇的奔，那狗叫，吓人。但，这都去了，朋友，我不能再想。

这二十年，我安排下不少老年时代追想的悲剧，我有过诗写此情况。《露水的早晨》是一个春晨，露水挂满小园的冬青树上，我一个人走在那儿，看见白绣球树下坐着一个女人——那人我记起，曾经在深夜我一个人徘徊在这寂寞的小园中时，听见过她的情话，她的笑，我好伤心。有过谣言说有个冒了我名字的人写信给她，这事凭空使我生气，我有第二回碰到这事。但是天，我没有幸福，那时我只默着退走，我不说。

生命，我不能解释这是什么？我们一天不曾放掉生命，那埋怨也是无用，我们只好去求生命中或然的欣快，我们只有欺骗现存的一忽享乐。可是等末了，你走，什么都完了。

什么人，你想寻找宇宙间的奥秘，这是多事，永远缄默的星子,她告诉你这世界,这宇宙。用缄默解释这一切疑问,我说。

我只爱一点清静,少和一些世事生关系。我不能再存着妄想:这国家是只会糟下去的。人类我看了太浅薄,太丑,是难找一点情感在一些距离太远的人与人间。心,那就是最大的远距,两个心难有一个尺寸。

但我愿意停下笔不再写。是这秋天使我这样心冷,这样凄凉。我不要你多多看到如此藏着一颗秋天的心的信,可是读你九页的长信,叫我不能不如此写下了。

祝福你好!

八月二十五日,上海桃源屯,梦家。

第六函

朋友,让我这时候为你写信罢。当我从一个顶甜的午觉睡醒来,乌云凑齐了天,只留着近地的四垂一抹淡黄的光。这一忽,你听,细雨落在门前一片油绿的草上,那怕人的一闷惊电一声倒天的响雷。怕,又是一声。又是一声顶顶怕人的,像鬼爪,像一粒大炮弹打开天炸裂一样(我坐在三楼,几响太大的吓我跑下二楼母亲房里,一支笔丢在楼梯上)。起初是远处还有凝住半空的烟,飘得紧紧的旗子。但这刻大雨直注下来,满天是白灰色的糊涂。唉,要吓坏人,又是……

为什么雷直打,一提醒又给吓掉,刚才梦里我见了××在门房等信(我老是梦见在门房里等信的地方站住)。这一回,××是还好的,我想。天!又是那动心的雷。又是闪电,预示一个即刻就到的怕惧。这自然的残暴者,在这天色下大雨中用一种惊人的光惊人的响来夸傲一切伟大的无比的尊荣，宇宙的神妙，和天势的辽阔神秘的暗示，一种因果的虚拟，用天理来惩治人类的心，给善恶一条凶狠的判别。我料想这雷雨中有在露天行走的，有在遮阴处避躲的，有在茅屋里，有在大厦里的；那每一个为恶的人都暗暗的担心自己，担心神罚的降祸，还用一种即时忏悔的心愿求赦免，希望侥幸逃避了天数。但你不能担保除开这一刻里不有恶念的忏悔外，到天晴，谁又能害怕着报应，只管在现世上不拣手段的为恶博取私利。

村里的走道上积水成为沟渠，还直下。天可开了，又是白辽辽的秋色挂着雨的帘子。那惊人的事在一刻里逝去。平安写在那和平的雨声上，惧怕逃脱了每一个的心。

感谢上帝！我遇过不少大雷的日子，我纵胆小，我总还是坦然看那闪电的流过（好像七月的流星），那怕惧只是那响声振坏了耳朵。我不曾虚自担心。但我心上有过不少次雷雨的惊慌，忙着跳，可幸这一段短短的日子，从忍耐的底下爬出一片曙光。我是现在只有那白辽辽秋天的季候，行走在没有风沙的荒漠上，寻找那空漠和辽阔。

在雷雨中，我写成这四页信，好算一首写在散文里的诗，那随你读。

梦，八月二十八日。

雨小了，我抽一支烟，没有刚才那紧张的和平。这时是平淡中的忧郁，担心一些世俗上的小牵挂，为一点自己小小的骄傲所生藐视金钱的仇怨。我被家里一些人用一个当头的窘迫来谋害我的清高，叫我低首伸手去拿，我愿意？这上面我受罪，我刻苦的做过人，不叫这事使我有一点子不快。但是到今天，我真怨恨这天。我即刻要到南京和你们握手，就在下礼拜；但是天，这时候我不能讲定真来不，我为此很忧心。但是你们等着，我一定来，我决定好一号（礼拜一）早上离开上海，我想不会不能，要不然，二号晚上一定会见得你们。想起这短促几天就来的欢聚，我又私心欣快了。

我不是没有一个好的境遇，我没有好的好运。我太不拘谨于一些人事，这些放浪为家人所深不满，我没有力量去索取我以外的东西。我真是害怕再一年我要走在自己的路上，我怕没有那本事使自己不挨饿，怎样才好？

撇开这些不说吧，每一个在世界上总是不如愿的，世界就是一个"缺陷"的契合，一团不满。我能猜到你有，一定不少，这是天命。

我们得走开这些麻烦，在另外一个天地中做人，找出自己的趣味，也不虚做了一世人。尽管有尘世以外的超境，在我们跟前，一闭眼就到。你能深切了解这空想的安慰。

我是在一切没有希望的追求中不找灰心，我有一点自己的呆想维系着这生命的残危。我有勇气创造自己的世界，离开这目前的困难。于你，我把这自信的小模型放在你的跟前，你能领略这快慰：好像云游一个仙城。

第七函

从××××那处回来，走累了。看到你的信，玮德的，我不说，心里直难过。和一个朋友在霞飞路一家咖啡店里谈诗，念海涅的抒情诗，一回来，这轻快的心情完全丢了。剩下这说不出的不快，一种平凡的烦恼。昨晚大雷雨，吓死人，我做了一首诗，今早清晨六点钟我走了一段林荫的小路投出一封长信寄你，回来我捉回一件故事，写下了。但是现在，这清澄的黄昏里没有了年轻人的愉快，我告诉你，这忧愁的心。

我念着南京，恨不得早一天来，到了也一样枯索，我早料定。为什么你要走，为什么你有着这样纠纷人事？不要告诉我，这一切都使我苦，我不能想。我在一号一定来，倘使没有一定的理由不叫我不走。那晚上，我们可以再见了。

那么你再有什么要说，你统统在那黑夜里倒出来。我实在不能在这季候里做人，受不了。告诉玮德，信收到了。我就来的。

八月二十九日黄昏，梦。

第八函

玮德：

我九月一号早车走，倘使事前没有不走的理由。恐怕是，我只能带给你一副忧愁的心，不要太奢望我，这可怜的朋友什么都没有。

只是整年病，叫别人也难熬。我怕人再提起一大堆恼人的事，一个不良的心情使我如此。但愿黄昏，不把一个可怕的黑夜带进我的心里。

梦，八月二十九日。

原载1930年12月《新月》第3卷第3号

狱

在这古城的角落里，有一处苦恼的小天地。那里，已经是被世界上幸福的儿女们所忘记，给天上的鸟讥笑。没有一些风吹进来，那只是立在四壁的高墙，那一块青天。太阳光懒散地挤一挤献媚的白眼，唯有愁人的雨，像哭泣一般滴在屋盖上。每一个幸福的人会永远想不到这里，在他们偶尔经过的时候，就以为这便是世界上一切不可容留的罪恶的坟墓。

连春风也吹不到的牢狱，那里是阴湿，暗淡，幸福的哭飞不进这里面，因为那是罪恶的门，快乐是应当被关在门外。在夜晚，月亮是间或为慈悲这般罪犯而射入一些银辉，可是当他们举首仰望一块小青天，永是望不周全那纯洁的明月与众星。

在这里所存留的，不是光，不是热；愉快和幸福被锁在他们的梦想中。只是日子是不幸依然在，使这些无事的众囚在阴湿的牢狱中而无意地数看太阳留在残留水迹的粉壁上的影子一点一点的移动。日子是再长没有，一分一秒是多迟慢地像不会移走的摆动。

日子带着这般恶徒向灰色的绝望里走，那高的墙隔绝了幸福的国度，春天的雨，秋天的风，他们都可从寂寞的天空里用不会钻住的耳朵自由的听得，知道时候是循环的变更。但是世界上的事情，如像掌握天下的是谁个用武力和诈计得到了，他们又有了什么法术去欺骗百姓榨取他们的血，囚徒们全然不知道。只是他们一天明白一天，他们是要长久住在此地，纵然他们是被诬，或是在良心上已经深切的忏悔，这便永远不为人知道。他们的冤枉和忏悔会没有人知道，他们的罪将永远不会洗净。这是文明国家所赐予罪徒们，使他们的罪一天深似一天。

我听说：上帝给予好人使他更好，给予坏人使他更坏连他原来所有的也没有了。

永日所处的看不见一株树，连一只鸟也不轻易飞过。在牢狱里他们只想到，世界总还在，日子是不息的行走，除非有滚滚的水流进来，才会觉到洪水的来临，但是日子究竟带了他们往哪里去，那是无疑的要痛死在这里。欺人的妄想不容易盘在心上，那仅是噩梦的惊醒流一串泪。

夜里，偶尔会看见突飞过天空斜落的流星那才是可欣喜的异事。在秋天的夜里，除了墙脚下虫的低鸣，天上几粒星残缺的月，以及凄惨的断雁以外。一颗流星会使囚徒们更其知道宇宙间一种新奇的变动和美丽的闪光比西子湖的夜游更其可贵。于是希望的魔鬼就轻轻地从铁窗里爬进来，给他们一些谎语的安慰。他们就玄想：这一颗流星恰好落在牢狱里，将生命与痛苦——现在，生命与痛苦连锁在一起——同时消灭。

但是，他们会看见第一颗流星的降落后，再看见第二次的流星。

这是一座死城。每个囚徒被别个与他一样的人利用许多人把他锁住，日子久长后也惯于让时间在他们不思索间溜过。

在文明国度里这是一个小小的圈子，人不知道，也无须知道的，就是被法律所处的公平的刑罚，就应当永远的受罪，永远是罪人。

被剥夺了自由的恶人——他们与生俱有的自由用罪名消灭了——就渐渐地因为许多次的想求解脱而变成更其罪恶的疯狂人了。他们明白，他们心的忏悔是无用的，反而害了自己。法律是绝不原谅人，使他们永远不会悔改成好人。那就是，要他们一天一天在行为上与思想上犯罪而死。他们是永久疑惑这拘束是从何而生，这拘束是不是要他们变恶？因此这疯狂的思想就使囚犯们高声的喊叫，用头去撞铁栏。终至于觉悟两只手的挣扎无异于去触火链，那只有举首望一望青天流过的浮云，听那些不曾关得住的风声虫鸣。

在牢狱里的狱吏们，有时有比囚徒们更恶的良心。只是他们有一柄刀，这小小的尊严就有权柄任意束缚人，恶虐在他们的手中是不犯罪，因为他们是监督犯了罪的人。狱吏们有他们的律法：就因于他的憎恶或是气愤随便处罚一条疯狗一样，不犯法的用着皮鞭铁棒抽在可怜已经没有毛可以遮蔽的肉体上。他们的耳朵被虐待的惯性聋住了，就再不听到囚徒们流出血的哀哭。有时候，酒醉后的欢喜，或是在外面得了女人的爱心，就宽恕囚犯们而贪求一时瞌睡。

在这小圈子里，像死一般的静。狱吏们野兽的火眼和叱声，与囚徒们的屏息。

白天晚上，这里是强暴底下的死静。

只是，在每一个强暴底下安静的囚徒心中，一天一时从无理的残暴的压迫之下所累积的一点一滴增长不灭的怨愤，像风前的烟炉吹起了火焰，是如野火燎原的云起。一杯过满的酒必然要溢出在杯子的边外，一个囚犯的心是被过分的残暴以至于疯狂了。

就如像鱼沫间或的点破静水的安平，轻易的叫扰，痛哭，怒骂。会不会有一时像海中的群鱼一齐浮在水面颠覆了渔人的船网。

不过，强暴终是在没有锁链的人的手中，狂风常常被困住了。

每一个早晨，好的太阳。每一个夜晚，美的月亮。这死城里是死一般的静。

然而在受镣铐的囚徒们的心中，有一件不被拘束住日益滋长的东西，那便是思想。在日与夜的间暇之中，思想会渐渐地生出火花。难保有一时，一种狂爆的声音会冲破这牢狱的死静。

原载 1930 年 1 月 16 日
《国立中央大学半月刊》第 1 卷第 7 期

某女人的梦

在此地，我忠实地叙述这某女人不幸的遭遇。但你聪明的读者，你不必再惋惜。

老实说，这世界上是平凡中庸的人才得幸福。那太美丽的女郎，那太聪明的文士，常常会没有人敢去爱他们。或许是一般人想爱他们的人一定很多，更比自己平庸的更要好，这一些聪明的和美丽的竟然会蒙着绝大的不幸，在孤独悲哀中度过他们美丽的一生。并且，一样的荣耀，至死被一般平庸的卑下的称颂和羡慕。

平凡中庸的人，在他们平凡中庸当中讨取一些安静的快乐。他们有满足的心，有稳平的生活。因为他们不求顶完美的，自己又不是顶丑陋的。这样他们容易寻到他们的对手，而天下这样的对手也多。所以我说在似乎坏似乎好的当中的人，是最最幸福。

我自己，太愚拙的人。在众人的面前，我是个呆子。就是因为这可笑的呆，我是很侥幸的不曾留在平庸人的队伍里。也有人会夸奖我，说我是聪明的年轻人，也有说我美丽的。然而这都是枉然，我不知道怎样的用一些物件和方法来修饰在我自然的美丽上，使这些天生的美丽会蒙上一层凡俗的泥塑一般的灰尘，显得出是用各样触目的颜色拼拢的，散出用各样的奇怪的气味。这样把祖宗所流传下来的美和真，会掩藏在看不到的地方一直到死，把一些人做的东西敷在人的面上。不但如此，他们会利用他们的聪明，将老实搁在一边，去想尽了的许多伪饰的笑和轻佻的话去迷惑一般同是用这心想待人的人，互相说爱，因为他们用美貌和金钱的分量放在天平上称过。这样，各个人自己欺骗自己的丧尽了良心。

我是，一直孤零零的到现在。但在我寂寞悲哀中，我自己骄傲着。我不曾是平庸的人，我不曾忘记这天下人都忘了的良心。而且我有一种像颠痴一般刚强的志气，宁愿终身孤零着，我不用欺骗的心去骗人，谎自己。

现在，我又知道在结婚的天平上，美与钱是需要持平。倘然你有智慧，那是很轻微很轻微的。这里我所知道的一个可怜的某女悲哀的事，便是为了这缘故。

这某女人，她很可怜。天生抓不住一些美丽。她是一个中年的人，一身丰满的肉使她很难于行走，成了又粗糙又肥胖的。在她的大学里，真可怜，她成为一般年轻人所取笑的事。然而毕业以后，因为学问好，留校做一个清闲的职务。这一些很丰富的收入，本来很可以自由取乐了。但是，她为了她腐旧的家境，使她这因循的女人的思想受了束缚。在这束缚中，她像平常人一样的存着一种美妙的希望。这便成了她悲哀的种子。

既是一个女人，她就最好嫁人，不嫁人似乎是一件很可羞耻的事，似乎是这女人所忘记的一件事。而且，众人的意思，女人不出嫁该是不大好的。尤其是在应当做这件事或已经过了这时期以后的女人，仿佛含着些可以指摘的道理。在这众人意思之下的女人，她们大概都不大会忘记这一件事。只是要等候一个时候，也要寻觅相等的人。我想，在这其中便是女人悲哀的时候，忍痛的隐守着这难以抑制难以说出的悲哀。

你去随便问一个女人，问她什么时候结婚，她一定是闭着嘴笑，或许红了脸。她回说你：说她不要听这话。或许，说她不爱嫁人。倘若你是聪明的人，你就明白她们是在等待一个所等待的时候的降临。

这可怜的某女人，她正是或许已经经过应当做那一件事的时候。以前，她何尝不在留心寻找。然而，在她可以寻找的一般人的当中，那些人也都是在他们像样智慧的人的当中寻找。只不过他们在他们所寻求的女人的当中，拣选更美丽的相貌。因为拿这一些可以表现他们的骄傲，而且他们以为女人的美丽就是这女人的性情也温柔，一定也聪明。这如像盲人想象香的花一定美丽，一个孩子会去嗅纸做的假花。

这可怜的某女人，她就是那一阵女人当中被挑选而遗落下来的末屑，在她的寻找中，人家忘记了她。因为她没有使人记得的地方。一个年轻人所记得是标致女人的美丽。于是，在她痛苦的等待中，一年挨过了一年。

她的哥是一个忠厚的教师，真算很尽了他为人兄的职分。他关心地为他的妹子寻找男人。在他的同窗、同僚和朋友的当中。一个男人固然很想早一些娶一个好的妻子来，而且一个既忠厚既有本事的人，可以安慰一生，也不愁着儿女们读书的事。可是这一般男人都一样地这般想着，这般盼望着，也同一样为了同一样的原故失望。这可怜的某女是不是知道这缘故，我没有能力推测，但她却因为累次累次的不成，反而更急切更热烈的盼望这一件事。她幻想着总有那末一天，那末可幸的一天，她可宽一宽向来是空虚的悲哀中紧张的心，向着人骄傲。在她含着复仇的意思的骄傲中，她会向着人群冷冷的一笑，表示她虽然经历了许多痛苦，却已经很喜乐的尽了她女人的责任。

许多女人都是与这某女人一样，她们常常或者说永久不会绝望的。总以为有那末一天，那大约必须要来到的一天。她们的希望会出现。因了这思念，她们都极其安心地耐心地等待着。

会在她们痴心的等待中，使无情的刻候轻轻地无声地飞过。会在她们希望的梦幻中，使美丽的青春偷偷地无影地脱逃，当她们回首她们的青春的时间，将有丝丝的悲哀从天空中落来。

这某某女人，她不该去寻取太多的智慧，因为这反而使她受苦。并不是智慧一定就是使人受苦的；不过若然是她这样人去寻取智慧而不去取乐，智慧是一件苦恼的事。她于是在她的苦恼中，依然将她的生命栖息在一种奇望的梦想里。因此，她一直很寂寞很艰难的等待到如今。

但是，有许多不曾出嫁的女子，她们很安闲的度过她们欢乐的日子。她们自己极其骄傲，骄傲她们自己的幸福与她们美丽的青春。这骄傲仿佛像珍惜。却不知道在她们骄傲和珍惜之中，青春不曾珍惜她们，这她们真是毁弃了她们自己的青春。

这一些独身的女人，她们有更美的趣味。她们没有牵记，没有挂念，随着自己的兴味游乐。一身轻爽的毫没有累赘。她们知道世界上男人多没有真心，正像她们没有真心待人一般。在自由的国度里，她们可以不去尽女人的职分。那职分是痛苦烦恼堆积，做了母亲便成了奴隶。并且，她们若是有一时觉到要更轻松愉快一点去依赖一个男子，那也是一件容易的事。所以，这一般人，她们把青春在骄傲的笑语中溜了。

这一些人真是幸福的，使一些狂情的男人任她们愚弄，在她们骄傲之中颠倒着。然而,她们自然也须要有可以骄傲的地方。就是要她们可以嫁人,人家亦很想娶她,而她为了自己的幸福,为了自己的青春,要在青春中寻取各样的趣味。不像一般的女人的愚鲁,她们不听男人谄谀的话,不去跟从一个要跟从到终身无味的男人。更奇怪的,就是这些女人,她们情愿做一件缺德的闲事——也可以说是好事,因为也有人感恩于这般仁慈的姑娘。这就是,把男和女,从不相识而联为一种相亲相爱的情况。

这可怜的某女人,她真侥幸寻着了这一些骄傲的女人。这一些骄傲的女人也会乐意的搭救这些来恳求的人。在这种女人的地方,你可怜人容许你一个利益来拣选一些求偶的男人。

这些求偶的男人与这些骄傲的女人的来往,就为了这道理。很明白,就是这般男人都同具着一些聪明,在此地可以得到另外的奇遇。这一般的男人会献殷勤是不用说。他们当然逃不脱凡庸的圈子,在求美丽的。不过在他们君子的口吻中,只求女人的温和的性情和能干。

这某女人,她极其得意。不知怎样的,她常常来与我的姊,和其他一些人闲谈。我的姊,她似乎多是一个仁慈的人。她很怜惜这样一个女人。这某女人她常常来谈,在她闲说的言辞中,很容易流露她的一些悲哀。当人家打趣为她说媒时,她会含着羞耻,却又有些惊奇的欢喜和企望,把这事认真起来。但是,一直到现在会使她从她悲哀的心中,捡起她累积着许多幻灭的失望的痛苦。

没有希望的人,他们的痛苦是在寂寥所取得平淡的无趣。然而,那怀了热望而失败的人,从欢乐的幻想中惊醒的痛苦,是几乎不可以言语形容的。

我的姊，她真是仁慈。关心人家的事胜过自己。这可怜的某女，她或许要流泪感恩。不久，我的姊把这某女人说媒给我们的一个表舅。这人是一个眼科的医生，不知怎样的，他竟然在一个大口岸上做一个忙医。前头的妻子，为了一些什么缘故离退了，他新近来说要寻一个忠厚的家妇。于是，我仁慈的姊，她便将这份残酷的礼轻轻地赠予这某女。

这某女人像狂了一般的欣喜。她心想世界上依然不少有求人品好的女人的男子在，更不少有为人做好事的女友。以后未来的幸福的幻影浮现在她的面前，那以往的悲哀因了这新的希望而灭绝。

这如像一阵温和的柔风吹来一阵轻微的花香；但不久，这一阵花香又会随着这温和的柔风飘浮去了。

当我们言笑中谈起我们未来的舅娘时，她会抿着嘴振荡着她肥胖的肉笑。这不幸的幸福的梦的网子渐渐织成浓密的，使她在梦想中忘记了自己的一切。于是她开始修饰她的衣装。

真正的美丽在于天生的自然好，修饰会损毁她更好的存在。平常不好看也不难看的女人，一些形式可以使她好看，但不一定就是美丽。然而难看的女人这真是一件冤枉的事。不修饰也好。倘若你不自量的要使她好看，那会显出更丑。这是上帝的不公，把更丑的给予那企求美丽的丑的人。

我对于这事私心为可怜的某女担忧。我知道小表舅并不是一个老实人，他并不要这样忠厚的女人。但我仁慈的姊，她真是顶明白，她用她贯于冒险的神气做这事，她以为凡是她所想的大概不至于错。所以，她叱责我，说我太多事。这些事不是我所懂得，也不是我所应当管得的。

不久，我的姊写信给这某女所希望的好男人。告诉他有一个既忠厚又有学问却不十分好看，而是端庄的女人，她愿意这事情若然好，这一方面她可以想法。事情是可幸的，他说他愿意先通信做朋友，并且急切要看一看这女人的像。

这真是一件糟事，事情的失败早已可看出影子来。因为这某女人所缺少的正是这一张像样的像。我并不是刻薄这某女人，若说她是端庄似乎也有些对不起她。但是，我的姊从经验中得来，说这男人不一定在面容上求人。

我从我自己的经验知道。没有一个男人有这样好。

这某女人，她把这世界幻成一个多美丽多完好的天堂。她常常在静时闭着眼睛梦想中寻取乐趣。她常常是快乐，一有闲暇的时候，她都消磨在离奇的幻想中。这些幻想她相信就会变成真事。于是她自己也奇怪，这世界真变了样，一切都是好的。她深悔她从前的悲哀是自取的烦恼，这以后将不会再有。她又想，这一次真是决定她的一生了。

以前的记忆她都忘记，那一些都没有空缝钻出来打扰她。堆满许多金黄色发亮的美丽的幻想炫耀着。她一想，就似乎有一盏明亮的灯现出来，于是她见到里面闪烁着的天堂。被这一种所迷惑的狂人，她真忘了形的愉快。各个人都大概都知道，大半却都是盼望，她将嫁为一个医师的家妇。她也因为想了太多，总觉得事情是十分有望。所以对于人家的取笑不曾羞耻，还觉是一种应当享受的被颂的荣耀。在她回答人说"没有这些事"的笑语中，是流着骄傲的气味。她私心地以为人家暗暗地说她的事是顶荣幸的。

然而，这可怜的某女人她太狂了，必然有悲痛就将降临于这不幸的某女。她不曾认识这世界，连这世界上坏了良心的人。至少，她存着愚拙的呆想，以为一百个坏人之中，不一定没有一个好人。而且这正是这一个医生也说不定。这可怜的女人，希望迷惑了，结着脱不掉的牢结。

有这样的一天，这样一个可怕的一天。我知道快就到，不带着预先的信息。一切希望会轻轻的飞去，剩下那一阵从迷惑的空想中所丢下来的沉痛的悲哀。这某女人的梦幻，将等待到她郑重寄出带了她心去的相片只放在手里就退转来的相片，像一阵狂风忽然破灭。

她会因此痛哭，因为她受了人和希望的欺骗。她会因此厌世，为了这许多灰心以后唯一的希望也会消灭。然而，这女人似乎并不多这些感情，似乎就是她可以赞扬的精神。她不会把这罪过放在我姊的肩头上，依然耐心地点着头听我的姊说这男人的不好。

不久，我们在家里又提到这可怜的某女人怎样焦急的，求偶的故事。我的姊她重新夸说这某女人的美德，说着虽不好看，也不算顶难看。她说，依她想，给我们做嫂嫂。我们的大哥耸着肩膀笑，不自然的笑的当中似乎都是轻薄。他会像他平时一样的欺骗，带着可厌的声响说"好的"。

这时候，在我们居留的某海滨地震起来。我说事情真奇怪，莫不是这某人怕伤心有意摇摆她肥胖的肉惊感了上天。我于是再使劲形容这某女的相貌。说倘若早知道事情难以成功，就早休了罢，免得这某女人空起一阵梦想，她这可怜的人再伤心是作孽的事。

老人家是关心着儿子的事，在这样繁华的都会中，一个年青无室的男人是多危险的。妖艳的女人的色香会迷惑了这年轻人，以至于疯狂的去追逐这一些美样的相貌，不惜抛尽他们的金钱和气力。一个忠厚有学识的女人来束缚一个心思不定的年轻人，是一种近乎上策。而且，成家立业是男儿应尽的职分。而且，三女儿一向是家中能干的人。既是这样关心弟兄的事，总不至于坏。所以老人家抓着胡须轻快的笑，说，这事也好。

我再辩说，说这件事若然不成真会缺德。而且现在的男人在象貌上留心，这某女人的学识反是太好了。大哥不是要人家为他着急，他有自己的力尽。并且他理想的梦，现在似乎走在真的方向。再用不着拿这些玩笑的事说上题目来。

老人家平时多信服我的话，以为，这些事让孩子们自己去做。这样就把这一些可以避免的不幸在言笑中轻轻的搁浅了。

许多时候，把这些事都忘了。这某女人也不很常来。但忽然又像一阵风吹开春天的碧绿，在这某女人的心中又织成许多希望的迷惘。这使她忘了以前的事，又做着未来的梦。

在这某学校里，我的姊和一个同事花子与另外一个忠实的男同事（花子的同乡）谈起这某女人，把这一件事再重新幻化。因为他们都从他们的智慧里，寻着了一个可以配与这某女人的男人。

这人是一个可怜的丧偶者，与花子同乡在另一个机关里共事。一个饱经世故的矮胖的中年人，有一张会说话的嘴，有一双能走百里多路的腿。只他的圆脸上，有一些不平的窟窿夹杂在他从耳跟拖延下来一丛常青的胡须里。曾经在他家乡带领过兵，在中国革命的时代，也打过一些光荣的战。也曾经过许多年数的体操教师，因为他很强壮，还是谈体育哲学的人。这一些，我听人讲。但我于他，虽无须去佩服他的学问和能力，我却很以为这是一个又强壮又勇敢有毅力的丈夫。

我遇着他在一个客寓里，我去寻访我一位可怜逃失了妻子怀病的先生。他也在。那晚，他很痛快的谈了一些女人和结婚的事。他以为：女人不要多大的学问（或许以后这件事是为了这），要健康，要朴素，要不难看。他需要一个平凡的管家的人，不要知道离开家务以外人。他很感慨现在没有一个好的女人生；要有的话，只有在那某学校教某课的某人，这是指着我的姊。他却是无忌的称扬她健康，说她怎样教授得法。总之，是说她好，而且很好。我沉默的，暗暗的笑。

此后，我常常遇着他。我问起他的婚事，他会摇着头捏我的手说"孩子，不要说"。我也是不顾忌的问他可认识那胖胖的某女人。不？这意思，他明白。他笑。

这以后，他渐渐知道我是他曾经说过的某人的兄弟。他很谦虚的来请罪，说他并没有什么意思。不过她，他是一向佩服的，因为她能用健康的力量感化一群顽童。这些学问与我不很近，我是不懂事。

我告诉他，应当早早的寻偶。这是人生的一件事，一件有趣的事。某学校的同事，都是善意的关心他的事。人家的盛情是不当轻易遗弃了。花子的同乡和其他一些人，都以为有一位与他相等的忠厚的女人，他只摸着粗糙的脸粗糙的笑，我想他似乎不是不愿意听。

于是，这一件事，由于谈笑之中告诉了这两方的人。

他回说：如其有如像他们所述的那样好的女人在，那不妨先做朋友看。至于他拣女人，是要健康，要朴素，要不很难看。这三样事，跑腿的朋友认为适合于这某女人。因为，这某女人的肉特别丰满，正是健康的。朴素是不用说，她不甚修饰华丽。至于不甚难看，近来她都穿着得入时，而似乎也是相称于那男人。

这样，事情是从传说而演戏了。这某女人，从许久的沉默中像长夜里等待光旦一般的又迷离的现出新的希望。她重新笑，像那某一次得意的笑。却不曾会想到会不会有像那某一次不幸的降临。

有一个时机，她的哥来与这人会谈。以为这男人再好没有：有思想，有经验，有口才，又有好的官做。他觉得这是妹子的幸福，所以他感谢了那一班关心于他妹子的事的好人。

一个愚人信盲人的话，算不得奇怪的事，这某女人这样地热望那男人并不是她的过错。要愚人不扰愁或妄想，就要那盲人不去骗她的灾祸或运道。

事情就如同隔一层壁话，或者是我看见你，你不看见我。两方面的话是不敢轻，也不敢重。重了，怕认错了人。轻了，对了好的不曾留地步。这样两方面在这可上可下的地位，说不定的话。预备好结束，也防着不要脱落。

然而，在他们的当中，幻思苦了他们。这某女是见了那男人的，但那男人还不曾见到这某女。她想，他一定看见过她。而他以为这些人为他留心的大概是很好的。倘然好，事情自易成就。

存着这一点骄傲，他觉得先要大家会会。然而，至今我以为惋惜。倘若世界永远存着梦想的人也是幸福。只是一般人会丢弃这在精神上的，而求实现的悲哀。因为欺骗蒙蔽着欺骗，会是侥幸的。若然你轻易的揭开那一层细纱，你将不耐心看见人的心涂浊了颜色或是腥气散出来。

我就轻轻的说这一件必然有些不幸,痛苦的神已经在立着。我想,少管点闲事是积些德,不然使人家屡屡伤心,是作孽。而她们,以为我是不懂得事。就是不成,也可以试试这男人的心是好还是坏。

各个人会唱好听的歌,只这些不曾是他良心的声音。

在某一个晚上的酒席上,那某一个男人与某一个女人和另外一些人相集。这男人并不怎样,心里稍稍的惊悸一下。某女人也明白这些,也无心再喝酒。

于是,席轻轻的散了,正如像这件事也悄悄的忘了。

十八年六月五日夜深,写于京门平舍。

——我写完这篇,我要郑重的说:没有这件事。我是多做梦的人,但梦也容易忘记,像来得也无影踪。或者,我自己似乎觉得,仿佛是一夜梦中的事。

倘然,这梦不幸也有人相同或相似这件事。这不是奇怪,我也欢喜,因为辛苦所写的也是人间多少的苦痛。若然有人要怨恨我,这是多余。我是无心,况且我是可怜这可悲的。而,上帝也把这事弄巧了。

但我想,这些事也或许有,也或许很多。倘然真有,我会凭空悲伤。哪知道,这悲伤是免不掉。

然而,我告诉你,你可怜的女人。倘若你真像这可怜某女一样,那末,你得要仔细想,人生的道路或许不止一条。还有更多,也更好的。而且,倘使结婚的梦想寻不着你的幸福,在智慧的国度里,去追取更美的生命。

我极其辛苦的写成这一些零乱的叙述,当我醒来的早晨,我抓着不少脱落的长发。但朋友说,这不像小说,不像散文,更不成诗。这是无须得,因为我也不知道怎么才写的。

阿梦作后再记。

原载 1930 年 1 月 16 日
《国立中央大学半月刊》第 1 卷第 7 期

一夜之梦

　　索索秋风的晚上,我知道,夜已经深了。我将要睡,用我疲乏的一口气吹灭了闪烁的烛火。一阵响声,忽然推开我的门,朦胧里有一个人进来。我细细估量这是怎样的一个年轻人:散乱了的头发,微胖的身材,衔了一枝烟卷;更隐约地辨别他宽大的灰袍,褪色的裤,太长了,覆在蒙尘的脚上,他的领口袒开不曾扣好。从这些色形在黑暗中的移动,我分明这不相识闯入的夜客,他懒散地拖开他的两条腿,进来,站着,用一双手在抓住他缭乱的散发。

　　当他猛吸那支烟卷,一闪微光里印现一张苍白的圆脸。半天,他立着不响。一缕缕的烟绕在这空虚的黑暗里,浮游一串一串虚幻的圆圈。我为这突来的奇遇所迷住,正想清一清神来问,却仍旧在观察这幻境的变动。一声沉痛的细语钻进我的耳朵。

　　——死,我要去死,让我在这晚,告诉你我的故事。

　　这句话使我吃惊,这真将成一件可怕的不幸的事。我看住他,却说不出一个字来。看着,那烟卷的火在黑暗中一点一点的移行。那分明,他是在走,往门外走。于是我不知为了什么,神秘地张开我惺忪的睡眼,拖上我的破鞋,跟着他走。那门外,秋天的夜是这样凄惨,天空寻不到一颗星,一点光。擦过我的耳朵的是一路路的风声,还有那沙沙从树枝上落下来叶子的响声。我在黑地里,茫然的跟着黑的影子走。停在一棵柳树的下面,坐在一口井上。他是那样叹息着,低下头想。静里"嚓"的一枝烟卷的火又在他的口边闪着。

于是他开始叙述他的故事。

这是末一晚,我在你跟前吐出我的心胸,告诉你我那些悲哀的往日的故事。这真是不幸,要无辜去寻死。自己知道,这罪孽是我自己寻讨来的,再不用埋怨天,埋怨人。你明白,我是为女人死,唉,女人这东西,我不知道为什么要有?她害了我。在当初,我只是一个天真无知的小孩,但年纪使我长大,使我知道我应当去爱人。我就听从了那些因为年纪所听到的声音,说"你去爱女人罢!"我就像疯了一样,轻轻地丢开了我的灵魂,忘记了世界上比这更要紧的事情,用我年轻人狂奔的血,去追逐那些留在女人脸上的眼睛,眉梢,以及那轻笑的口。在十九岁的春天,是那样的天气才遇见这样不幸的事。一次小小的旅行中,杜鹃花开满的山野中,我遇见她。就使我想起那一天桥下她生媚的眼睛曾经抖动我的心,也就为这迷幻,忘了她从前对于我的渺小所赐予的轻蔑,那时候我也年轻。于是我把我第一颗爱女人的心给了她,学习了年轻的男人对于讨好女人所有的丑行。

在那些金色的黄昏里,我是做着我幸福的梦。纵然这梦有一天会醒转来,我希望这梦再长,再久。从她可爱的嘴流出那些宝贵的赞美:我的沉默,我的聪明,还有我的诗。啊!这可咒诅的,是她金色的谎语,我无耻的听了。我的沉默,那里藏着我像野兽奔行的血。我的聪明,是我用愚拙的技术,夸张自己的小巧。我的诗,那是蛇身上的彩纹,这样去诱惑一个女人。

那时候，我犯着年轻人的颓废的病。我看见这混沌的人生，使我厌倦。每一个人昧了良心用谎话去骗取幸福，人与人之间永远是存了这虚假的事。我是那样的厌恶世界感伤我自己的飘零。而这可爱的女郎的影子就轻轻地跳进我的心，说出一句神秘的话："你看啊！这里一个美丽的人在哩！"虚空的心坎里填没了这美人的影，我笑我自己，从前的愚拙。

许多连续的晚上，那可贵的黄金的夜，就在谈笑中悄悄地飞过她的翅膀。那一串串的心跳，一阵阵的笑，在我青春的梦里织成美丽的罗网。在灯光下，促膝细谈一切细琐的事，说到她怎样耽误了自己的青春。啊！那不再转来可爱的夜，那时我真埋怨过太阳。

她坦白，说女人们多是虚伪，爱虚荣。她们不说出心里的话，发出假的笑。她们妄想高贵的，要想自己挨在高贵的下面。她又批责那般男子，对于女人们的殷勤，随后的变心。只是，她轻轻变换口气说，我不是那一类人。唉，我可怜的一生，谁用手抚过我。我是预备着给人责谴，讥笑。

有一天，我记起了。她说到日本儿女殉情的事。

——就为了爱，一齐跳到那无底的海中。

那时，一群的妄想围拢我。或许有那一天，我和她一同死在海里面。

从前我看见世界里只是我一个人，但这时成了两个人了。一天到晚，我的思境中她的名字和脸不止的跳跃。每晚，熄了灯以后，她才始送我出那一重厚大的黑门。门外索索的风，和那黯淡的火战栗的闪着，闪着。

春天厌人的雨，在那时候却是好听的音乐。我像一只愚蠢的飞蛾向着灯火挨近，丢开了一切，在那小小的火光下面做梦。她的笑，像一片深云遮蔽了我一颗明月的心。在她眼睛里，我恍然寻到这世界的神秘。她就成了我的影子，在梦幻里或是清醒时跟随我。那才不幸，一直到如今，我是懦弱得一定要跟了她走。

在那一天，我的天，为什么把这幸福的果子赐给我。使我不再忘记，流下泪来追想这起事。然而，上天，你的恩惠仅是那一天，忍心把我活到有像如今不幸的一日。那一天，不是，天是那样好，花更显得美丽，就是那春风也够多情了。那是第一个春天，我知道春天好。在那里，第一个女人爱我。

经过一丝丝柳枝的下面，我和她，谈到男人，谈到心，谈到女人。

——女人，是最会变心的。像一池水，她不经意的忘掉那曾经落下的影子。在笑声里，她忘记了别个人。（我说）

——可是，我却不是这样。我不会忘记你的，孩子，你无用疑心，我是一直喜欢你。（她弄着花说）

那女人的胆子风也吹得破的，我跨过井栏走。

——我怕，不要这样，真会跌下去的。

一个男人，他有勇敢，不会掉在一口井里。只是女人的心，像海一样深，一块石子丢下去就不想再看见天日。

我想到这层，又使我烦恼起来。想到自己微小的生命，不要如同一块石子沉在海底永远翻不起一点泡沫。

——我心里想，我怕是一个短命的人。（我顺口说出来）

——不，我会比你先死。说不定，你为了年轻，日子长久就要忘了我的。

——但是倘若你不死，你一定到一时不再喜欢我的。（我说）

——你不要尽想，我不爱听这些话，一个人，不要在梦里，呆想到这是梦。没有来的日子，就一定是苦恼的吗？一朵花，不在她盛开的时候思虑到谢落。月亮，倘若没有缺过，她不会在十五的日子里显出她格外的光辉。

　　这样，我是一天一天陷落了。为了思索，在幻想中捕捉那般莫可以得到的虚事，徒然使我渐渐的憔悴。一个蠢人，为什么要想到多远的地方去。看着星子，你再多玄想，就看不见天上有一点明亮的光辉。在幸福的梦里，就会想到在幸福的背后躲着的鬼。世界上就有那般愚人，对着太阳想到黑夜就惊怕。但是聪明的青草是不曾想到过有秋风。我是不幸生成的愚人，在欢乐中为一些去不掉的过分的幻想劳苦而疲倦。枉然使好的日子飘过去，是一阵再也不回头的风。我就屡屡想到可笑的细微的地步，甚且把女人想到向下，而使我恶性起来。这样的人，给朋友讥笑也是应分。聪明的人，他们知道怎样享乐现在，女人的笑在他们当中是可贵的宝贝，再不虑及有一天因为隔别而掉下泪，那无妨，天下也尽有别个女人的笑来填补偶然的伤心。可是我，往往在现在的"笑"里，疑心到未来的"哭"。我是异常狂妄的要实现我的妄想。我企求的是一种"永久"，这"永久"就使我永久困死在梦想中。我想到，一个女人要爱我，永远的爱我。并且我说，那恋爱是性灵的神合。朋友们，当我一个疯子，说：世界上的人都是肉，肉里面是永远寻不着一点灵魂。水当中是不曾留得住一块银屑。而我呢？我要逃脱色和香，在我的理想中，在痛苦里得到一点超人的爱情的真趣。一切现实的必然有限止的地步；而在精神里，存着一种不牵涉色肉，不计较形体上的得失的，觉不出任何滋味，永远长久捉摸不定的神秘的爱。唉！这可笑的梦想。

在人群中，站在有泥的地上，这思想是魔鬼。就是把现在的笑轻轻地让她溜走，而抱着未来痛哭。终至于一无所获，而被黑的魔鬼抓住丢在死的火焰中。唉，我不幸，得了这医治不好的病，日夜在虚幻中，疑虑中。在忘记快乐，担心未曾临到的灾祸。那些灾祸就会临到，倘然你真这样的想。疯气一天一天的跳进来，我变成一个不安心的人，思想到不得转来的半空中。而疑虑像一匹癫狂的野马，分开我的心用力奔跑。

对于这爱我的女人，我生出疑心。她像冰冷的待我，她像火热的爱我。她不说她爱我，或者就是不能用言语说出的热爱，因为女人是用眼睛唱出她的情诗。但或许她不过是一个平凡的肉作的女人，谁人不肯在她爱的人面前说出一个金黄的"爱"字。唉，女人，那简直是一口井，测不出冷暖的井，看不出深浅的井。井里的水是女人流动的心，那像一面镜子闪忽了人影，而欺骗一个呆子跳进井里淹死。那完全是虚空，一面假的镜子。一个陷阱而等候一块石子掉下去翻起一阵水泡，发出一声响。我转又想这爱我的女人，果真她是在爱我，那一定又会去爱别人。月亮的光不光照好人，一样的照临恶人。

于是我疑惑，这无须用的疑惑，有一天这女人要离开我去爱别人，用那对待我的假话，笑，去对待那第二个可怜的男子，像第一次一样。这思虑整日整夜的在我头脑中旋转，把我拖到怎样一个困苦的处所。我就无故地拔了两条腿在她门前徘徊，当我见了她我用两只哭肿的眼睛向她的笑脸望。这刹那间丧失了我的聪明，我把女人不爱听的话告诉她，纵然这全是真心话，但女人是爱平平淡淡的过生。一个男人过于钟情或是为她死，她们就最不喜欢这类人。

——告诉我，好人，有一天你会忘了我罢！（我说）

她迟留，那眼光定睛望了我这可怜的疯子。像含了怜悯的笑，一忽那自尊的心重始使她变成一位庄重的女人。她不回答我这句话，如同没有听见。

女人，谁个不爱快乐。人的口是专门为女人发笑所用的，在平时她们不爱有一些儿烦恼。但我是渐渐地显明我的疯气，一天一天的忧郁下去。

——为什么整天这样忧闷呢？我想要你快乐一点。（她说）

——只是为了一件事，无用说得的年轻人的病。（我回答）

——你看见的世界太小了！有好的人在，等好的日子来。

这好的日子在哪一天？也许，这日子在我临死的那天。

口，这是一件不尽忠的东西。心里要守住的话，往往如河水决口一般流出来。一个男人的心事，是千万不可以告诉那女人。女人，她要听你那虚假的话。一个人的真心话是要说给自己听的。但是我把这忧郁的原因不提防的说出来了。

——阿！这全为了你。

她受惊，眼睛的火光里射出她的惊惶。她想，这男人是可怜可恶的，年轻人的热血和力，应当放在有用的另一方面，绝不是在一个女人的底下流泪的。

——那，为了你自己，在我想，还是少来来罢！

这又使我明白，我又做错了一件大事。岂不是令我更伤心？在前几天，那些放肆的说笑，却不会走到忽然可以转变的地步。而且我强迫，用纠缠不清的方法来要挟，要她在呼我的名字前头加一句话；那分明是有太阳，她不肯在阳光下面露出她脸上的桃红；这应该问在没有月亮的晚上。况且爱情，可以用你的手你的口无声的说出来，一句话是无用的。在一家私人的医寓里，我不是琐琐不止要她说出一句话。这一句话她明白，有太阳她难说。也就看清楚我这不懂人事的孩子。

　　这一些，我都知道。那不怪她，这样无情的舍弃我。也许，真是为了我好。但不幸这天正是我的生辰，一种细微的声音切切的问我说。

　　——这女人是不再爱你这疯子了。

　　我气愤得张开我血红的眼睛，那男子的光辉重又在我头上炫耀。离开这女人。我告诉她，不再来了，或许，这是最后一天站立在世界上。她为这事惊吓，跟了我出来说了一串我不曾听清的话。

　　回来后，我睡在床上哭，用我的眼泪来洗刷我被欺的伤心。那七八天的功夫，我除非讥笑我自己。但是，"时间"将一切疑问解答了，倘若不是，那一定是女人的心天天变。在有一天，她和我同忘去了那从前，在湖里面她唱歌给我听。

　　是三天以后的一个晚上，这平生，难忘记的一日。那是灵魂这魔鬼欺骗了我。我对着人，肉做的女人，像对待一座玉石的女神，向着她的神光高声颂赞。那一件有趣味的事，在我的心跳中，妄思中，不留意的逃掉。那一晚，天上没有星，更没有月亮。在黑暗中，她要我同她经过一条小黑巷，本来是无须走过的。

　　——阿！太黑了，我怕。（我这样说）

　　她走在前面，伸出一只手挽住了我，我就，满抑着烦乱的心跳，挤在她的身边。那手，冷冷地，又是那样温柔。她的心分明在跳动，和我一样快，一样乱。这正是没有太阳的夜，连一盏灯也已熄灭，那是一个好时候，来试行可以脸红的趣味的小事。然而，那思想乱麻一般的充塞我的脑中，我理不清一点心来爱这女人。我们走，走到巷子的底碰到关闭的门又回转来，又是那样默默地走。这，这可咒诅的灵魂，欺骗了我。

这成为我一生的缺憾，为了我又时常痛悔。可是在我不幸必须想起这一晚的事，我自己骄傲曾经做过一件不同于寻常的行为，纵然是可痛心的。就此渐渐知道灵魂害了我，但对于她也无可奈何地欺骗自己，教灵魂受冤枉。

为了过虑，狂饮，我病了。我满心相信她会来，用手来抚摩我火热的额头。她不曾经说过？倘然我有病，她一定来看我。于是我望她，望她来。门外柳枝子沙沙地掠过石阶的细声，一再教我伸起我困倦要死的腰来看门外的人。那只是静，风在吹，倒在石级上一条条柳丝的影。

黄昏告诉我世界上一个谜：女人的话不能相信。

春天晚了，叶子更其深，说夏天亦来了。那"日子"的追迫，如无形中妒忌与诽谤的箭。我就悄悄地走了，在末一晚，我告诉她为她所受的枉曲。

——不会忘记你的。（她末一句话依然如此说）

那命运带了我到海滨，到海滨，我还要等候她回来，这里也有她的家。她果然来了，不给我一点信息地来了。那天，天那样黯淡，我终于去寻她。她出来，说：明天到别处去。我转身带了将要落下的眼泪气愤的走。我就再不曾说出一句话。

从这以后，教我如何分得清她的心。我又走，在一千里外的山谷里躲住，我盼望她会有信来。但那都是妄想。我为受欺的耻辱和这不信的女人所气愤，我终于举目望不见我日夜梦想中有灵魂的人。这世界，似乎只存了我一个人。"死"伸出她慈悲的手领我走，我就惘然告诉她我要死了。

当一个人在未死以前，必然仍有数千遍的疑问。死？不死？我想想：为一个负心的女人死吗？那些细微的声音发出"不，不，"的音调。在溪旁，我徘徊，望一望天，青的草。迟疑着，终于不曾死。

一天挨过一天，我是任性随便的活着。我再不想去思索一件事，就在迷糊里过日子。秋天带给我一些清爽；我极其喜欢，就是"忘记"这样东西渐渐的爬进来，我自己觉到轻快。对于过去的癫狂自己发笑，这可庆贺的复活的青春。

当我回到海滨，我怀着新来的好梦。生原是梦啊！这无可贪恋的梦。在那一天，天晓得，也会有这样不幸的一天。那一阵飞来的声音刺着我的心说：

她死了！她死了，死在我到山村的途中。

如今，她重又来扰乱我的一切安宁，像真有鬼似的天天追赶我，纠缠我。这鬼，是没有一天捉摸到，那是更令人骇怕了。唉，灵魂，恐怕还是有的，看这烟卷，这末一支的烟卷，不是星星的火光，是她的眼睛，在看我，问我。我，我真成了野兽。纵然是，那也是有灵魂的野兽。唉，疯了，我疯了。就去死，这完了！

十八年十月二十日晚，南京中央大学。
原载 1930 年 1 月《新月》第 2 卷第 11 期

某 夕

天快黑，外面刮着大风，吹起迷眼的沙子，到处是。

没有点灯，我坐着等，是近黄昏的时候了。

一个女子要来，在等着，我自然想起她了。

好像很久，确是离开不近的日子，就因为此故，我一点不怕想到她。就从一个屋子说起，那房间的号数大概记不十分清楚了，那屋子只是暗，且潮湿。我们三个占据一只朝西的角落，二张半床（一张行军床挤在墙角里给另一个人在白天当椅子用的）围成功小小一个城圈，我们住下来了。朝北一个窗子，当前一棵大枝大叶的绿树，遮住大半个窗槛，纵是有太阳照进来，显得多幽美，我爱极了。

是那一棵树的底下，我们三个人可以面对面看见。那一个借住在这里的部员，顶温柔，虽则起初一来我欺负他，为他能容受这轻侮，我倒和他十分要好。瘦瘦的，戴一副眼镜，常常笑，笑出好看的酒窝。但是这些清秀的面貌不是他的好处，他安分做一点平常的事；此外，他不想女人，是为我们所不能及的一件德行。

这年轻的部员安分的按时候去做事，不懒，亦不丧气。他是好人，就现在，我一点看不出他有什么坏处。晚上他回来，带一些小说躺在行军床上看，容易瞌睡，就那样不理人了。还有我要说，他和我一样患胃病的，却是他爱嚼着糖，他常常吃。

　　此外就是一个法科学生了。我要说，这人是十分体面，会说话，会办事情。虽然不时要患眼红，有一次又害了疥疮，那不是常事，除了走路有些不同的姿势外，这人是可说给一般女人所喜爱。有一点我不大喜欢的，是他张开大嘴狂笑的时候，那声音的屈折使我惊奇非凡，但日后一过久什么都变熟，这慷慨的年轻人有好多好处为我知道。

　　有一点因缘，先前我们都同在一只中学里念书的，班次不同，现在偶然碰在一起，像是很好，我们用一块单被做门帘挂在两张木床的中间，算是走道，辟成另外一个天地，点一盏灯。

　　从夏天搬进来住，已经是秋天了。那一棵窗前的树渐渐的给风刮完了叶子，我们能够透过粗干子看见天，看见近近一座小山上一幢破旧的塔，从山顶蜿蜒下来的一条路，两旁栽着的小青树，变黄了。

　　落着雨，我们容易听到叹息，在黄昏天快暗的时候，一种凄惨，绕着。在夜晚睡到顶黑的时候醒来，听到掠过屋角那南方雁子孤独的叫声。想到自己。天是黑。除了雁叫，望不见东西。

　　这一伙人天生放浪似的，都爱喝酒。我们常常有小小的筵席举行在这小城子里，部员喝一杯黄酒也脸红，甜蜜地笑。那一个法科学生抖擞起喉咙唱戏了，音调像很响亮，但我不懂。

　　秋天的早上，很凉爽，却不顶冷。这三个年轻人有同样的习性爱做梦，瞌睡到早上是不大醒的。等到一大排脚步从门前杂沓的拖过时，才想到起身。那年轻的科员赶忙在一堆帆布床上的棉絮里转一个身，摸索他的那副搁在桌上的眼镜。法科学生也用手擦那细小的眼睛，先在嘴唇上拍着小声响，一纵身坐起来，他喊我，念出那要上的关于某一类"法"的课程的名称。草率的做了晨间的事。

我撩开帐子带着为某一类事的思索所遽醒的神情看窗外的阳光。温和的光彩里三个蠕动的人，都像惋惜这清爽的晨间被糟蹋了似的，感到漠然。

我们就开始一天的事情，都是无趣，直到晚。

三个孤独的男人，说到女人，就起劲。有些夜晚，使我们为着季候所生的忧愁，唯一的消遣是纵谈。各人有主张，多爱直说，等到熄了灯这些事情才平静。

到秋深，各人的脸上都已苍黄，谈久了常常空着一大片的空白，大家缄默。一些年轻人总想找出一些事情做，凭空幻想。

这时候我们正忙着演戏，法科学生×当然是入了伙，我也在。有一两个起劲的人干这玩意。总不如意的是没有女人敢来，像是一大队狼等着什么事，小羊子吓跑了。

在一间楼下，好几个年轻人在等，×和我抽着烟，谈笑。正想要散伙的时候，一个女人的笑声跟着一张粉白的小圆脸，一双媚眼在这室内生了光。

就这样演起戏，×和敏子搭了角色，我为怕羞，只能承下演剧时杂务的小事，但走去看他们素排，是常事。

有一些不大舒服的心情常常给我摸着，我忧愁起来。这些事早被×和部员知道了。

所排的戏一个晚上在一千多数的黑眼睛前头演成了，有嗤声，有笑，有鼓掌。我在后台看见一些女人脱下红衫，走来走去，寻一点水果吃。一个女人认我是夫役，我穿了灰衫，任她骂，我并不作声。还有其他一些嘈杂的事情都使人烦，发昏。可是敏子笑脸里一双大眼睛,我渐渐觉那里面放着些什么引人的东西了。

闭幕后,敏子和×喊我走出人群到外面花园散步。

我不说谎,那是多好一个月夜。敏子在走路的时候渐渐放肆了,捻了手,还常常故意为石头绊跌倒在人怀里,是不止一次了。我们拣在一条长靠椅上坐下,一棵藤树的弯条挂成一个幕在我们头上,天有点寒,坐得紧。听到那大楼里锣鼓喧响着。

听她说自己的身世,她有一个不好的家,不要她念书。还有一些幼年漂泊的事她都说了,我们能够看见她那双聪明的瞳子里含了水气,而我们,心底下暗暗起一些悯惜,是不可免。

想象到一只可怜的小鸟,没有好好的巢,我们为此分担了一些忧愁。可是在小径上缓步时那温柔的手,教我怎样好说,早就心跳了。

离开一些日子,天好像落过一回雪,冷。一次在路上我又看见她,她答应下我所要她做的某一事,远远地在一棵梧桐树下望我,我有些迷惑,有些恐惧。

那晚上,另一个法科学生来,他平常多会说话,会抽烟,会笑。但今夜落着雨,他淋了一身湿,变了色,他郑重地说话。他说着,用眼睛瞟着我。他说有一个男人写了一封信给敏,给她家知道了。他骂这男人,说这事妨害他在某一事上。

我不愿多多叙述这于我极惨的一晚,我坐在自己的座上不响。听这另一法科学生和×切切在门外说话,并且愤怒。我用非常的忍耐等候这一个人的去,我走了出来。

天黑,落着雨。我一个人走过一条没有灯火的长巷,我到了邮局门口。那些光景我不能细说,我恳求一位有一只肿青的眼睛的邮役为我检出下半天寄出的一封信。

我是极其惶恐回来，撤回一封信，一颗心。

于是那件事我不愿再想。×和部员给我在此事件后若干友谊的安慰。在病中，我渐渐搜罗旁人所告诉我关于这女人一些下流的事，关于革过命的某城刚刚换旗子的不久以后，这小女人如何和一些坐汽车的军官来往，以及前此后此许多近于卖身的丑事我都听到。我略略以此宽慰自己。

到春天，有一件事×不能再瞒我；他也不。一棵大绿树窗下的小小的城已经散了伙，留着我一个人。×得着许多方便和敏子做了一些男女上的事，我很知道。这些都不使我怀恨×，他自然有胜过我的好处，那是他的聪明，他知道洋服的穿法。

部员和×，与我在友情上建筑得十分坚固，为这小事件我们更其融洽，这些男人所禀赋的天性，我们没有失掉。

×和敏子的爱，是达到了敏子所能给的某一给付之后，知道敏子所需要男人与她相当的另一物的给付，且发现敏在这行为上同样与其他男人做这买卖，他停止这项交易。

敏子就渐渐不听闻了，隔了很久。

那年冬天×和我们分手的晚上。×告诉我们，他要离开我们这一伙单身人，做丈夫了。他还做了点使人难忘的事，那一晚，他哭了。那也是够伤心的，在我们这一伙人想：这样年轻就去做一个父亲的事，总是太早了。

第二年春天，×还没有念完大学一定的年数，他虽不曾卸下一个大学生的名号，却在家乡兼理一种特权机关的委员和部长，他做了那个城池第二位的小皇帝，我们自然很庆幸。

他做了官；做了丈夫，又做了父亲。

初秋时我们又聚会了,他那个儿就长得十分合着身份,只是那笑声没有变,我仍以此取笑他,他也不恨。可是他在性格上变成一个对于世事熟手的人,再没有年轻人很蠢的忧愁,是很可惜。他并知道一些礼节,关于杀人的事他说起来并不怕,他并告诉我这些乱党的罪恶,该死,我都听了。

可是我并不在一个朋友的主张上计量,每一个人会随机择取社会上某一种出路,那些主张只为主张自己。我是很纷乱的,不大有主张,不用那一理论为拥戴的目标,要社会好,是人人所愿意的。大家都净说自己的主张好,是无非为自己利益打算。

不说到这些。单说 × 忽然又和敏子有些来往了,有些破费。且看见敏子睡在他床上哭。(但这回,是不比从前,敏自己明白)

为这事我并不十分留意。一个女人哭,总为伤心。敏子的伤心我能猜到一半,她是被一些做买卖的男人看定了:"这个不正气的商人!"而她的同伴,是一半为了社会上人对于敏子的不齿也不齿了。

敏子一定有烦恼了,我想。

白天我还见到 ×,晚上他接到电报回家了。第二天下午我正贪好瞌睡,有电话叫醒我。

我下楼去听,一个女子的声音。告了她我是谁她才说话。她先说到谁的病,问我看了没有。说到和我认识一人的事。再问到最近一张影片好不好?她要看。再下面,她略一停顿问 × 哪里去了?我告她 × 回家去,为家中有人病,恐不久就来。接着她说她日内要来看我,要来"玩"。

一个女人要来看我,没有什么事情罢。来看我,来"玩"。这是实在没有可称"玩"的事,我一个人瞌睡,抽烟,写点文章，要一个女人来玩什么，我笑了。

在从前，她可以来玩，教两个心跳，教脸红，再教……现在呢，这些事不能做了，钟停了摆是很寂寞的。但我也想到她无非问×的行踪，来玩也许有别的玩的意思，不能一定。

第二天第三天她都有电话约定我某夕来玩，我等好了。

不是呆等。我一个人想。

在黄昏，很温和的，没有比上静下来想一事再适宜了，是等这小女人，就想到她。

一想到这女人曾经使我羞愧，真气愤；我应该不再睬她。但我总有那宽恕一切人的软心肠，对于人坏，只可以怜悯了。一个英雄，不为季候在他心头上感动，这点不是易事。一女人在某一制度下被捏成一种典型，是无可奈何。给风气所诱惑，诱惑人；那一点不能抵抗外物的心，当是无用。然而应归罪于她以外一切使她如此的原因，也非无理。只把一半责任怪她。

要是我只怪她忽略了她以外的事，不大对。

如此想，把念头转到影响于她的种种制度。但毕竟这女人是变成制度下一个坏模型的东西。

我就有了勇气试试一点自私，似乎无愧于心。我是可以"玩"，像她"玩"人一样。我点燃了一支烟，为等她来。

那就这样做，顺手拿一支烟来，点燃了，等烧完；或是留一半丢了，让别人拾去用。或者是把一支烟来丢进痰盂里。

但这种种方式都不宜。不应该如此。我要等着这机会来，把一大篇话告诉她，说到她真的受感动而掉下泪哭。我相信，我能。我把一点拯救的意思告诉她罢。我当她一只小绵羊迷了路，指点她，一条正直的路。

为这劝人为善的心思所激发,我想一篇说话。

可是我继又想到一张纸折了皱纹,你用什么方法去压平呢?这是难题。

我把一个黄昏想完了,这女人不曾来。

天黑下来,一大队脚步从楼上响到楼下去,是吃晚饭的时候了。我不再往下呆想,听到窗外刮风,有点冷。

原载 1931 年 4 月《东方杂志》第 28 卷第 7 号

七重封印的梦

这男人他在呆想一件事，这事他新近才明白这点神妙的趣味。凡是新奇的，那都含了欺诱人的香气。后来他觉得世界上还有什么比灵魂更高贵的，那可断说没有。只是在他的年纪忽然跳过二十这数目，就恍惚他的眼睛有了改变，一样新的发见使他惊奇。他看见女人就莫名其妙地心跳，一半为了害怕一半为了有一种古怪的欲望在。这种新奇的事生出趣味，是慢慢地侵占了整个的心。再看不到灵魂这宝贝，一块块又鲜又嫩的肉他都觉得带着香味和颜彩而且心想试一试。

在他身体上就有那么一种力量在冲动，在轻轻地敲他心壁，命令他着手试一试。他自己很明白一件新奇的事是必须尝试一会，说不定有意想不到的乐趣。一个人若然永远没有一股勇气向着有危险一方面探试，将永得不到一点另外未尝过的风味。事情未曾遇到过，至少是新鲜。就是新鲜，也够教人冒险去试行。这男人知道这道理，他搜寻各件事，盼望得到一点不同的趣味，他是费了气力向每一条未曾走过的路上走。在那不熟的路上，免不了碰着一块石子，或是掉在沟里。每一条路不都长，短的就令人乏味。所以他存着希望尽管好奢侈，但是每一到全都明白了这件事，就感到灰心，事情都太平凡。至所谓新鲜，那只是存在做着那梦想之先。对于女人，他应当说是一件才上题目的事。往天,当他看见一个女人的背影时,他是异常满足地只赏识了背影而离去。在他想:这就够了,倘若一看了脸,说不定会是一副丑脸,那不如不看,得到圆满的臆想,而使得不失望。他看一看背影就满意。所以,每一次都得到美的臆想。可这近来,那新奇的冲动叫他朝另一条路上走。那不就是说,要转过去看一看那女人的脸。

他就开始进行这件事,祖先遗传给他许多聪明:他很明白要怎样在眼睛里唱出情诗来;其次,一双手是用来表示心里要说的话的线;一张口那是无用说得生成代替说一个爱字而挨近女人唇边的宝贝。(这宝贝更能发出一些好听的哭,一套生光的谎话)于是他向人堆里插进去,在寻找姣好的伶巧的一张脸,细的腰,和轻佻的步奏。一些些小的失败使他更聪明,更精练。这小伙子就逐渐熟悉关于此类的手法,乃至极精微的。

他因此学到几件法术:对于女人要略微带一点虚假。因为他想世界若全是真,那就平凡得没有一点稀奇。唯有躲在虚假的背后才有许多更生色更有趣的情事。一有假,世界就光怪陆离,而且美丽了。(也无须管得这美丽是不是刺人眼)爱情也就如此。次之,他知道要怎样在女人跟前显示骄傲,如此可得到高贵的女人,也便当的使女人屈服了。

可以想到,不久时光他已经寻着一个女人。这女人生得好,那样温和。尤其是对他,格外的体贴入微。在当初,他认真地为自己夸耀,像不存专心一样的来应付这女人。但在松懈里他聪明地扣了一个结,不使这事情落空。自然,那夸耀使女人迷了眼,她走进一步。然后他不肯放宽一手的时常和她游玩谈天,从这当中寻一点机缘,一丝缝,好乘隙前进。这才是用苦心的时候,那必得要仔细做，就连透一口气也要留神。要在女人前面不露出一毫令她不喜，令她不信的影迹。倘然你要进一步，不要使有退一着的危险，纵然这危险是必得踩过去，但总要小步走。在进展之中，切要提防倒退。这种进难，停留又不能的焦虑，才是爱情当中的最大乐趣。

渐渐地，靠着机会好，在那一次她几乎滑跌，一双手就乘势伸过去，甚至于过分的抱一下腰。除了她的感激，是不须有半分担心。他喜欢，这事情有了头绪。破了例的事是再顺手没有。于是，在那黄昏里太阳没落的时候，还不曾点灯，那黑暗给人做坏事的一种机会，也成了一种暗示。就用一套热火火的话来荡动她的心，不知不觉里用两张嘴拼成一个爱字。

这进展中，他更精于习练说谎话的嘴，说出好听的香的动人的字眼，总使她糊得不露一线细缝。在作为上，还想先使女人自己发痒，受到暗示自己跳进圈套。

在两个人假的话假的笑的当中，堆积了拟造的"真情"。这男人相信这女人是在爱他，在为他颠倒，他心里又好笑又欢喜；只是他更聪明的是他并不真心爱她，因为他早就不明白什么是爱，为什么这对于某一个女人的美丽所生的欲望的坏心就是爱。而这女人，心里骄傲拿这美丽的肉也够上男人的一点皆迷；她可以以此卖弄她的风骚。于是这两人，都是自己欢喜，自己胜利，拿自己的巧妙的伪术的成就互相推测。这"朦胧"不说穿，是无上的神妙离奇。

这种"自足"使两人爱情更快的进展，到了猛烈的地步。单用口说出一个不出声的爱字是不够他们的欲望，每一个人心里存好一种主意，试试更进一层。这冲动自然而然地来催促他们，使他们的血流发烧，心头跳。这男人，对于最后一步是更谨慎的等最稳妥的机缘。这女人呢？她觉得总似乎要慢一步才显出她的高贵，因为头一次是更要稀奇，更要珍贵。纵这事情破例以后会继续行，头一次总是不同于其后。这又似乎是把身体比成一张纸，一折过来就印上一条再也压不平的皱纹。因是她早定当这更大的事情要等待对手，那只是等待而已，对手一提起就承受。

　　男人是细心的，这一步是不能走快。爬上山顶而滑跌，是要滚到山腰。一回失利就很难再进攻，则此非一试便得手不可。要如此，非等最好的机缘来才行。在白天，说出这事是躲不过太阳光下的一阵脸红。在晚上，讨厌的是多了一盏灯。要自然的使灯熄，最好是靠风，或是让油烧完。

　　那一晚，天飘雪，跟着刮风。她坐在火炉边烤火，算定拿"天下雪"做理由多迟留一会。一个人在犯一件罪或是做一件坏事，总要找一个理由来推托，好宽恕自己的良心。明知这是只好宽宽心，那也何妨就当真。她心里盘算着，天冷真该多留一刻。钟一次一次响过，他们像都不曾听到。直等那发出最多数次的警告的时分，他才想到应该开口。他就说到雪天难走，于是开开窗看情形再走。果然雪飞得真大，风也响得厉害，又可怕。他正要回头说话，那一阵好风吹进来，吹冷了灯火使屋子黑漆漆地。真是晚了！他俩都带着抖声埋怨。这埋怨多少又成了一个理由。

　　这样冷，这冷的天，挨近了女人的热气是应分最舒服，这聪明的思想立即跳进来。他想到前一晚，被梦所欺骗的白欢喜。他迅速地燃烧起那欲火，来冒险走那最末一条路。

　　于是，他抖缩缩地挨近她，不说话。在空默中，一个心里的话穿过黑暗的海传给那另一个。一些时候的静，说明了许多的话。他们像闭了眼睛似的牵牵强强糊糊涂涂地逐渐走到那梦想的事，在无声息中成熟，天更暗了。

这是天生造成的罪孽，每一个男人要想在女人的身上用血签成一个图印。这表明"爱"有所专属，证明事情的完成。可是这就是一张宣示人生平凡的供状，这就是一张葬送了神秘的契约。这是破毁了理想的尖刀。这是一把钥匙开开了一切神奇，而见到粗浅的陈列。

他们俩才恍然大悟两人以前的种种用心的举止无非求达到这末一着太可耻太下流的破坏。这成了一个图记表明终止，而完结了所有趣味的梦想。从前可贵的秘密，就被这两个探求秘密的罪人放跑了。

他们悲愁，再不能进展到更好的一步。这男人不满足，而女人也不顾忌地显露出她胸中不有半点趣味的真话。于是他离开这女人，走到各处人堆里。经过同样的步骤，得到一样的平凡。为了那精练的手法，也不曾因为失败而感到回味。于是他不禁再回顾看他过去对于灵魂的痴想，他真的笑了。

十八年十二月十八日雪夜，小营。

原载 1931 年 6 月《文艺月刊》第 2 卷第 5、6 期合刊

五 月

　　五月，季候正是初夏，白的黄的月季花开了。天气却是变化无常，还不时要担心到受寒，有时候的太阳又会累到人出汗。三个月来江南一带隔着三两天就是下雨，街上的灰尘一忽干了一忽又泥泞了。在晚上，气候转到阴凉，像早上一样地感到薄寒。我住在一个倍大的城市里——一个都会，近傍一块九十九里周围的营地，在平时，晚上躺在三层楼的床上，从窗口看出蓝天里的星子。抽一支烟，在冥想一些空幻的事。可是这两天，窗外是漆黑得分不清天和地的疆界，那一阵阵求偶的蛙声，容易使一个年轻人感伤。时间就常常被荒废了，没有一点兴头写一首诗。

　　在这种下雨的晚上，我只觉到不安。一个人落寂地坐在一间小房子里，对着这灯光说不出一句话。我似乎在等待，等待时间的过去，而时间又仿佛在等候我的进行。心总是漠然地，一个晚上在昏昏迷迷里度过了。这时间，把一切兴趣都赶走了。等到可以睡觉的辰光，让那不止的噩梦来宰割残余的灵魂。

　　日子是这样不小心地被糟蹋了，我反而常常烦恼。想到自己堕落在不可自救的火焰中，总望掉下一行眼泪来赎罪。心是变硬的，无论是清夜，细雨或是夜鸟多么凄凉，我是长久不哭了。性情在年岁上变成异于往日的古怪，我常常拒绝一切交游，而孤独地活着。我晓得一些朋友在气我，像我在恨他们。这应当原谅的，我是对于一切都害怕了。整天用两条腿在各处走，神情是飘然的，而且有了风采似的。就这般从太阳出山一直到天黑，做了一个极清闲的人。自己是一天比一天懒，恨不得有一时不知觉地睡倒了，永远不起来。

但是从噩梦中我被仇人杀了又醒来，依然听雨落在窗子上，身体轻浮得像魂灵飞掉一样。每每是如此妄想：安静的睡了，等第二天的清早自己的魂魄寻不到躯壳才好。偏偏第二天还要听见第一声的鸡叫，看见太阳又照进来。我还有什么好说？对着青天，我只有叹气。

于是我走起来，充实我的胃。用我的右手梳齐我的头发，把那风尘和风采一齐装饰在我可贵的美发上——这曾经被女人所称赞过的。一件四季的蓝布衫再穿上，我出门了。自然我不敢再望一望睡在对床那可怜的年轻人，苍灰的脸一天比一天难看，他在小小的摇篮里蠕动地干的那一套什么把戏。我已经看惯，使我不敢再看了，他那一双失神的白眼乞怜似的向我望。但是我能给他什么呢？我告诉过他叫他不要再睬我，我是一只残酷的野兽，感情把我烧焦了心。他喜欢夸张。喜欢谈欧罗巴和中国的大事，喜欢谈治理人和做人的方向，喜欢从嘴角溅出泡沫来，喜欢用苍白的手打响桌子。这可怜的人！可是我完全和他两样，我是僵死的，爱一点永远的空虚和静默。我自己知道，我是朝着死的幻象中走去。这可怜的人，连一点怜惜的心我都将没有了。我厌恶，他那心里对着我的感情烧着贪婪的火！

我一个人出门了，我经过一条池塘，水是盈满的铺满了不露缝的青萍，小小的刚脱了尾巴的小青蛙黑黑的米小的两条腿在池塘边跳，这是那永夜鸣噪的青蛙结成的子孙。在我的鞋子下无声息地死了，在我回头一望的时候，那前面的又活活泼泼地跳进我笨重的鞋子下，死了。小路上，怪难看的蚯蚓在湿的泥上爬，使我的胃翻动，我只好不看了。然而这是每个早上所遇见的小动物。

我走过一条桥，这是一个整齐的花园，露水亮亮的挂在冬青树上。那飞鸟我不认识他们的名字，在天空中飞又叫着。白的大绣球开着满树，从远处我隐约看见一点红围巾的颜色。这该是一个多好的早晨，紫藤花和木蔷薇都开着，而这应当不是一个人散步的地方。

现在我是一个人了，我记得清楚在去年的五月，这五月的园子里，我是曾经触破我的手摘过一朵花给一个人的，她是走了。看到花比去年长得更好，露水又新鲜的，虽然有点子凄凉，但不曾落泪。想到隔几天刮一阵风下大点子的雨我会快乐起来，地上一定掉满玫瑰的瓣子，而憔悴了。想到时光会使人老，使人死，真真使我畅快。一个年轻人所骄傲的是他的年纪。但年纪总是不久长的，这一点不错。

看看白绣球花躲着的一条红围巾，我好笑起来。这样好的五月的早晨，香的花，新鲜的露珠，鸟的声音。

中午有一种困人的空气，这才最好有一次瞌睡。我一点也不推却，等抽完了一支烟，慢慢地让我的眼睛闭拢来，于是我给好玩的梦穿过我。一些时候的不知不觉使我忘了我的世界，这样我真轻快的在别一个天地里走了一圈。太阳也是不久长的，那恼人的细雨摔碎我的梦，我醒来已是近黄昏了。

我摸索我的生命，只在自己的记忆中忘掉了。我的胃在启示我应当做的事，凭了我的身份我去赊了一餐饭。幸好天又暗了，太阳这回从西边出山,红红的,却是温柔。有一点风在吹,我走过那爽快的光线里爬上一条古老的城墙。城墙的石缝里长出好大的树枝,也有几朵野花;这颜色写着过往的历史,关于英雄或是美人的故事。我徘徊在古城上。城外湖水里芦管上飞着野鸟,还有那云彩在我们的头上走过。夕阳不久留了,它沉落在地平线的下面,暮烟蓦地从地面升起了!

于是我恍惚看见夜的翅膀在天空中飞,恐怖的话标在黑天上,城墙的缺口处伸出引诱的手,芦管吹着超脱的歌。然而在明亮的灯火之下,一千万只的眼睛招呼我,像要流泪一般的可怜我,我从黑暗中讨回我的生命,我回来了。

山坡下睡着许多过去的人,他们的气息逼近我,讥笑我。呵,呵!同那风一齐放声大哭。他们一阵说:回来啊!回来啊!我有一点生气,我不回答。孩子们,耐心等一等吧!

我完全虚空的回来,却是异常轻快。坐在我的椅子上,吐一圈圈的烟。忽然我想起那愚蠢的小女人,她一定在灯光下埋怨我了,她的心里刻着我薄情的符号。实在的,一切浅薄的笑和肉的闪动使我厌倦了,我连一点兴趣也没有来玩弄女人的青春。让她去寻更好的对手,在相互的欺骗中完成那一幕喜剧。我的职务在监守我的秘密,等到那可以买卖的心拆开她花花绿绿的包纸和商标时,我必得分手。说一声再会!

因此我离绝了这小女人,她不曾严守她小灵魂的秘密,全盘的用各种丑陋的手术想掩饰那浅薄的心,我早看清了。让她去伤心,不问她诅咒我成什么样子。她用一个平常的商人的目光来和一个心的富有者论价,那一定要失败的。这些在灵魂上患贫穷病的人,不在她们的眼泪上估量价值。

我已经疲倦，把我的手写酸了。不要常常伤害自己，所以我必得再去做梦。在白天，容我一个自由的在幻想里徘徊。在晚上我听凭上天给我许多更离奇的境过。这是两个世界，我就跨在这两个有趣的世界上生活。

但也许我真会伤害我自己，说不定我很快地走进第三个国度里去。一位朋友对我说：梦是一只消耗精神的老鼠。然则我真贪爱两个世界——甚至那尚未来临的第三个世界。也许这是一座桥，渡到那第三个世界。

于是我愉快地停止我的笔，逍遥在我的幻梦里。

十九年五月十七日雨夜，南京小营北。
原载 1930 年 6 月《新月》第 2 卷第 12 期

青的一段

于此我将以诚实的态度叙我二十年的生活，这些日子我自不能引以为光荣，因为可鄙弃的与耻辱的正多。我唯从事于老老实实地把自己的过去供呈于读者之前，不渲染那些似可夸赞的，也绝不掩饰那些卑微可怜的，我相信，只我自己能知道自己比别人清楚；一个外表上处处不留心而易于暴露自己的人，往往容易给别人猜错，就因此有多少人（甚至于最近最亲的朋友）也会对我生出许多误解。我不是喜欢把自己拿给人看，因我自知只是顶平庸顶卑微的，我凭什么要在诸君之前显扬自己的陋处？我想不必。我既没有天赋特异的才能，而我的一段生活又没有多少令人警奇的事故，你们爱看奇险的峭壁和急流的水，天上幻变的云彩，火山喷出奇伟的岩石，对一条小小平静的河，你们将只感到平淡，不能刺激你们的神经。但是小河尽管小，这小小的水流有它的源头，这平平的水流也一度经过小小的风荡起细的波纹，落日与朝阳照耀过它，杜鹃夜莺的歌，也一齐听过，它享受的快乐和忧愁虽是极少，可是平淡也不少有它的过去。

我还以为：我不是仅仅告诉你们我的过去，我的过去是只我一个人经历的，但你们与我相同的在这一段时候里做了人，我们同在一块地土之上，天盖之下，还似乎有些气候与颜色我们是一同受了影响，得着异样的结果。因此我敢大胆在写我自身以外，那些与我有关系的都想写来，用以记载这日子中较有意义的材料。我写，从我记忆中不曾忘掉的，但不一定就是精确。我不在告诉你一个数字，而只是一个相近的程度或方向，指示这个时代这个环境的形式。自然这些记载全凭我的揣度，所以我得声明这是"我所看见的世界"。

从各种复杂的事物中，接触于我的各样形色的人物制度与思想，如何产生我的个性，我要将这索引的线画出一条粗糙的轮廓。社会对我们是同一的景象，不同的人所收取的浅深不同，正如照相的底片收光的强弱，不能一律。家庭做了我们的光圈，好歹给了我们童稚时代许多强迫的干涉。

我已经略略说明了这篇传记记写的旨趣，同时我为纪念这一段将终了的灿烂。十六年的学校教育是将次要结束了，回忆过去只好像青春的一段：嫩，又鲜明，有着十分的可爱，因为幼稚无顾忌的度了多少快乐时光，我有多大惋惜与伤感的情调来追述春天的光景。深绿的颜色已经展开在我的面前，浓厚和密到底是不可了解的深奥！预料自己在季候的变化中，和别种颜色的掺杂而成为蓝，又复不能止住枯黄的收梢，谁能责怪我用着哀悼的口气来祭读过去的一段？

但我也不敢躲避我的命运，我依然踏着我的步子朝前走，我尽可狠心的用心力发掘过去已经坍没的坟墓，我也没有失掉幻想于开拓未来奇迹的乐趣。我所喜爱的不是片断的美，不是零碎的德性，怀抱了没有时间的永恒和整个人格的创造，我不少勇气来探求命运的究竟。

值得我们夸耀没有影子的幻想，不应当赞美小小已成的实事；我希望每个年轻人得以夸大与强傲追求将来，这勇气将是每个在生之途径上的人必不可少的气质。

我轻轻招呼我同行的人：夏天的深绿已经长满在隔河的桥下了。

一至十岁

我已几次想着手写这篇传记了，但一提笔终又停止，我盘桓了许久不敢动手写。这原因，自然我很想把这篇内容想到周全，因此我屡屡和朋友提到从前的事，可以借此寻出一条线索；如是又经过很久，我仍旧把这事搁置不做，实在难找一个好心绪来写，我身体近来是糟蹋坏了，天气寒又伤风起来，况且正在我构思的时候，一件另外的事又给分了心，我有一次幸福的小旅行。因为这一夜美好的回忆，使我不安于缄默的过活。

幸好此地接连十天的下雪，我拣好这日子，不管身体如何不康健，因为一位好朋友再三的催促，决定写了。

在写这传记以前，我读了一册法人的忏悔录，但我已立意不效法前人，这篇传记我想没有什么可忏悔的。因我不以为自己的错经过忏悔就好减轻良心上的负疚，我不信仰任何的神，自己的行为是不必要谁饶恕的。所以我只直率无隐的做成这个自己的写照。

亡清末年三月某日，离武昌革命半年，我降生于南京西城某神道院。

我父亲，那时候已经四十岁了，他是神道书院的提调，且是创办人。这书院由华南几个不同宗派的教会合办的，专门培养宣传宗教的牧师。父亲是书院里最有权势的华人，且在壮年，不免为许多神学生所最畏惧的人了。

在此我先略一说明我家的来历，因为我们是入景教籍的人，宗祠不填我们的名字。我所知道我们一家先人事迹极少，据父亲说祖父是个魁梧高大的汉子，进门得低头才过去，他的职业是在曹娥江一带航船，因为饮酒，致到临终时把所有祖传百官镇上小桃园的房屋卖掉。这里隐隐遗给我们一种强傲的特性，因为那座祖产的邻居，有个富户姓谷的，他欺负我家的衰落，把豆子一盘一盘晒在我们的空院上，我祖父为此生气一脚踢翻了，引起谷家发誓要收买我们的祖产，直到祖父临死时为债务胁迫才答应出卖。这个冤气我父亲因为培养我们读书，没有偿愿；现在父亲老了，后辈的子孙恐怕也不能报答祖父临终的叮嘱和老父的期望，来恢复先人出生的地方。

我祖父不识字，是晚年引为极大遗憾的，他时时盼望我父亲读书成大事，这项心愿终使后来的子孙得到恩惠，因我父亲最不能忘掉祖父的叮嘱，发愤读书，做了百官镇上唯一开通的人。

祖父死后，家里没有钱购置坟地，不得已用两串钱买了山顶上一方土。出葬的日子，许多同宗的人说："这坟地倒很清凉啊！"可是这讥笑反而获得后来相反的情形，就是在多少年后百官镇上的人谣传陈某一家在上海发财了，当即有许多误会风水的乡愚，以为这块山水木一定有灵，等到我回乡扫墓时，全山已满是坟墓了。

我祖母是位教徒，我们从小没有看见过。母亲说她是个少恩情的人，这一定是因为她不曾忘掉阿婆的地位。但据说：是位寡笑严正的人。我父亲从小寄居在外婆家里，得着机会读书，入了教。十岁就单身过钱塘江进之江学院，那时候之江学院首先教授科学，是为基督教传入中国唯一的贡献，故我父除读诵圣经以外，学习了天文地理格致数学一类的学问。他以刻苦用功于十九岁毕业，但书院主持的人拿年纪太小和身体弱做理由把他又住了一年。后此他似乎做过几年传教的职务，被封为宣教师。大约二十五岁的时候，他在离上陌七里路远的沙滩头教私塾，每星期到镇上礼拜，认识了当地的蔡老牧师。这牧师当推浙江一带德高望重的牧者了，至今镇上的人犹不忘记他的恩泽。那时候我父亲又瘦又小，恰是一个屡弱无力的书生，原先在县里穷困时曾经几次为人代考乡试而以此度日的，外祖父看重他的诚实有才，不管他人以我父亲病弱而阻止他，毅然将他的次女许配给父亲。我母亲粗通文字，懂罗马拼音，极壮，有统治家务的才能。她比父小十岁，这项婚姻极幸运的缔结了。

结婚后在宁波有十三年的居留，我父亲当教习与女校校长都以严明闻。十三年的当中，逐次养了我四个姊姊，我父亲并不轻女，直到第五胎才生我大哥，父亲也并不以此欢喜。到如今我父虽以年纪关系不免对时下的制度思想略有不容，但他发生于耶稣的自由平等精神，绝不后人。他的通时识务为当时一般人所不及，这个待后来的事来证明好了。

我的家基于这种情形，使我们为儿女的不致受时俗恶习的熏染，而完全享幸福于一个维新的家庭。姊姊们得不尝缠足的苦，一样能受好教育，自是我们最可称幸的一事了。

离宁波，我父是履行成约而走的。全家搬住在南京，为我父从事于宗教著述的光荣时代。他半生的精力完全灌注在事业上，那时上海的商务印书馆正由他的几个同窗发起，竭力要他去。而他已立志终身为传道职务，决然不就这营利的事，直到如今四十年的刻苦生涯，并不稍稍懊悔当时的失策，是我父可以颂扬的坚实信仰；我惭愧不能守奉父亲的宗教，终致使我于今思想激进的时代，不敢有一言冲犯基督教的教旨，实是被我父对宗教热诚所感动，为我最敬佩的人格。

在我出生以前，我大哥之后，我的不幸的五姊跟随她终身不治的疾病降生了，她的厄难的一身将于后提到。隔年又生了二哥，因此竟使疏忽她的养育而成为家庭中最不幸的一员。再一年我又出生，这样密度的生产确实是这家人许多不幸的原因。二哥生时母亲缺奶，完全用牛奶养活了他，因此日后他的身子比我弱，天资坏，而我幸运的得着充分的人奶。

在此我顺便提到儿女在生产的次序上，常常决定其幸运或体质。这个生产过密的现象使有些在身体上智慧上得有先天的不足，即生后养育的不周也多少影响了健康与聪明。出生的次序更遭受养育的疏忽与否及偏爱或不顾，构成一身的幸与不幸，而我的五姊似乎在多余之列，最明显的取得她不利的地位。

因此男女数位的不调和，为我后来深感到，人间无可抵抗的不幸，这许是一种灾殃。享受教育与爱顾的不平等，大半基于这类机会的凑合。所以影响到我一种极不合理性的主见，就是不爱生养小孩子，当是人最慈恩的心思。

我并不埋怨父母的多育，但我是始终不以为然的。父亲因为身弱，事务终年忙，母亲也不暇兼顾如此源源不止的麻烦，则子女的是否得着最好的教养实属疑问。幸我父责任心极重，不因为这项累赘而灰心，将一切所得全消耗于儿女的教养，在此风前残烛的晚年中，犹极清苦的渡活。

在我出世的时候，我轮到第八号位置：五个姊，两个哥，排列上我略略占了便宜，虽则国制的变更起了极大的骚扰并未影响我的优越。实在算来，我是第八个出生的，有第三个姊姊在人间只吸了几个月的空气就离开了，这个逃亡为我以下的几个小弟妹所不知，因她所遗留的踪迹太浅太淡，除了一个偶尔提到的小名。

既然时候在国家革命之际，我出生不到几月尚在襁褓时，曾经一度逃难上海。听说我还是一个洋人救了命，不然在出城的时候给辫子军结果了，父亲早把辫子剪了，不得已和五岁的大哥一同装了假辫子。出城时，兵士阻难，一个熟悉的外国教士骑马出城，想要招呼，而父亲在学堂时痛恶西文——不能对话。（这个当为后来追悔不及的一事，年少时固执不习英文，无论谁人的苦劝，皆不听从，直到老年时时发愤学习终不克成）那时我大姊已进学堂念英文，也羞到红脸开不出口，万难的以手势表情才得了外国教士的庇护出城。这段有趣的故事我父亲每每提到警示我们多要实习英语，且自叹少年时不屑学习英语为最抱憾的痛恨。

我父亲所以不读英文，不是偷懒，实基于种族的关系。他爱上帝，爱耶稣，是为上帝乃世界之神，没有国界、宗教的国际观念固为我父唯一的主张，但同时他极端反对外国人买地开学堂，上帝人人可爱，他的教旨不限于外国人传扬。倘借宣扬宗教而输入我国种种不利的势力，我父不缺少爱国的忠心来抵抗。这个观念使他信仰外人所传之教，而不信仰或服从外国国家。他早认定了文化的侵略，故誓不习英文，但后来在处世谋生上遭了亏折，以至欲思补救已晚。但此爱世界之神的好观念，终使他不忘自己是中国人民，未尝效仿许多倾外的教士辱国忘本，他是仍从事于国家的事，晚清时的天足运动，光复时的救济难民，以及五四风潮，皆为一时的激急分子，表现他的爱国忠心。而晚年提倡本色教会的初源，实发轫于此。

在上海避难以待民国成立才又回南京，鉴于首次光复的平顺，故张勋据城所引起的二次光复，反而安居不逃了。谁知这次来得太厉害，许多难民寄身到神道院来，想借教会势力保安全。我父受了浙江的委托，办理收容赈款，在战争中奔走觅取数百人的口粮。这里看出他胆魄极大，因为缺米居然敢向军营商借。他极精明保全数百难民的生命，在他指挥下两个持枪的仆役曾一次击毙踰墙而入的散兵，维持极好的安宁。他的社会服务心太大，不辞劳怨，而永不生厌；这种利他的好处是时时得着小人的毁谗，是我在叙述家传一件不可缺少而非夸张的好德行。

这类行善的事极令人伤心，是不易受人感激。在患难中可以说出多少诚恳的话说要报恩，又在情面上答应入教，但事后永无一个人记得人家曾施予的恩典，除非第二次的患难再来时又会来说出第二次的好谎。只有在一次临刑场上救了一个囚犯，受了一支老式手枪，这手枪过了十年给熟人带去卖，骗说失掉而吞没。好说这一次的热诚辛苦有了一点结果。记得圣经上记载耶稣医好了十个大麻疯患者，只有一个依前约来致谢。二十年前的人情已是如此，一听到我父提及这类忘恩的常事，实使我害怕于那些人心。

二次光复成功，奠立民国的基础。战事完结以后满城结彩燃爆。我在神道院的马路上看见满地红皮火药味的爆竹，这记忆最不能忘，那时候我只知道战争仅是爆竹一类大声响的东西。直到六七岁认识字的时候，看到礼拜堂墙上贴着徐世昌就大总统的布告，为我幼时唯一记得政治上的事。这两件事影响我很深：战争只是火药味与爆裂，徐世昌做了许多年的新式皇帝。直到十岁以后才觉到自己可笑的错误。

于此我得详细叙述幼时的居处。神学院在西城，靠近两个怪的名字的街；四根杆子和骡丝转湾。墙外是五台山，朝西有座庙，但我小时人矮从来不看见有座庙在。地方极广大，我的家宅在校门，上去一个斜坡，一片大草坪，上坡三座大洋楼。沿坡尚有两座西教习的住宅，有藤萝爬在楼上，永年发青。我们的家是二层楼大洋房，有走廊，前面一个花园，石头围了一圈，南边并排冬青树，是儿时的游园。靠南一棵六朝松，时时有人偷进来烧香。这个地方是我和二哥小时消磨的乐园，永没有一个人来干涉我们，神学生待我们和气有礼貌，实在他们怕父亲办学严，一些校役自然奉承我们，而我们无知无虑在这小天堂里度了九年。

和我游玩的只我的二哥，他年龄略比我大，身体弱所以看来我们俨然是双生子。他是时时受我欺，因他力小也无能作对。我长得好看，肥白，又伶俐，家中人大半溺爱我，一个外貌常常取得好处，并不假。所以二哥总服从我的命令，跟我一同玩。我们摘数冬青树一种紫子，为赌东道常常罚吃一种形似水仙花的苦草，这滋味我尝得不少。夏天那看门老邵的侄子会给我们捉知了玩，秋天爬上那一棵直立两丈高光杆的梧桐，坐在顶上叉枝上吃桐子；我们学习会爬光树，极迅速。

这类事我们玩到不疲倦，无人管我们。但我们不出门，也学不会行坏。有一次我爬上竹林摸下两只下雨时候啼唤的雏鸟，每天亲口喂它，等它会飞时我实在不忍再关住它，但一放走了又成天追，终追不还这小小遁走了的小灵物，我因此伤心过。这个懊悔的习惯以后遇到极多，连累到心绪好久不佳，是件极不值得存留的习性。

当我是婴孩的时候一位老牧师为我施洗。我知道父亲一定私心切望我能继承他的职志。谁知道这十年浸于浓厚宗教色彩内的生活，竟不能使我树立一个最贞坚的信念。然而在情绪上我不少受了宗教的熏染，我爱自由平等与博爱，诚实与正直，这些好德性的养成，多少是宗教的影响。以至我如何喜爱文学，这个所受于幼时的力量极大，我怎样能省略不说呢？

我记得所学习的第一首赞美诗是一首极简单容易上口的孩童歌：

耶稣爱我我其知，
因为圣经告诉我……

这个初初侵入婴孩的小心灵里的，是纯洁博大无比的仁爱，到现在当我再一次听到小孩歌唱时，一种温柔的心使我回到从前的童年，满身舒快，平和无杂念，我会闭目静思过去黄金光彩的一瞬，终至受感动而流泪。这首小小粗淡的圣诗仿佛是天堂里的声音，我不能忘记，也不敢轻易提到，这里的用心你们当可猜到的。

《小莫小于沙粒》是一首曲调最谐美的诗，它的印象虽不若前首深刻，但我小小的灵魂如何幸福的荡漾于美妙的境地，这首诗最初教诉我声乐的美。

每个礼拜天，我们听见四根杆子大钟摇响，即时欢欣起来，换了干净衣服去了。在那儿有主日课专对孩童讲述圣经上的故事，这些含有喻义的故事，促成我对于文学的爱好。而且那两小时静默无哗的礼拜，那庄严的仪式，让我们一刻间感觉灵魂的清涤，恍如入于神圣境界。故此礼拜堂神圣的静穆，我父的教训与他的榜样，以及四周接近来往的人的私善守正，造成我倾向善良的心。直到成年后，我还时常提心戒备于为恶，这个幼年善良的环境种下我们的根苗。

一切人的善良，养成我的善良，这是错误而非正确的。宗教要人善良，高超，和平，博爱，一加入人意即成了形式，破坏了真。这个欺骗人的假善良，于我有益，终是背叛了宗教上的信实。过后我察觉许多假冒为善的教士，为着拯救自己的饥饿高声宣扬拯救灵魂的福音。外貌上的好人啊！你们的灵魂是一样与恶人同下地狱。

聪明的读者，这是我后来的察觉，在当时我只崇拜纯洁神圣，梦想自己将形成最高尚的人格，效仿耶稣基督。天堂是我的希望，黄金的柱栋，宝石雕砌的美屋，永远的光，愉快没有终结。我幻想这个天堂世界，鼓励我向上守正，一种不容抹杀的大力。

因此我又深信地狱的存在，每每因为怕惧不敢做错事，实不免存了功利观念。这个地狱的惩罚应推宗教上最不得当的拟设，多少怕后患的胆小人，强迫的违了心愿行善，"报应"是他们等待中的酬赏。

迷惑于宗教的解释中，我在四岁时和二哥一同进了邻近某女校的幼稚园，这也是教会办的。那个躺在门房的老头，终年百病，我们跟从别人一定要给他一个尊敬的称呼才得过去，但以后他死了，我问人他死的原因，知道是为年纪的"老"。

这一段日子过得极模糊，此时我的小妹子余妍降生了。这位小妹没有因为她是第六个女儿而失位,只是命运断送了她,她的伤心的一生容以后详说吧!

过一年我和二哥转学到四根杆子礼拜堂附设的小学,有人问我们在哪里读书,我们大家提高嗓子说:四根杆子的"育才大学"。先生教诉我们地球是圆的,又说世界的创造乃由于万有主宰的上帝,这是定论,不许证明的。

每天上学,厨子的儿子小许总来陪送,为我们背书包,雨天背我们,他认为责任,甘心情愿,因他年纪也略长。母亲给我俩一个铜圆,作一日零用,我们可以足足买饱一些点心吃。但这个当跟班职务又是亲爱的小同学,有一天忽然走到了厄运,这次极惨的悲剧至今不能忘掉,我为哀悼一个忠仆与爱友在此提及。

每次放了学全校整队而出,沿一条浅沟走,有些家境稍好的同学常常欺负小许,这一不看见,把小许推跌在浅沟内,破了额头,谁料到这小小的伤害竟因不小心医治而丧命。从此再没有人来陪送我们,十多年后再走过这条没有水流的小浅沟,使我不能不想起一幕小小的悲剧。

这个好游伴死后我们在花园里和园夫老丁的女儿做了朋友,常去弄花,找无花果吃;同时有几个神学生和我们相好,其中一个是我后来的姊丈。

在这段开始于入学以后的时期,我极安分又快乐,守安息日,礼拜祷告,不敢说谎话,怕父亲是先知会猜透的。但是第一件恶事来引诱我的,是我对于街上的骂人极感兴趣,那样有气力!有一天我和二哥坐在地板上玩钱,我忽然想到要骂一句人玩玩,我们并没有生气,用游戏的口吻说出了。父亲大为震怒,亦极诧异,他告我们这是不应学的,但我们始终不明白为何不能模仿人说一个术语。

这时候家中很有秩序,清洁。晨晚有祈祷读经,每月请神学生茶谈。父亲那时用尽心力编辑神学杂志,这杂志是在教会内享有盛名的,于是他每晚极迟的睡,因失眠而得了严重的肝病几至于死。母亲于此时显出她的才能,一个月不离床侧服侍,下又得照管八个孩子,她的管理家务极有条理,从父亲危病的得救后,她所经营的金钱反比平日多出了积蓄。因此后来一家的经济,全由她掌管。母亲做事迅速,能耐劳,因她健强的体力和才能足以撑持了这一家人口繁多收入不丰的家庭。

我父亲在此时学习希伯来文拉丁文,从事于宗教历史的翻译,他留在教会的不但是著名的作品,且是实践热心传教者的精神。他喜欢旅行,在年壮时一年总有好几次的长途旅行,而在本地则领导全城教务,创办青年会。每礼拜他往往到各处讲道,他的道理与演述的精神为一时代有名的牧者,又努力于个人间的传道及书信谈道,一时因他引导入教的很多,我说一大半应归功于他的热诚与精神。

我母亲同时担任了孤儿院的事,自然许多伶仃的孤儿得了很多恩惠。除此事外,我母从未做了家外服务任何的事业,那是许多待哺的儿群累了她的终身。

如此融和的家庭,善良的父,精明的母亲,应当极其欢乐了。但我一回想那光景仍然有若干悲苦的故事出入我的脑子,这些我不能不说。

我以下的弟妹及二哥大哥,皆以年龄幼小享到幸福,不明清人事,不知忧虑,误以无知为自己的快乐。而在我们上面的姊姊们,却着实尝到了辛苦,因为家境一向贫寒,我父的俸金极少,姊姊们不得不于读书之余帮理家事,大姊天生秀色,娇养惯成一细腻的小姐,受溺爱而独享优越的地位,远在苏州读书直到大学程度才止。故此许多烦杂的家事全赖其外三个阿姊助理,她们白天去上学,黄昏回来时做事,生活上的磨炼却好好给他们一副强壮身体,致后来都能独立过生。

四姊人生得娇小聪明,除了常常闯小祸以外,总不惹人讨厌。三姊有个忠厚的心与身体,极能耐苦,我们兄弟几人都由她抱大。最不同性格的要推二姊,她的固执与耿直较他人甚,天生一个独立不群的性格,孤僻沉静。因受托遭学校革除,如此终了她一生求学的时期,十七岁出外教书,养成独立生活的性格,早已透出她的浪漫色彩。她不事奉承,直率无饰,与家人不大融和。有一次为了小小的诬枉,她有一次逃亡的事件。我在写此情节,不想对她有所责难,因这件事完全为家人间的误会,十五年后的海外远游,才证实了她爱家的好心。但这次逃亡多少给父母以难堪,我们也大大惊惶,幸好这事在次早发现后,并未声张。不久她也回来了,感情中的裂痕经过很久才恢复。至今我感觉年轻时的血气,不免出此行动,并不为她的坏事。

然而我永久敬佩她的有为,女子惊人的魄力,十七岁后开始自食其力,就凭未满中学的程度生活,未尝需要家中半文钱用。看护,教习,缝工,只要能支持她的生活,她毫无畏惧去行别人难行的事。她一直坚守难熬的独身,到此中年,而一切生活的磨折永不使她灰心,孜孜不忘于她天性所好的音乐,二十年来她所唯一解愁的是弹琴,我料想她未来的成就,远非其他姊姊所可比,于此祝福她罢!

最不幸最不幸轮到我的五姊了,二哥和我隔年出生,不能有间空照养她，五岁不能行走，以是瘫痪，等她学会行走时又患了终身不治的夜遗病。无论用威迫或劝说都不能使她有一夜干燥的被窝睡，这个病症大约由于襁褓时无人留心的缘故。身体上的缺陷陷了她一生的悲苦，多少人间的幸福不能享受，即是分内亲肉间的乐趣也完全被剥夺。天啊！我实不敢下笔描写这可怜人遭受的不幸，但为纪念她，又不得不用心力追述这可怕的事迹。我内心有深刻的创痛，这个我曾经欺负曾经轻视而是扶助我和弟妹长大的小母亲，一生敬劳无获半点好益处，她的天地永远是黑暗潮湿，不可诉说的困苦，我感谢上天不亏待人，在她受尽苦难的时期让她离开世界，她一定才始见到光明与自由。如若真有天堂，我准信她一定升天了。

可怜她生来的相貌就完全与我们不同，我几乎疑惑她不是我们同胞的姊，许多客人也不相信她与我们出自一个母亲。她有一个尖峭的下巴，晦色的眼，深灰的头发，完全和我们不像，然而她的血啊谁能说不与我们一样？全家人不喜欢她，她的待遇最坏，睡在最不好的楼梯下，与仆役同餐。没有机会给她念书，她一生的职分是做事，受差遣。慈和的颜色，温柔的话，她永生没有享受过，她只自愿躲避人，把自己看成一家最低微的。不说多话，安分无语的做事。我不明白她是被环境造成她的自卑，还是自愿？不，这个天生的大缺陷使她没有勇气抬起头来望太阳，这个习惯性的屈服埋没了她一生的灿烂。在此我唯十分怨怪命运，愤恨上帝造人的不公。

从她小小年纪能以用手足做事的时候她就被驱使了，没有人肯承当的事，由她来做；人人得有的欢乐，她没有；她唯耐劳不怨在工作上留心，躲避责难与鞭打，如此忠心亦不能得到报偿，她只好不得已知足于此困苦,只求不挨责骂为大幸了。

黑早她不敢多贪睡,就从潮湿的被洞里起身,早上的杂事她得做好,为小弟妹穿衣,三餐饭她最忙,下半天又要摇小弟妹睡觉。她有一首唱熟了催眠的老调子:

窝窝囡,好好囡;
快点困着哩!

我永远不会忘掉这个沉痛的声音,既是那样温和,但又不能遮蔽那含在内心急躁与悲惨的盘桓。常常当我在黄昏尚未上灯以前放学回家,她总是靠近摇篮一手推一边唱的,那光线已够萧条了,何况这个仅仅粗浅的歌调是用以发泄她最不能容忍的痛苦的唯一声音;小弟妹在如此催眠中走进天堂,留下她,看太阳下去了。

天下为父母的啊,请一听我背诵的摇篮歌,你们当知爱惜自己的骨肉了。凡有好良心的善人,听此必生深感。我自是世间不孝的人子,但对此极惨的事,虽不忍说,亦不敢认是可以隐瞒的。

她不能不说是世界最容忍最孝道的女子了,工作的重苦,不听见她有半句怨语,对此容忍精神,谁不为这可怜人起一点怜悯而又尊敬她的意志?虽则不良的境遇不免使她暗里做些小坏事,如偷窃东西,但这个绝不是她的罪,没有好教育与没有怜惜,难保一个善良人不做下与良心相违的过失。

我不想暴露家庭中的丑恶,因我对家有好感情,况这不完全是人的错,命运是无可抵抗的。在此我暂时停止写这件惨事,到以后再说她的结局罢！

　　下面我追写一件与前恰好相反的事，也许可以使你们得着美感。在我以下接着是一位小妹余妍，天生就好看，大家爱。许多人夸张她将来的大成，父母没有比对她再溺爱的。可是她有坏脾气，夜夜哭闹，极妨害我父的工作。会走路时已能背诵三册国文，她的聪明不必我用文字夸张，这个说谎于我也无益。这个太聪明的女孩子不使人赞美，只给人惊异，小年纪时候就会唱歌，而尤笃信耶稣。常常因我们的欺负，说："你们不好，耶稣在天上知道。"她受许多人夸张从不自傲，谦让像成人，没有平常孩子的习性。那张秀丽的小脸，我一直记得清楚，严肃中有无限的神光。我并不过火以成人的好德性赞扬她：读书知礼。她的宗教热诚超过了她的年纪，晨晚不忘祈祷，更博父亲的欢心了。

　　上帝不肯把纯洁染上了世俗的尘污，她神圣的灵魂只露了一道不可忘记不会磨灭的光彩，我庆欣她贞白的永全，让我细细告诉你们小天使归天的经过，你们也许疑我有意假构神话上的传述。

　　邻居的外国教士好意的把一条迷失后又追回的洋狗送给我们，这份事由我和二哥担任，大哥已经沉醉在自行车里面了。我们每天喂它，它也和我们亲密。原先养过猫，一夜失踪后两个小人有很感动的悲伤。这一回我们把爱心移在洋狗上，这是余妍丧生的祸端。

　　不知道怎样小狗不久变疯了，咬断了皮带跑走。当初并不经心，我和二哥走在斜坡上去，不提防它竟从旁跳出来咬我们，一切的呼救无效，幸好咬碎了长衫走开，大哥看见追来，却着实给它咬伤了小腿，但他不敢告诉母亲。这日是礼拜天，小妹穿好连裙的洋服正下石阶，那条疯狗向她绕三匝拖倒咬了头，同日有三个神学生也遭殃。于是这件小惨案各人都担心起来，父亲于事出三日后从外埠赶回，当夜率领受伤的人到上海求医。

三十天后大哥和小妹受了七十针的大苦痛回来，大家庆欣，当晚举行盛餐。次日小妹略感不适，我们毫不为意，我在她病中尚且和她吵闹，以后实在懊伤之极。几天后，我母亲在清晨问她昨夜可有梦，她坐起来认真的说，昨夜耶稣召我去，给我糖果，要我长久住在那儿。她并描摹耶稣的样子，众天使的神态。这不吉利的预兆到后真实现，母亲在讲到这件故事时总是流泪。

一夕，我上楼去，她忽然从床上变色跳起来，我非凡惊吓跑下，一家人丢了晚饭上楼，她从这夜疯了。医生和外国女婆子都赶到，她极不愿意用单被将她包牢。此夜后热度增高，舌破，小生命在旦夕间就要沉落了。

一家人担忧，试验各项药方都没有效果，看看一双聪明可爱的眼睛不久就要闭上，每个人暗暗伤心。但她有时神志尚清，我父亲看她无望了，问她哪天回家。她决断的说："礼拜六！""你乘什么回家呢？"她指着一个小车轮："一个小轮盘。"刻留在她墓碑上，她临终的遗言外，一个奇怪的车轮。

我们等待这个可怕的礼拜天，耶稣将要召回余妍的灵魂。母亲流泪了："啊！一个太聪明降凡的小天使！"一切人都哭，除了我们小孩子，我们整日不作声在楼下呆坐，小小良心上生出许多恐惧："她会不会因为那一次争吵报仇我？"我问。二哥说她是好人，当不记恨的。然而我心里终有去不掉的内疚，我很想上楼去赔罪，大人不许。

可怕的礼拜六过了半天，大家等候预言的实现，我父亲于诚恳的祈祷上天以外，四出谋药。但上帝的意志终不可改，等到所求访的土药紫木根找到以后，这已成为一件不重要的药草了。

我们听到楼上有多时的沉默，这个纯洁的小生命升天了。在那以前一段可以记载的事写在下面。

医生告诉家人一刻间气息即将终了，大家并不惊惶这个早有预言的命运，只是伤心。她于临终时极安详极愉快，肉体上的苦痛全无知觉了，那小小的脑子最后得着圣灵的接引，平安上天。

父亲深深忧愁，祷告上天给她平安的引渡。在离死不久前，那张慈祥喜光的脸忽然变色：

"怕啊！魔鬼来了！"

我父亲用手按她的额头，祝福她。

果然她的眼光仿佛在欢迎天使，喜快与希望重又闪亮她的瞳子，先前的恐怖立即退去，又是安详，欢喜。

"没得福！"她又低低的说。

"幸福在天上，平平安安的回家罢！"父亲回答。

"耶稣来了——天堂！"这是她最后的一句话，极清晰的说，好像真走入了天堂与耶稣握手一样的真切，表示她一生希望圆满的达到。

就这样留在人间一副喜快慈祥的小圆脸，美丽又神圣，天使的化身。她的一双小眼睛自然合上，依然是笑容散在苍白的两颊上。去了，小天使！

我们得于她安顿好以后上楼揭开面幕观光她最后的仪容，静默的睡着了。我只此次为一死了的人流泪，各人重重的忧伤不是我可形容的。

翌日礼拜天，城内教堂的钟敲歇以后，天落雪，余妍被装进在一口外国棺材内，一册圣经，玩偶，我的一件背心，及其他一些平日喜爱的东西一齐带了去。四个神学生提了棺木上马车，两个教士，一个洋婆和父亲，送葬在清凉山墓地。

我们一团人围了火炉默默看天空飞的雪，一直到黄昏，没有一人想出说一句话。

余妍的死，在民国七年冬至前四日，才五岁。

对于她的回想，我最感到神灵的趣味。二十年来，知道世间各样黑暗欺诈阴险与污浊，唯存此唯一想象上纯洁如神明的完全，许是以后不可复得了。纯洁，不在人的多大作为，只要其为"完全的美"，尽单纯也是无可比况的伟大。感谢上帝保全这个美的圆光，生命的延长最是伤心，没有人能支持住天赋的真纯。

只要诚信，凡人皆能得到理想中的境界，这好处受用不尽。但一顾及实事，这些趣味渐渐消磨，而只能享乐有限的现世。余妍，从她出生以至夭亡，她的幻想尽是天堂，算是她最幸福的事了。

写在此，我已七岁。育才大学三年满期，我们转到干河沿金陵小学，母亲为我们制了黄制服，每日清晨翻过五台山去上课，放学总爱在山上玩。山路上一栋小洋楼里住了一位外国小姐，姊姊和她有些交情，大家说这位小姐与我脸貌像，她们一提到她的名字就引我脸烧，成为姊姊们和我取笑的资料。我们每晚经过她门前，在篱外停步喊她：

"Miss. King！"

一喊完等她出来我们溜跑了，她的面貌我至今记不清，只是她的名字，念得熟极了。

民国八年五四运动发生，我看见成万的大学生中学生小学生在操场上排好队，拿了大小旗子往街上跑，喊，也有哭的，确是一种悲伤掀动万众人的热血，那是热天！全城发狂，年轻的学生的血管仿佛都要爆裂，光明是血，洗雪日本人对我的耻辱。各色各样日本用品敲烂了挂在各家门口，这群破烂的陈列中，显示中华人不死的精灵。

父亲同时越出他的地位，也代表宗教团体参加，为激烈的一个。省衙门前的演说，领导基督徒从事爱国运动，他流了多少汗，壮年人！

紧张的空气不久又归平息了。季候转变了人的情绪。南京这地方秋天是最凄凉了。回家的路上有一行古老的杨柳，一到秋只见尘灰飞，没有一点青。

年纪大了一点，我们认识了好些大朋友。神学生中有两三个常来我家谈天的，那后来的姊夫是最熟悉最亲近的一人，他哥托我父照管他，他是广东人，说得一口纯熟的宁波话，在我家里好似家人，随随便便，谈鬼怪直到夜深，我们小孩子又喜欢又怕；他的面貌黄里发青，多病的人，然而时时露一张笑脸。这个夜夜谈鬼怪故事的小事为十年后娶我姊姊的引子。第二个是福建人，说话诙谐，会唱京调，后来做了官，拜我父亲为干爹。还有一些会玩手琴的湖北人，牵连到一个学医的大学生，这人做了二姊的未婚夫，为人和善，可惜这项姻缘半途解除了。

这时候四姊有了一个小情人，她到今只有两个情人，都很不幸，这位初恋的情人是附近教会中学的学生，大哥做了一渡桥，他们是同学。他有一张可爱的小口，嫩白的脸，有钱，人生得玲珑如女子，常常送姊粉一类的东西，我们也得着玩品。但后来他爱了父亲仇人的女儿，生出种种误会，四姊把一个金手表退还了他，从此再不看见他，过后死了。

有一个海军学堂的学生费腾常常来，他的意思想爱大姊，大姊怕羞总不肯下楼，后来也熟了，她常常煮咖啡给他一个喝，我们因此生气。但这个勇猛的海军学员，在爱情上过于冒险，大概因为他急于要成婚，大姊把一双不愿脱下的皮鞋，（是他送的）退返了他，这段故事也完了。

此类不关重要，他人的情史，我不该多说，小孩子在幼年是只爱父母，不知道男女间事。我们爱父亲比母亲更甚，父亲严厉，我们怕他的尖鹰准，凹下很深的眼睛，他的心却温柔可爱从不曾打过我们，然而畏惧他比打更厉害。我最不忘掉抱坐在父亲弹动的膝盖上摸他胡子的乐趣，他教我们字，讲耶稣的好行为。母亲取代了严父的地位，执行刑罚，但她平时温存的照养便较父亲内心的善良更容易感激。父母同样在性格上极其急躁，母亲稍能容忍，父亲年壮的血气太旺，不可遏止。这些性格直接遗传到我，是父亲于我成年时唯一训诫我改掉的脾气。

耶稣圣诞是一年中最愉快的时节，圣诞老人半夜里给我们许多礼物放在床头上的袜筒里，天亮时一看到满心喜快。那座点满小蜡烛的圣诞树，那些温柔的喉咙唱"听啊天使唱高声"的仙乐，即在我小小心里一个快乐世界的幻景。我们一看见桐子落了，老鸦穿过竹林子飞，成群的雁子在月光下叫，我们就开始等待这项快乐的消息。

乐园的八年生活将于此告终。我父亲此际遭受仇人的攻击，许多从前的朋友对他说"先生，你该歇歇了罢！"父亲的刚直善良受了挫折，那个仇人乃是他亲手提拔出来的学生，造房子掘地见缸希望发现藏金的呆子，是他，把许多罪名凭空加在父亲的名字下，许多聪明的教士相信了。你们可以知道了以"彼此相爱"，以"爱仇人"的耶稣金言为你号召的教人，仍然与普通社会一样有阴谋陷害的恶事。这就是告诉人当你们用一双张开的眼看见一个诚恳做祈祷的牧师偷偷张开一张细眼在望别人有没有闭好眼睛时，不要奇怪！

我不再怨恨仇人如何设计赶走我父亲，我们最难舍的是一座好花园，古的松树，爬光了的长梧桐，搭成棚的葡萄树，冬青树的小草坪，斜坡上洋楼前两个可以平躺数星子的石凳，春天结果的桃树，开花的杏，还有那些行永远迷人的藤萝勾引我们离别的眼。去了，将不复听见每晨入城的小独轮车摩擦的怪调，卖糖换旧货的短笛，傍晚时后山上的号声，（这个声音天天听到，从没有见过吹号的人，是更神秘！）让它们深深刻在心上罢。

如此一晨，一家人离别久居十三年的南京，无人来送，仅有那个忠诚的老仆老邵为我们开门。他没有白做了好人，清早起来所点的几盏大洋灯，在上马车的时候送他了。

我们被带领到上海，初次见到的新地，只是嘈杂肮脏，夜里的电灯光遮没了我爱看的星子，那些幽雅的乡气哪里去了？新居靠近一家大印刷厂，成天成夜大声闹，没有一天清静过。这就是大都市的精神，煤气与闹声。

和二哥一同进了圣保罗小学，这一回他插了比我低的班次。校长是圣公会的主教，不久给另一主教害死，换了一年轻人。在此两年中是足可记，我在高级小学一年级考得了第一名，是当时最夸耀的事。

开始和一般无须认识的亲戚来往，我连称呼都不大肯。叔父总是一个好人，饮点酒吸些烟不是他的坏处，他受了子女的累，一个不孝道与他妻子勾通的大儿子气断了他的命。送他葬的时候我不知道哭,大姊坐在洋车上擦红了睛眼。

我的直系血亲只余叔叔一家,除了时常借钱以外,少来往。其余要算舅舅最多,一个当牧师的吝啬鬼,我最不爱看。

我们的邻居有一家西洋人,大约是混杂种,那个慈祥的老洋婆时常送点野味来,为父亲下酒菜,在南京时,父亲吃酒不大公开,到了上海寻拣真好的绍兴黄酒。西洋女人有个青脸的儿子,带一个女人进出,我们到他家去,他从不说过一句话。有一个三十多岁的女儿叫马利加的,在她在日本当佣妇时私生下一个女儿,这小女孩子是我们的好朋友,小弟弟乱喊她的名字叫阿伯丽。

阿伯丽天天来玩,她算是马利加的妹子。(她出生的秘密是她家佣人说出的,不待我们问,自然留不住口)这一家人与我们极好,我们喊那老洋婆"妈妈"。

这时期三姊和我们通信,她用最温柔的话引诱我们回到南京她教书的学堂念书,父亲也赞成她的主张。

次年,民国八年之春,我和二哥一同跟了三姊到南京。上海二年的生活最不称意,打弹子和摸蟹我都不大欢喜。在圣保罗小学上课时候,坐在我旁座的是一最会发笑的红脸,互相一对眼就笑不可止,我难忍受如此事。听说南京要进的学校附设在一个大学堂,我们极盼望去。

黑早离家,父亲在我们将上车的一刻前,召了全家人祈祷祝福,冗长的祷词里不少诚恳,但是这个每次于出行前不可缺少的宗教仪式,祝福平安与训勉的叮嘱,总未免有点凄凉,而况又当天光未亮之前。

母亲私下给我们一些钱教我们好好的。

我九岁离家，十一年的教育几乎全与三姊在一起。对此初次的别离，在我童心上并无忧伤。

果然入了一处极大极大容易迷路的学堂，小学附设在师范大学内，是一座古庙。姊姊在此教音乐，我们太便宜插到高一班，但一月后退下来，二哥更不幸住在初级。女教师对我们客气，我们见面时大喊："老师，早！"我睡在姊姊房里，二哥欢喜在外面捉虫踢毽子，我虽不用功，很少出去。

二哥天资略差，又爱玩，因此我的沉默与聪慧得了姊的偏爱。我常常一个人闷在房间里，不说话，也不做事。我不明白那时候为何有如此脾气。记得有一次偷自出校给教员发觉，我似乎受冤枉似的咬床木想自尽，但除此事外我安安分分毕业，一切教员皆夸奖我，这个偶然的幸运。

二哥读了一学期留沪不来了。

小学的末一年，级任先生溺爱我，每礼拜领我出去玩，买东西送我，他给我不公平的好分数，让我得非我所应得优良的赞誉。我年纪最小，不顶笨，他就如此爱我。我终日伴了他，心里喜欢他，只怕一件事，他的短短硬须的嘴常常喜欢亲我的脸，并非羞耻，我实在不爱这举动，因我只感小痛苦。这样在我性格上养成一种习惯，以后我永远不肯屈就任何男子的爱情，为提防男人爱我，错绝了许多朋友。

然而这可敬的先生，给了我许多益处，因他的鼓励我不敢退居人后，这层我不好不感激的。

民国十年冬天，三姊忽然回沪，回来时并不告我此行的内容，这乃是我前面所提到不幸的五姊悲惨的结局了。

她已是一个十四岁正在发育的女孩，实际工作的繁重几已超过成人所能为，暗疾依然不愈，而两个幼小的弟妹相继出生，她毫无乐趣但亦不抱怨屈服在命运下劳苦，都市所引诱她的坏事她渐渐不自惭愧地做了。偷窃，隐匿，说谎在使她于人家不知道中暗暗用极害怕的心求苟且，非如此她连暗中作乐也不可能，也不取。

于是她渐渐和我们越离越远，倒反甘心自处在最卑微的地位上；行为的不端，对她更苛责。每每全家出去赴宴或游玩，没有一回她有机会一同去，她能在没有人在家时略尝自由与自己心愿的事，寂寞是她久久过惯了的。她有什么理由抱怨呢？

究竟那项不是她年纪所可及的劳苦压制她身体的发育，没有好好教育与好境遇只使她变坏，连自己也不知道。历年来无休息的过劳，心际中抑制住的忧郁，正好脑膜炎的细菌中伤了她，就这样她凭什么不睡下，不永远的休息？

最后一天她躺在凉台上，她应当是愉快而舒畅的，有哪一回白天里她望着太阳睡睡？这是最先一次也是最末一次。隔壁那慈祥的"妈妈"从凉台的木栅缝里递过一盘点心时，她只摇头，不响。

这就是她一生的命运。

母亲叹息失掉一支帮手，这个又能做又听话的女孩，可惜的是她有用的气力。父亲告诉我们她实在没有福气，正在打算给她好好念书的日子，早一步死了。

五姊的死，家里人瞒我们不说。冬天回家，我在楼上楼下找她喊她，没有答应。母亲默默坐着，当她悲伤的眼色告诉我她不在了，我那骤然的惊伤实在流不出一滴泪，那光景太惨太惨了。

在此一同祝福她归天的灵魂，我想象她死后的自由快乐，事后也不十分哀悼，身体的灭亡换到灵魂的再生，凭什么不该赞美？

事情写到第二年夏天，我算完结了第一期生活的记载；脱离小学，走入一群比较活动比较炫目的世界，颜色与声音，全样改了。

这就是我十载的童年生活，纯洁愉快善良的日子，在我心灵上行为上从没有犯一件罪，可纪念的完全透明的一段。我看家里如天堂，没有一个人不好。宗教的洗礼中幸好没有忘掉自己，我学到诚实。我安安分分做孩子，沉默，守规矩。

青，又嫩又新鲜，我不忍多多回忆黄金灿烂的一段，在这一段落后我只能低低的唱：

> 我愿意做一支青草，
> 露珠是我的天堂！……

二十年二月十八夜成，南京小营。

原载1931年12月《文艺月刊》第2卷第11、12期合刊